거미입니다만, 문제라도? EX

저자 바바 오키나
일러스트 키류 츠카사

contents

o I'm a
Spider,

미입니다만, 문제라도?

I'm a Spider, So What?
ra

So What?

엘 로 대 미 궁

eat Elroe Labyrinth

Extra

엘로 대미궁

더즈톨디아 대륙과 카사나가라 대륙을
지하에서 연결해주는 세계 최대의 미궁

상층 지형

동굴 입구

대륙을 건너다니는 인간의 왕래가 많기 때문에 길이 잘 마련된 터라 비교적 이동이 수월하다. 암벽에 둘러싸인 동굴 지역이 대부분.

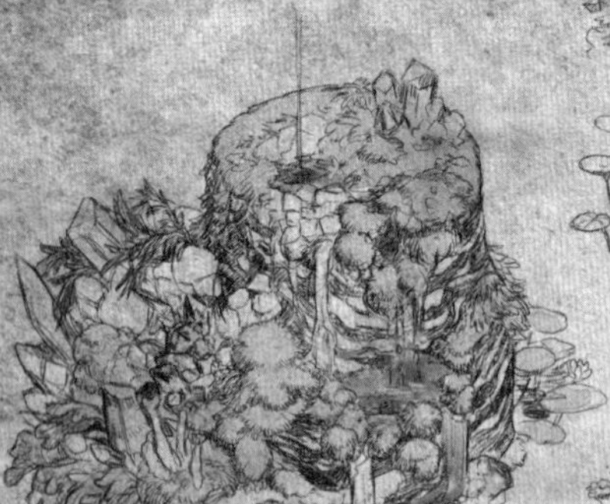

이끼

광원이 되어주는 것은 드물게 암벽에 부착되어 있는 빛나는 이끼나 작은 광석뿐이라 서식하는 마물은 대부분이 스킬 〈밤눈〉을 습득했다. 〈밤눈〉이 없는 인간은 횃불의 불빛이 없으면 보행이 곤란. 독, 마비, 석화 등 상태 이상 공격을 특기로 하는 마물이 많기 때문에 저항 스킬이 없는 인물은 약을 꼼꼼하게 지참할 것.

해독약

빨리 녹아서 온몸으로 빠르게 침투한다.

마비 해제약

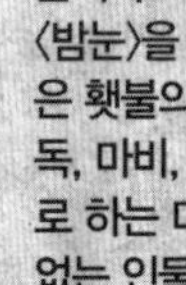

으깬 상태로 만들어 갖고 다닌다. 손가락으로 떠서 혓바닥 아래쪽에 넣으면 목이 막히지 않는다.

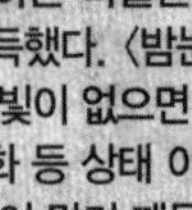

석화 해제약

끈을 당기면 곧장 입구가 열리는 구조다. 동물의 방광으로 만든 주머니에 넣으면 액체가 새지 않는다.

상층 마물

위험도 F

스몰 레서 타라택트

스테이터스를 봐도 약한 데다가 우직하게 돌진만 하는지라 토벌이 용이하다.
다만 드물게 집을 짓는 개체가 있는데 그런 경우는 위험도가 대폭 올라간다. 거미집을 발견하는 즉시 최우선으로 파괴하는 것이 기본 방침. 실은 불에 약하고 본체도 불에 약하다.

위험도 E

엘로 프로그

불의의 독 공격에 주의.

엘로 그레임

쥐와 비슷한 마물. 전투력은 낮지만 번식력이 높아서 곧잘 대량으로 쏟아진다.

위험도 D

엘로 랜더넬

몸길이 1미터 반 정도의 소형 마물. 항상 세 마리가 함께 행동하며 교묘한 연계 능력으로 적을 농락한다. 토벌에 시간이 지체되면 독니와 독 발톱에 당해서 독 상태의 위험에 처할 수 있으니 주의할 것.

펀지고어트

벌과 비슷한 마물. 엘로 대미궁 미궁에 서식하는 개체는 따로 〈빔눈〉 스킬을 보유했다.

엘로 웨커토트

펭귄과 펠리컨을 합쳐 놓은 듯한 마물. 좁은 동굴 안쪽을 종횡무진 고속으로 뛰어다니며 3차원적으로 덮쳐든다. 파티가 서로의 등을 지켜주면서 토벌할 것.

위험도 C

엘로 바질리스크

몸길이는 1미터가량. 바질리스크의 고유 스킬인 석화의 마안에 주의. 미량이나마 독을 가진 데다가 간단한 흙 마법을 구사하는 경우도 있다. 공격력 자체는 딱히 강하지 않기 때문에 석화 공격에 주의하면 수월하게 토벌이 가능.

엘로 매러도라드

사람을 통째로 삼키고도 남을 거대한 마물. 용린이라고 불리는 용종에게서 볼 수 있는 스킬을 보유했기 때문에 그 효과에 의해 물리, 마법 양쪽에 높은 방어력을 발휘한다. 꼬리 공격에 허를 찔리게 될 가능성이 있으므로 먼저 잘라버리면 승기가 보인다.

엘로 모와지시스

예리한 칼날 비슷한 뿔을 가지고 있는, 사슴과 닮은 모습의 마물. 뿔을 다루는 물리 공격에 더하여 불꽃 공격도 구사한다.

위험도 B

엘로 쾌렉트

마비를 보유하고 있는 다족 생물. 능력치는 낮아도 속도가 비정상적으로 빠르다. 개체 하나일 경우 위험도는 F지만, 보통 대량으로 발생한 개체 전부가 군체로 생활하기 때문에 떼를 지어서 습격한다. 마비 공격에 일단 적중되면 속절없이 잡아먹힐 수밖에 없다. 요주의.

※그 밖에 그레이터 타라텍트를 포함한 타라텍트종, 용종도 장소에 따라 서식하고 있음.

특수

퀸 타라텍트

엘로 대미궁의 주인이라 일컬어지는 재해급 마물. 보통은 하층에서 서식하다가 산란기에만 상층으로 올라온다. 스몰레서 타라텍트와 자주 조우할 때는 산란기일 가능성이 높기 때문에 조속하게 미궁을 탈출할 것. 퀸과 맞닥뜨리면 살아서 도망치는 것은 거의 불가능하다.

중층 지형

작열의 마그마가 끓어오르고 전체가 열기에 둘러싸여 있는 지역.
열기와 불, 불꽃에 내성이 있는 마물이 다수 서식하며 마그마 안쪽에서 원거리 공격을 날린다.
필드의 성질상 식물은 자라지 못하기에 표면이 훤히 노출된 바위만 가득하다.
마그마 덕에 밝아서 시야는 넓어지지만, 내성이 없는 인물은 열 때문에 바짝바짝 HP가 깎여 나가는 터라 오래 머무르는 행동은 금물.
경우에 따라서는 의복도 불타기 때문에 만전의 대책을 갖춰서 임할 것.

원거리 공격에 대항하기 위해 원거리 공격 마법 스킬이나 활 등등 공격 수단이 필요하다. 아니면 마물의 MP가 바닥날 때까지 참고 견뎌서 육지에 올라오기를 기다리는 방법도 있지만, 사방의 마그마에서 새로운 마물에게 기습을 당할 위험이 있기 때문에 애당초 전투를 오래 하지 말아야 함을 감안하면 좋은 대책이라고 말할 수 없다.

중층 마물

위험도 E

엘로 데메기아드

다리 넷에 둥근 구체와 비슷한 모습을 지니는 마물. 능력치도 낮은 편이며 몸통 부딪치기밖에 공격 수단이 없기 때문에 몹시 약하다. 다만 위험을 감지하면 곧장 마그마 속으로 도망친다.

위험도 D

엘로 게아프로그

상층에 서식하는 엘로 프로그가 중층의 환경에 적응하여 진화한 형태. 그 때문에 능력치도 스킬도 특별히 극적으로 강해지지는 않았다.

엘로 피에크

빨간 개 비슷한 마물. 예리한 후각으로 사냥감을 발견하여 집요하게 쫓아다닌다. 마그마 속에 들어가 있는 모습은 목격 사례가 없기 때문에 유영 스킬은 보유하지 않았으리라 추측된다. 온몸에 불꽃을 두른 채 공격을 펼친다.

엘로 게네러시

하위의 용종. 마그마에서 날리는 화염구 공격에 주의. MP가 바닥나면 육지로 올라오지만 그때 움직임이 대단히 느릿느릿한지라 오히려 MP의 소모를 노리는 것이 토벌은 수월하다.

위험도 C

엘로 게네세븐

엘로 게네러시의 진화형. 겁이 많은지라 승기가 없음을 자각하면 도망칠 가능성도 있다.

위험도 B

엘로 게네레이브

중위의 용종. 엘로 게네세븐의 진화형. 대단히 단단한 비늘이 온몸을 뒤덮고 있다. 토벌은 상당히 어렵다.

위험도 A

엘로 게네소카

상위의 화룡. 엘로 게네레이브의 진화형. 순수하게 능력치가 우수한 데다가 마법과 물리 양쪽에 높은 방어력을 발휘하는 〈역린〉 스킬과 마그마의 보호를 받는다. 그리고 칭호 〈통솔하는 자〉를 보유해서 부하를 불러 집단전으로 상대를 섬멸하는 극히 까다로운 마물. 휘하의 무리 따위도 감안하여 판단한 위험도 설정. 조우하면 포위당하기 전에 도망칠 것.

기 타

화룡(火龍)

용(竜)의 상위종인 용종(龍種)도 물론 중층에 존재한다. 다만 실제로 조우했다고 말하는 모험가는 없는데, 아마 조우한 뒤에 사망했을 것이다.
용종은 〈용린(龍鱗)〉이라는 방어력 대폭 상승, 마법 공격의 방해 효력이 있는 스킬을 보유하기 때문에 평범한 인족은 도저히 쓰러뜨릴 수 없다고 생각된다.
모험가 파티로도 대항할 수 있는가 불분명한 수준이라서 용종의 토벌에는 통상 군대 규모의 병력이 투입된다.
용종은 마주치지 않기를 기원할 수밖에 없다.

하층 지형

강력한 마물이 활개를 치는 약육강식의 지역. 스테이터스에 걸맞은 대형 마물이 많고 그것들이 이리저리 돌아다녀도 넉넉할 만큼 광대한 공간이 펼쳐져 있다.
상층과 마찬가지로 광원이 적은 까닭에 어두운 곳이기는 한데 폐쇄감은 적다. 인간은 어지간한 일이 없는 한 걸음을 들여놓을 수 없는 미답의 땅.

밤눈, 은밀, 무음, 무취, 그 밖에 감각 강화계 스킬은 필수.
탐험에 필요한 물품은 스킬로 보충하고 짐은 식량만 가득 채우는 것이 좋다.
가볍고 오래 보존할 수 있는 식량을 미궁 입구의 오우츠 국 안에서 판매하니 꼭 입수할 것.

컵 한 잔 분량의 물을 채워주는 마도구

열을 발하는 마도구

고가지만 여행 중에도 따뜻한 음식을 먹을 수 있다.

끝부분을 수액으로 굳혀서 만든 숟가락

그릇의 내용물을 깔끔하게 긁어서 먹을 수 있어서 식사의 잔향에 이끌려 다가오는 마물을 방지할 수 있다.

나무 옹두리를 깎아서 만든 컵

내수성이 뛰어나고 가볍다.

딱딱하게 구운 빵

무사히 귀환하자는 기원을 담아서 끝과 끝을 연결했다. 부피를 줄이기 위한 가늘고 긴 형태. 소금이 많이 들어간 것을 추천한다

말린 과일과 견과

클리크타를 추천. 피로에도 MP 고갈에도 효과가 있다. 기름종이는 반창고로도 사용이 가능.

하층 마물

위험도 F

엘로 게레이슈

느릿느릿한 움직임이 특징적인 벌레. 대단히 약하고 쓰러뜨리기는 수월하다. 다만 무심코 공격에 당해주거나 무심코 입에 넣어서 먹는다면 강력한 부식 속성의 대미지를 받게 된다. 그 때문에 하층의 마물은 어지간한 위기 상황이 아닌 한 이 마물을 먹으려고 하지 않는다. 아무리 배가 비었더라도 입에 집어넣지 말 것.

위험도 E

엘로 코로코로

쥐 비슷한 머리에 공벌레 비슷한 몸을 가진 마물. 다족 생물과 닮은 부분을 보면 곤충과 비슷하다는 생각도 든다. 등이 딱딱해서 몸을 둥글리면 상당한 방어력을 발휘한다. 공격에는 독이 있음.

위험도 D

하이 핀지고어트

핀지고어트의 상위종. 대열을 짜서 무리를 지어 행동한다.
더욱 상위종인 제너럴, 퀸도 하층에서 서식하고 있다. 광범위 마법 공격을 보유하지 못한 경우는 들키지 않게 주의하며 도망칠 것.

아노그래치

〈복수〉라는 특수한 스킬을 가지고 있다. 이 스킬에 의해 동료를 해친 존재에게 집요하게 공격을 거듭함에 따라 복수 원숭이라고도 불린다. 번식기가 존재하며 숫자가 늘어났을 때의 피해는 몹시 심각하다. 개체 하나의 위험도는 D임에도 무리의 규모에 따라서는 S랭크에도 해당된다고 일컬어지는 위험한 마물. 엘로 대미궁에 서식하는 개체는 독자적으로 밤눈을 보유했다. 건드리지 말고 도망칠 것.

위험도 C

머글러그래치

거대한 악어 비슷한 입을 가지고 있는 아노그래치의 진화형. 그런데 어째서인지 진화함에 따라 〈복수〉 스킬이 소실되고 〈노여움〉 스킬도 사라진다. 스킬이 사라진다는 진화를 겪는 특이한 종. 〈복수〉가 없어짐에 따라 쓰러뜨려도 동료가 대거 들이닥치는 사태는 사라졌다. 가끔 아노그래치의 대군에 섞여 드는 경우도 있지만 서로 간에 연계를 취하지는 않는다. 개체의 위험도는 B에 가까운 C. 진화 전이 훨씬 더 위험하다는 말을 듣는 희귀한 종. 종의 보존을 위해 스킬이 사라지는 것이 아닌가 추측되지만 진위는 불명.

위험도 B

엘로 게레지가드

몸길이 5미터가량에 여섯 개의 낫을 가지고 있는 사마귀 비슷한 마물. 특수한 스킬을 거의 가지지 못했기에 본연의 체구만으로 싸우는 순수한 전투종. 비록 단순하지만 그런 까닭에 강하다.

엘로 더즈내치

생선에 손발을 달아서 더욱 기묘하게 변형시킨 모양새의 마물. 독 공격이 주체이나 겉모습과 마찬가지로 무슨 짓을 저지를지 예상을 할 수 없어서 페이스가 흐트러지기 쉽다.

기타

지룡 각종, 그레이터 타라텍트 등 타라텍트의 상위종, 거대한 뱀 마물 엘로 배러기슈 등.
하층에 걸음을 들여놓았다가 귀환한 인간은 대단히 적기에 이것들은 실제 서식하는 마물의 일부분이라고 생각된다.
소문으로 지룡은 다른 용종 및 마물과 비교하여 분별력과 지성이 높다는 말도 들리지만 진위는 불분명하다. 만약 정말이라면 조우했을 때 도주를 눈감아줄지도 모르겠다.

보너스

엘로 대미궁의 서식 마물
추가 기록(843년)

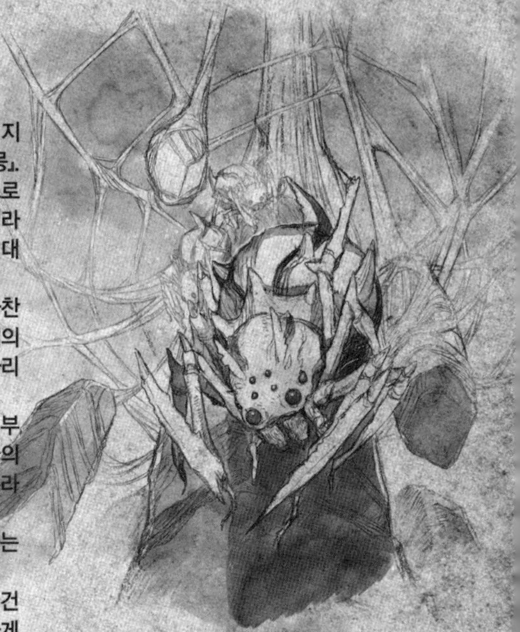

842년, 갑작스럽게 엘로 대미궁에서 지상으로 모습을 드러냈던 『미궁의 악몽』. 오우츠 국의 요새를 한 방의 마법으로 모조리 파괴했던 그 마물이 남겼으리라 추측되는 타라텍트의 변이종이 엘로 대미궁 내부에서 목격되기 시작했다.
크기 자체는 스몰 레서 타라텍트와 마찬가지로 소형이지만 그 강력함은 상위의 용마저 초월하며 용(龍)에게도 필적하리라 추측된다.
모습이 『미궁의 악몽』과 무척 비슷한 부분이나 출현 시기를 감안하면 『미궁의 악몽』과 어떠한 관련이 있는 마물이리라 예상된다.
우리는 그 마물에게 『악몽의 잔재』라는 이름을 붙였다.
인족의 말을 이해하고 이쪽에서 먼저 건드리지 않는 한 덮치지 않는다. 명백하게 지능을 가진 마물이다.
상층에서도 『악몽의 잔재』의 목격 보고는 다수 올라오고 있지만 강한 무력을 감안하면 하층에도 서식하고 있지 않을까 생각된다.

엘로 대미궁 최하층

엘로 대미궁은 상층, 중층, 하층, 최하층, 네 개의 층으로 나뉘어졌다는 말이 많지만 아직껏 최하층에 도달한 인물은 없기에 어떤 지형으로 구성되었는지 정보가 하나도 없다. 탐험가의 억측에 따르면 퀸 타라텍트나 상위 레벨의 지룡이 서식하는 것이 아니겠는가 추측된다
현대에서 최하층에 도달 가능한 가능성이 있는 인물을 꼽아보자면 렝진드 제국의 필두 궁정 마도사, 로난트 오르조이 씨일 것이다.
오르조이 씨는 공간 마법을 습득했고 장거리 공간 전이도 가능하다. 과거에 엘로 대미궁에서 혼자 몇 주일이나 탐색을 계속했었다는 일화도 남긴 대단한 인물이다. 비록 고령이지만 오르조이 씨라면 미궁 최하층에 걸음을 들여놓는 것도 꿈은 아닐지도 모른다.

[나]

게이머 특유의 지략과 심상치 않은
긍정적인 성격으로 던전에서 살아 버틴다.

Na

분명히 여고생이었을 텐데 거미로 전생해버린 불운한 아이. 스타트 시점부터 난이도 불지옥급의 서바이벌 환경에 내동댕이쳐졌으나 타고난 긍정적인 성격과 포기를 못 하는 처절함으로 사선을 뛰어넘는다.

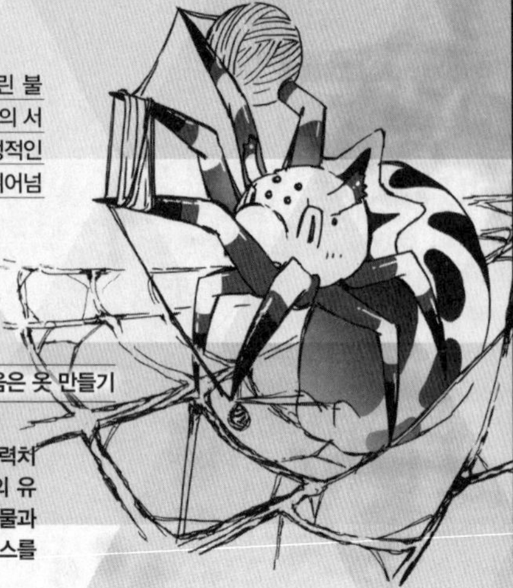

이 세계에서 거미로 살아주겠어!

▶Personal Data

좋아하는 음식: 전세 컵라면 + 달걀 추가

좋아하는 음식: 현세 메기

취미: 전세 게임 **취미: 현세** 인간형이 된 다음은 옷 만들기

고유 스킬 위타천(韋駄天)

빨라진다. 유니크 스킬이 아니라 속도 쪽 능력치 성장 스킬의 최상위. 그럼에도 다른 전생자의 유니크 스킬과 비교해서 뒤떨어진다. 본래 생물과 비교하면 이런 스킬로도 사실은 상당한 보너스를 받은 셈이다.

표정 설정집

「나」(애칭은 거미 양)의 일러스트 러프화를 게재. 표정이 무척 풍부하기에 전생 전 여고생 시절의 면모를 연상케 한다.

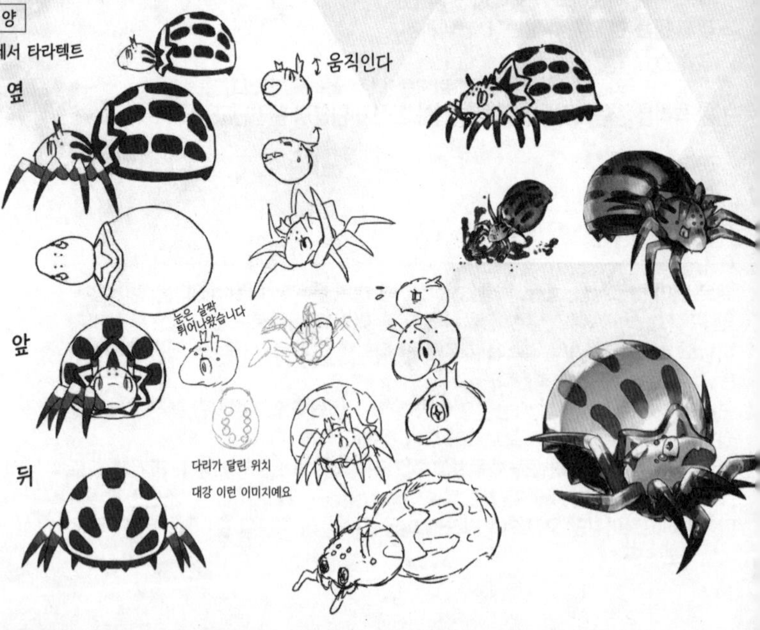

기쁨

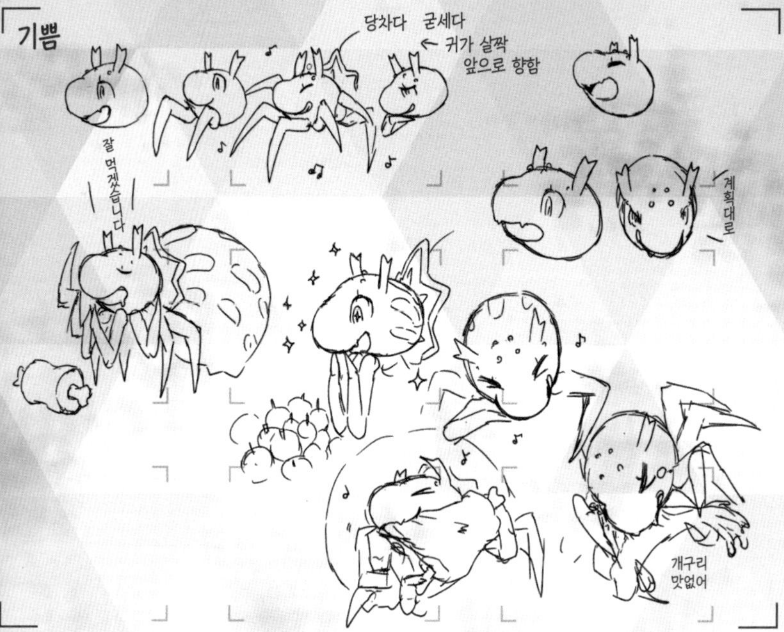

당차다 굳세다
← 귀가 살짝 앞으로 향함
잘 먹겠습니다
계획대로
개구리 맛없어

슬픔

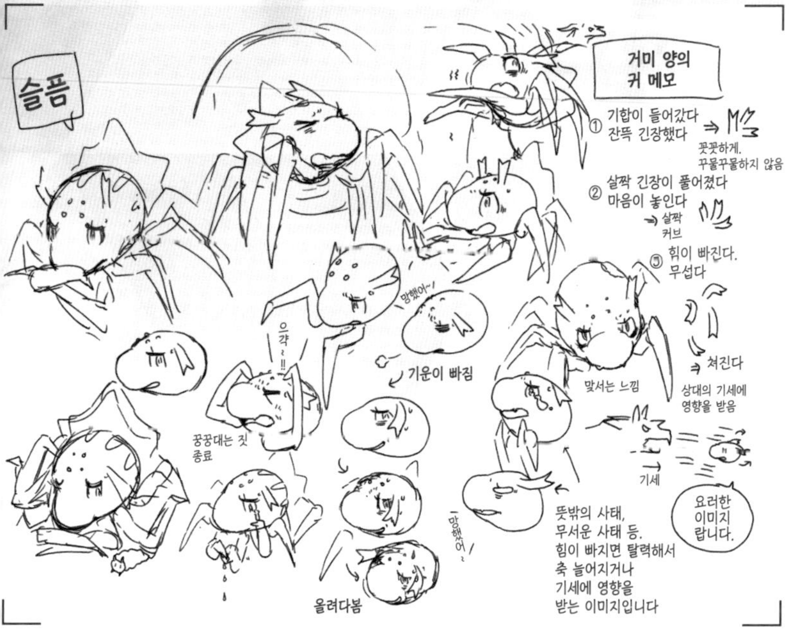

거미 양의 귀 메모
① 기합이 들어갔다 잔뜩 긴장했다
꼿꼿하게. 꾸물꾸물하지 않음
② 살짝 긴장이 풀어졌다 마음이 놓인다
→ 살짝 커브
③ 힘이 빠진다. 무섭다
→ 쳐진다
상대의 기세에 영향을 받음
맞서는 느낌
기세
요러한 이미지랍니다.
망했어~!
으갹~!!
기운이 빠짐
꿍꿍대는 짓 종료
망했어~
올려다봄
뜻밖의 사태, 무서운 사태 등. 힘이 빠지면 탈력해서 축 늘어지거나 기세에 영향을 받는 이미지입니다

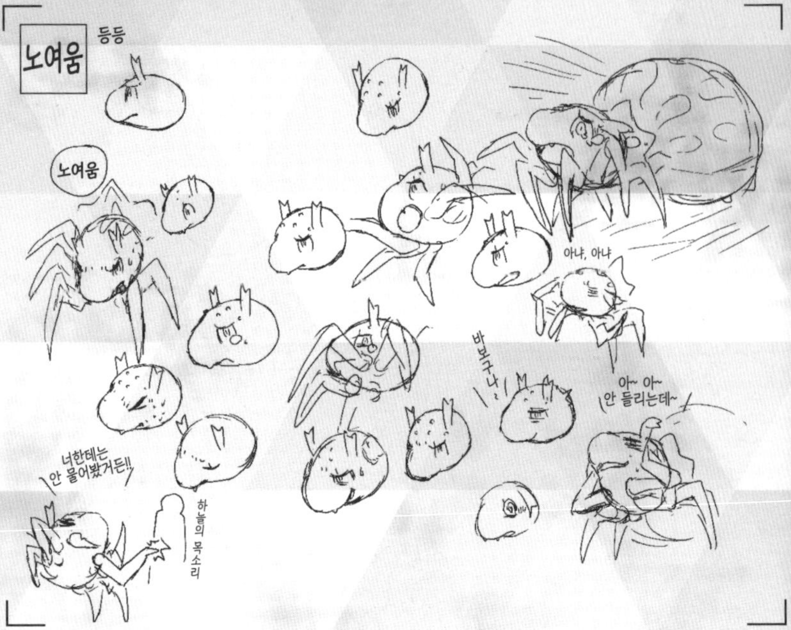

스몰 레서 타라텍트 LV1

Small Lesser Taratect LV1

이름 없음

{Status}
HP: 26/26(녹) MP: 26/26(청)
SP: 26/26(황) : 26/26(적)
평균 공격 능력: 8 평균 방어 능력: 8
평균 마법 능력: 8 평균 저항 능력: 8
평균 속도 능력: 108

{Skill}
「감정 LV2」「독니 LV2」「거미줄 LV3」「밤눈 LV9」「금기 LV1」「외도 마법 LV1」「독 내성 LV2」「산 내성 LV2」「위타천 LV1」「n%I=W」

스킬 포인트: 0

칭호:「혈족 포식자」

약하다. 토벌 위험도는 제일 낮은 F. 스테이터스를 봐도 약한 데다가 우직하게 돌진만 하는지라 토벌이 용이하다. 다만 드물게 집을 짓는 개체가 있는데 그런 경우는 위험도가 대폭 올라간다. 거미집을 발견하는 즉시 최우선으로 파괴하는 것이 기본 방침. 실은 불에 약하고 본체도 불에 약하다.

스몰 타라텍트 LV1

Small Taratect LV1

이름 없음

「레서」가 떨어졌는데도 스테이터스의 설명은 아직 「약하다」에서 변함없음. 다만 이 시기에는 이미 속도 특화의 스피드 스타!

스몰 포이즌 타라텍트 LV1

Small Poison Taratect LV1

이름 없음

독을 다루는 자는 전투를 제압한다! 스킬도 「독 공격 LV9」「독 마법 LV2」「독 합성 LV3」처럼 독독스럽다!

조아 에레 LV1

Zoa Ere LV1

이름 없음

{Status}

HP: 195/195(녹) MP: 291/291(청)

SP: 195/195(황) : 195/195(적) +43

평균 공격 능력: 251 평균 방어 능력: 251

평균 마법 능력: 245 평균 저항 능력: 280

평균 속도 능력: 1272

{Skill}

「HP 자동 회복 LV6」「MP 회복 속도 LV4」「MP 소비 완화 LV3」「SP 회복 속도 LV3」「SP 소비 완화 LV3」「파괴 강화 LV2」「참격 강화 LV2」「독 강화 LV4」「기투법 LV2」「기력 부여 LV2」「맹독 공격 LV3」「부식 공격 LV1」「독 합성 LV8」「실의 재능 LV3」「만능 실 LV1」「실부림 LV8」「투척 LV7」「입체 기동 LV5」「은밀 LV7」「무음 LV1」「집중 LV10」「사고 가속 LV3」「예견 LV3」「병렬 사고 LV5」「연산 처리 LV7」「명중 LV8」「회피 LV7」「감정 LV9」「탐지 LV6」「외도 마법 LV3」「그림자 마법 LV3」「독 마법 LV3」「심연 마법 LV10」「파괴 내성 LV2」「타격 내성 LV2」「참격 내성 LV3」「화염 내성 LV2」「어둠 내성 LV2」「맹독 내성 LV2」「마비 내성 LV4」「석화 내성 LV3」「산 내성 LV4」「부식 내성 LV3」「기절 내성 LV3」「공포 내성 LV7」「외도 내성 LV3」「고통 무효」「통각 경감 LV7」「시각 강화 LV9」「밤눈 LV10」「시각 영역 확장 LV2」「청각 강화 LV8」「후각 강화 LV7」「미각 강화 LV7」「촉각 강화 LV7」「생명력 LV9」「마력량 LV8」「순발력 LV9」「지구력 LV9」「강대 LV4」「강고 LV4」「호법 LV4」「위타천 LV3」「오만」「과식 LV8」「나락」「금기 LV5」「n%I=W」

스킬 포인트: 500

칭호: 「악식」「혈족 포식자」「암살자」「마물 살해자」「독 술사」「실 술사」「무자비」「마물 살육자」「오만의 지배자」

불길함의 상징이라고도 불리는 거미형 마물. 목격 사례가 거의 없는 희소한 마물이며 마주친 자는 며칠 이내로 죽는다는 이야기가 전해 내려온다. 알아차렸을 때는 이미 등 뒤를 점한 채 부식 공격이 담긴 낫으로 목을 베어낸다고 한다. 스테이터스 이상으로 위협적이라서 위험도는 C로 지정돼 있다.

에데 사이네 LV26

Ede Saine LV26

이름 없음

{Status}
HP: 3592/3592(녹) +1700(상세) MP: 12110/12110(청) +1700(상세)
SP: 2413/2413(황)(상세)
: 2413/2413(적) +1700(상세)
평균 공격 능력: 2392(상세) 평균 방어 능력: 2363(상세) 평균 마법 능력: 11158(상세)
평균 저항 능력: 11004(상세) 평균 속도 능력: 7440(상세)

{Skill}
「HP 고속 회복 LV7」「마도의 극의」「SP 고속 회복 LV1」「SP 소비 대완화 LV1」「파괴 강화 LV6」「참격 강화 LV8」「상태 이상 대강화 LV1」「마신법 LV2」「마력 부여 LV7」「기투법 LV9」「기력 부여 LV5」「용력 LV7」「맹독 공격 LV6」「부식 공격 LV4」「외도 공격 LV6」「독 합성 LV10 」「약 합성 LV7」「실의 재능 LV8」「만능 실 LV6」「실부림 LV10」「염동 LV1」「투척 LV10」「사출 LV2」「공간 기동 LV8」「은밀 LV10」「미채 LV1」「무음 LV8」「폭군 LV1」「집중 LV10」「사고 가속 LV9」「예견 LV9」「병렬 의사 LV7」「고속 연산 LV6」「명중 LV10」「회피 LV10」「확률 보정 LV7」「바람 마법 LV4」「흙 마법 LV10」「대지 마법 LV1」「외도 마법 LV10」「그림자 마법 LV10」「어둠 마법 LV10」「암흑 마법 LV2」「독 마법 LV10」「치료 마법 LV10」「공간 마법 LV10」「차원 마법 LV4」「심연 마법 LV10」「파괴 내성 LV5」「타격 내성 LV5」「참격 내성 LV5」「화염 내성 LV2」「바람 내성 LV2」「흙 내성 LV8」「중압 대내성 LV1」「맹독 내성 LV3」「마비 내성 LV6」「석화 내성 LV5」「수면 무효」「산 내성 LV6」「부식 내성 LV7」「기절 내성 LV5」「공포 내성 LV9」「외도 무효」「고통 무효」「통각 대경감 LV5」「오감 대강화 LV1」「지각 영역 확장 LV5」「밤눈 LV10」「천리안 LV8」「주원의 사안 LV6」「정지의 사안 LV5」「인척의 사안 LV1」「사멸의 사안 LV3」「성마」「천명 LV3」「순신 LV7」「내구 LV7」「강의 LV2」「성채 LV2」「위타천 LV7」「마왕 LV3」「인내」「오만」「노여움 LV2」「포식 LV7」「나태」「예지」「단죄」「나락」「퇴폐」「금기 LV10」「신성 영역 확장 LV6」「n%I=W」

스킬 포인트: 0

칭호: 「악식」「혈족 포식자」「암살자」「마물 살해자」「독 술사」「실 술사」「무자비」「마물 살육자」「오만의 지배자」「인내의 지배자」「예지의 지배자」「용(竜) 살해자」「공포를 불러오는 자」「용(龍) 살해자」「나태의 지배자」「마물의 재앙」

죽음의 상징이라고도 불리는 거미형 마물. 수십 년에 한 번씩 겨우 목격될 만큼 대단히 희소한 마물이다. 마주친 순간 죽음이 찾아온다는 전설로 두려움을 사고 있다. 목격 사례조차 거의 없기 때문에 위험도 측정이 곤란하다. 임시로나마 위험도 B로 지정돼 있다.

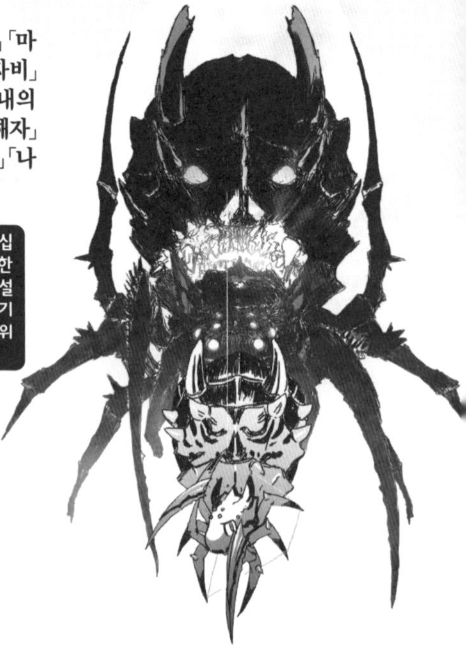

자나 호로와 LV1

Zana Horowa LV1

이름 없음

{Status}
HP: 4293/4293(녹) +1800(상세) MP: 13292/13292(청) +1800(상세)
SP: 2873/2873(황)(상세)
: 1445/2873(적) +0(상세)
평균 공격 능력: 2833(상세) 평균 방어 능력: 2904(상세) 평균 마법 능력: 12599(상세)
평균 저항 능력: 12545(상세) 평균 속도 능력: 8361(상세)

{Skill}
「HP 고속 회복 LV9」「마도의 극의」「마신법 LV3」「마력 부여 LV8」「마력격 LV1」「SP 고속 회복 LV2」「SP 소비 대완화 LV2」「파괴 강화 LV7」「참격 강화 LV9」「상태 이상 대강화 LV2」「투신법 LV1」「기력 부여 LV6」「용력 LV8」「맹독 공격 LV7」「부식 공격 LV5」「외도 공격 LV6」「독 합성 LV10 」「약 합성 LV8」「실의 천재 LV1」「만능 실 LV7」「실부림 LV10」「염동 LV3」「투척 LV10」「사출 LV4」「공간 기동 LV9」「집중 LV10」「사고 초가속 LV1」「미래시 LV1」「병렬 의사 LV8」「고속 연산 LV7」「명중 LV10」「회피 LV10」「확률 보정 LV9」「은밀 LV10」「미채 LV3」「무음 LV9」「폭군 LV2」「단죄」「나락」「퇴폐」「불사」「외도 마법 LV10」「바람 마법 LV7」「흙 마법 LV10」「대지 마법 LV3」「그림자 마법 LV10」「어둠 마법 LV10」「암흑 마법 LV5」「독 마법 LV10」「치료 마법 LV10」「공간 마법 LV10」「차원 마법 LV5」「심연 마법 LV10」「인내」「오만」「노여움 LV4」「포식 LV8」「나태」「예지」「파괴 내성 LV6」「타격 내성 LV7」「참격 내성 LV7」「관통 내성 LV2」「화염 내성 LV3」「바람 내성 LV4」「흙 내성 LV9」「중압 대내성 LV2」「상태 이상 무효」「산 내성 LV7」「부식 내성 LV8」「기절 내성 LV6」「공포 대내성 LV1」「외도 무효」「고통 무효」「통각 대경감 LV5」「밤눈 LV10」「천리안 LV8」「주원의 사안 LV7」「정지의 사안 LV6」「인척의 사안 LV3」「사멸의 사안 LV5」「오감 대강화 LV2」「지각 영역 확장 LV6」「신성 영역 확장 LV7」「성마」「천명 LV3」「순신 LV8」「내구 LV8」「강의 LV3」「성채 LV3」「위타천 LV7」「마왕 LV5」「금기 LV10」「n%I=W」

스킬 포인트: 3600

칭호:「악식」「혈족 포식자」「암살자」「마물 살해자」「독 술사」「실 술사」「무자비」「마물 살육자」「오만의 지배자」「인내의 지배자」「예지의 지배자」「용(竜) 살해자」「공포를 불러오는 자」「용(龍) 살해자」「나태의 지배자」「마물의 재앙」「패자」

역사상 발견된 사례가 없는 마물. 그런 까닭에 자료가 없고 모든 사항이 의문에 감싸여 있다. 에데 사이네에서 진화한 형태라는 설이 있지만 역시 억측을 벗어나지 못한다. 자나 호로와 종으로 도달한 개체는 「미궁의 악몽」이라고 불리는 하나뿐, 해당 개체는 신화급의 위험도로 추정된다.

아라크네 LV1

Arachne LV 1

이름 없음

{Status}
HP: 5331/38111(녹) +0(상세) MP: 5681/44024(청) +0(상세)
SP: 33557/33557(황)(상세)
: 924/33557(적) +0(상세)
평균 공격 능력: 35799(상세) 평균 방어 능력: 35682(상세) 평균 마법 능력: 42170(상세)
평균 저항 능력: 42068(상세) 평균 속도 능력: 41063(상세)

{Skill}
「HP 초속 회복 LV8」「마도의 극의」「마신법 LV8」「마력 부여 LV10」「마법 부여 LV3」「대마력격 LV3」「SP 고속 회복 LV10」「SP 소비 대완화 LV10」「파괴 대강화 LV7」「타격 대강화 LV8」「참격 대강화 LV6」「관통 대강화 LV7」「충격 대강화 LV7」「상태 이상 대강화 LV10」「투신법 LV10」「기력 부여 LV10」「기능 부여 LV7」「대기력격 LV5」「신룡력 LV8」「용 결계 LV6」「맹독 공격 LV10」「강마비 공격 LV10」「부식 공격 LV7」「외도 공격 LV9」「독 합성 LV10」「약 합성 LV10」「방패의 재능 LV3」「실의 천재 LV10」「철벽 LV7」「신직사」「실부림 LV10」「염력 LV9」「투척 LV10」「사출 LV10」「공간 기동 LV10」「권속 지배 LV10」「산란 LV10」「집중 LV10」「사고 초가속 LV6」「미래시 LV6」「병렬 의사 LV10」「고속 연산 LV10」「명중 LV10」「회피 LV10」「확률 대보정 LV10」「은밀 LV10」「은폐 LV2」「무음 LV10」「무취 LV8」「제왕」「현상」「단죄」「나락」「퇴폐」「불사」「외도 마법 LV10」「바람 마법 LV10」「폭풍 마법 LV8」「흙 마법 LV10」「대지 마법 LV10」「지진 마법 LV1」「빛 마법 LV8」「성광 마법 LV3」「그림자 마법 LV10」「어둠 마법 LV10」「암흑 마법 LV10」「독 마법 LV10」「치료 마법 LV10」「기적 마법 LV10」「공간 마법 LV10」「차원 마법 LV9」「심연 마법 LV10」「용사 LV2」「대마왕 LV1」「구휼」「인내」「오만」「격노 LV3」「탈취 LV4」「포식 LV10」「나태」「예지」「파괴 대내성 LV6」「타격 무효」「참격 대내성 LV6」「관통 대내성 LV6」「충격 대내성 LV6」「화염 내성 LV9」「수류 내성 LV3」「폭풍 내성 LV8」「대지 내성 LV9」「뇌광 내성 LV3」「성광 내성 LV6」「암흑 내성 LV9」「중압 대내성 LV8」「상태 이상 무효」「산 대내성 LV8」「부식 대내성 LV6」「기절 대내성 LV1」「공포 대내성 LV4」「외도 무효」「고통 무효」「통각 무효」「밤눈 LV10」「만리안 LV4」「주원의 사안 LV9」「정지의 사안 LV8」「봉인의 사안 LV3」「난마의 사안 LV2」「인척의 사안 LV7」「왜곡의 사안 LV4」「사멸의 사안 LV6」「오감 대강화 LV10」「지각 영역 확장 LV8」「신성 영역 확장 LV9」「성마」「천명 LV10」「천동 LV10」「부천 LV10」「강의 LV10」「성채 LV10」「위타천 LV10」「금기 LV10」「n%I=W」

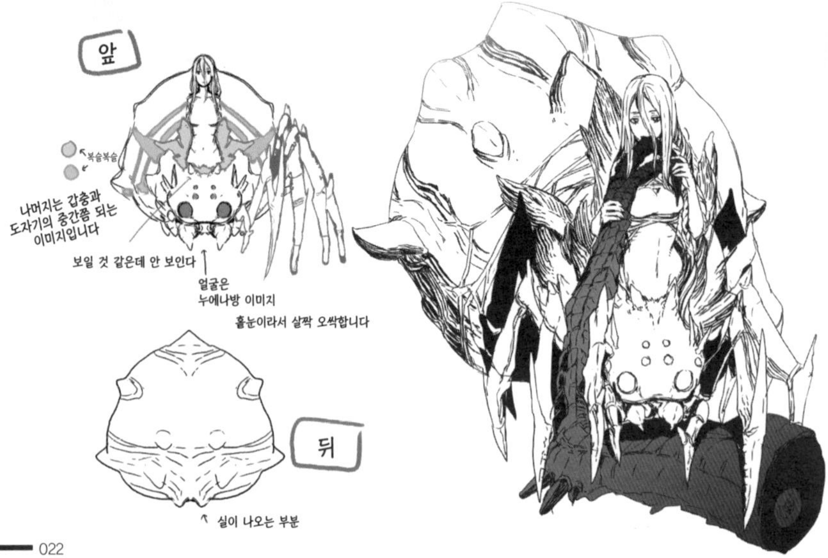

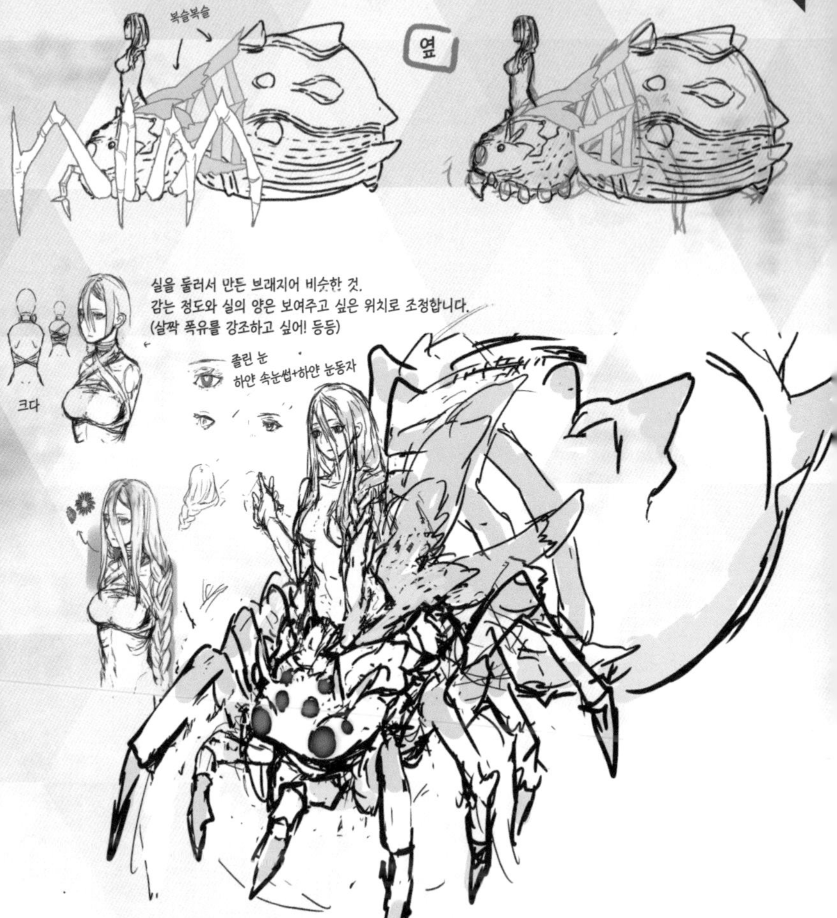

스킬 포인트: 165700

칭호: 「악식」「혈족 포식자」「암살자」「마물 살해자」「독 술사」「실 술사」「무자비」「마물 살육사」「오만의 지배자」「인내의 지배자」「예지의 지배자」「용(竜) 살해자」「공포를 불러오는 자」「용(龍) 살해자」「나태의 지배자」「마물의 재앙」「패자」「인족 살해자」「인족 살육자」「구원하는 자」「약 술사」「성자」「구세주」「구휼의 지배자」「수호자」「인족의 재앙」

역사상 발견된 사례가 없는 마물. 그런 까닭에 데이터가 없을뿐더러 모든 사항이 수수께끼에 감싸여 있다. 거미의 하반신에 인간의 상반신이 자라난 반인반거미의 모습을 지닌다고 알려졌다. 인간인 부분은 대단히 아름다운 소녀의 모습이라고 알려졌지만 어디까지나 소문이기에 진위는 불명. 목격자의 숫자도 적은 탓에 정말로 이 마물이 존재하는지조차 불분명하다. 목격 증언이 나타난 시기가 「미궁의 악몽」 및 「악몽의 잔재」가 확인됐던 시기와 겹쳐서 그것들을 잘못 보지 않았겠느냐는 가설도 있다. 정말로 실재하는지 의문시되고 있기에 위험도의 추정은 불가능.

엘로 프로그

Elroe Frog

엘로 대미궁에 서식하는 개구리형 마물. 최하층을 제외하고 엘로 대미궁 전역에 서식하며, 중층에서는 불 속성에 변이 진화한 종을 찾아볼 수 있다. 진화하면 더욱 거대해진다. 하지만 태생이 약한 터라 진화 가능한 개체는 드물다.

{Status}

HP 65/65

MP 45/45

SP 55/55

SP 55/55

평균 공격 능력: 35 평균 방어 능력: 35 평균 마법 능력: 28
평균 저항 능력: 28 평균 속도 능력: 30

{Skill} 「독 합성 LV1」「산 공격 LV1」「사출 LV1」「밤눈 LV6」「독 내성 LV1」「산 내성 LV1」

핀지고어트

Finjicote

카사나가라 대륙에 서식하는 벌형 마물. 본래 엘로 대미궁에는 서식하지 않았던 종이었으나 어디에선가 들어와서 번식했다. 퀸을 정점으로 하는 하나의 무리를 건설한다. 유감스럽게도 벌꿀을 채집할 수 없다.

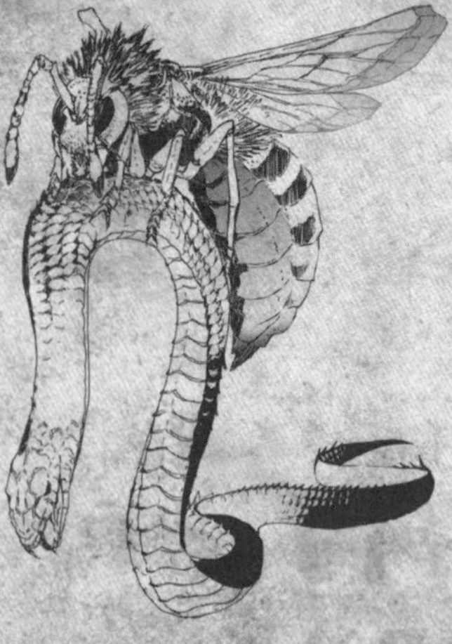

{Status}

HP 125/125

MP 55/55

SP 113/113

SP 108/108

평균 공격 능력: 60 평균 방어 능력: 38
평균 마법 능력: 28
평균 저항 능력: 31 평균 속도 능력: 68

{Skill} 「독침 LV1」「비상 LV3」「독 내성 LV3」

엘로 게네러시

Elroe Gunerush

엘로 대미궁에 서식하는 해마형 마물. 이래 보여도 하위의 화룡종. 엘로 대미궁의 중층에서만 서식하는 고유종. 마그마 안쪽에서 불구슬을 날리는 전법을 취하기 때문에 스테이터스에 비해 토벌이 곤란하다.

{Status}

HP 132/132

MP 106/106

SP 128/128
128/128

평균 공격 능력: 70 평균 방어 능력: 70 평균 마법 능력: 68
평균 저항 능력: 67 평균 속도 능력: 73

{Skill} 「화룡 LV1」「명중 LV1」「유영 LV1」「염열 무효」

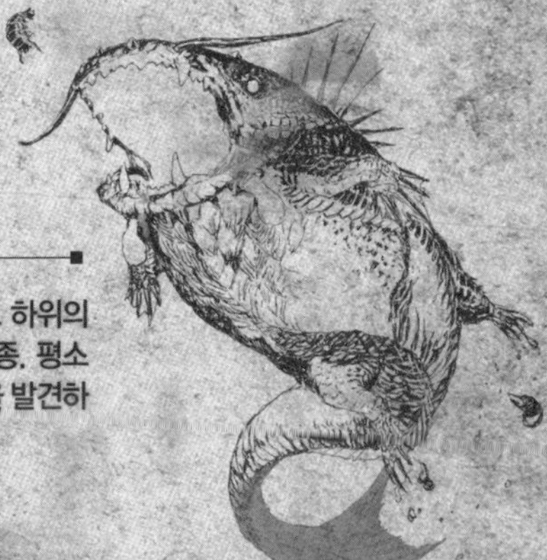

엘로 게네세븐

Elroe Guneseven

엘로 대미궁에 서식하는 메기형 마물. 이래 보여도 하위의 화룡종. 엘로 대미궁의 중층에서만 서식하는 고유종. 평소에는 마그마 속에 가만히 있지만 지상에서 사냥감을 발견하면 거대한 입으로 덮쳐들어서 통째로 삼켜버린다.

{Status}

HP 390/390

MP 150/150

SP 148/148
395/395

평균 공격 능력: 296 평균 방어 능력: 256 평균 마법 능력: 91
평균 저항 능력: 88 평균 속도 능력: 89

{Skill} 「화룡 LV1」「용린 LV1」「명중 LV6」「유영 LV5」「과식 LV1」
「염열 무효」

엘로 게네레이브

Elroe Gunerave

엘로 대미궁에 서식하는 장어형 마물. 이래 보여도 중위의 화룡종. 엘로 대미궁의 중층에서만 서식하는 고유종. 과식계 스킬을 가진 이유는 먹이가 적은 환경에서도 낭비 없이 에너지를 보존하기 위한 독자의 진화를 진행했기 때문.

{Status}

HP 980/980

MP 490/490

SP 880/880

950/950

평균 공격 능력: 881 평균 방어 능력: 809 평균 마법 능력: 444
평균 저항 능력: 421 평균 속도 능력: 573

{Skill} 「화룡 LV4」「용린 LV5」「화염 강화 LV1」「명중 LV10」「회피 LV1」「확률 보정 LV1」「고속 유영 LV2」「과식 LV5」「염열 무효」「생명력 LV3」「순발력 LV1」「지구력 LV3」「강화 LV1」「견고 LV1」

엘로 게네소카

Elroe Gunesohka

엘로 대미궁에 서식하는 용 마물. 상위의 화룡종. 지구의 동양의 용을 방불케 하는 긴 체구를 가지고 있다. 엘로 대미궁 중층의 용종을 지휘하는 존재. 사실은 외적이 존재하지 않았기 때문에 실전 경험이 적어서 상위의 용이라기에는 무척 약했다.

{Status}

HP 1985/1985

MP 1522/1522

SP 1781/1781

1964/1964

평균 공격 능력: 1616 평균 방어 능력: 1501
평균 마법 능력: 1199 평균 저항 능력: 1196 평균 속도 능력: 1310

{Skill} 「화룡 LV8」「역린 LV1」「SP 회복 속도 LV1」「SP 소비 완화 LV1」「화염 공격 LV2」「화염 강화 LV1」「연계 LV1」「통솔 LV3」「명중 LV10」「회피 LV10」「확률 보정 LV4」「기척 감지 LV1」「위험 감지 LV3」「고속 유영 LV4」「타격 내성 LV2」「염열 무효」「생명력 LV8」「순발력 LV4」「지구력 LV5」「강화 LV8」「견고 LV8」「술사 LV1」「호법 LV1」「질주 LV2」「과식 LV5」

지룡 게에레 Earth Dragon Gehre

엘로 대미궁에 서식하는 용. 속도에 특화됐다. 신속한 움직임으로 적에게 접근하여 앞다리에 달린 칼날로 찢어발기는 공격이 특기이다. 지룡의 특징인 높은 방어력도 겸비하고 있다. 반면에 마법 공격은 영 모자라다. 지룡 카구나의 짝.

{Status}

HP 3556／3556
MP 2991／2991
SP 4067／4067
3562／3845

평균 공격 능력: 3433
평균 방어 능력: 3874
평균 마법 능력: 1343
평균 저항 능력: 3396
평균 속도 능력: 4122

{Skill} 「지룡 LV2」「역린 LV6」「견갑각 LV2」「강체 LV2」「HP 고속 회복 LV3」「MP 회복 속도 LV1」「MP 소비 완화 LV1」「마력 감지 LV3」「마력 조작 LV3」「SP 고속 회복 LV3」「SP 소비 대완화 LV3」「대지 강화 LV8」「파괴 강화 LV9」「참격 대강화 LV8」「관통 대강화 LV4」「타격 대강화 LV8」「마력격 LV1」「대지 공격 LV8」「공간 기동 LV5」「명중 LV10」「회피 LV10」「확률 보정 LV7」「위험 감지 LV10」「기척 감지 LV8」「열 감지 LV7」「동태 감지 LV8」「흙 마법 LV2」「파괴 내성 LV4」「참격 내성 LV8」「관통 내성 LV8」「타격 내성 LV9」「충격 내성 LV5」「대지 무효」「벼락 내성 LV3」「상태 이상 대내성 LV3」「부식 내성 LV3」「고통 무효」「통각 경감 LV7」「시각 강화 LV7」「밤눈 LV10」「시각 영역 확장 LV5」「청각 강화 LV5」「후각 강화 LV4」「촉각 강화 LV3」「신명 LV5」「마력 기관 LV1」「천동 LV2」「부천 LV1」「강대 LV8」「강고 LV9」「도사 LV1」「수호 LV8」「위타천 LV3」

지룡 카구나 Earth Dragon Kagna

엘로 대미궁에 서식하는 용. 방어에 특화됐다. 지룡의 특징은 높은 방어력에 있지만 개중에서도 특히 방어력에 중점을 둔 개체. 걸어 다니는 요새라고도 말할 수 있는 존재이며 어중간한 공격으로는 흠집 하나도 내지 못한다. 지룡 게에레의 짝.

{Status}

HP 4198/4198
MP 3339/3654
SP 2798/2798
2995/3112

평균 공격 능력: 3989
평균 방어 능력: 4333
평균 마법 능력: 1837
평균 저항 능력: 4005
평균 속도 능력: 1225

{Skill} 「지룡 LV2」「역린 LV9」「견갑각 LV8」「강체 LV8」「HP 고속 회복 LV6」「MP 회복 속도 LV2」「MP 소비 완화 LV2」「마력 감지 LV3」「마력 조작 LV3」「SP 회복 속도 LV1」「SP 소비 완화 LV1」「대지 강화 LV8」「파괴 강화 LV8」「관통 강화 LV6」「타격 대강화 LV5」「마력격 LV1」「대지 공격 LV9」「명중 LV3」「위험 감지 LV10」「열 감지 LV6」「흙 마법 LV2」「파괴 내성 LV9」「참격 대내성 LV2」「관통 대내성 LV3」「타격 대내성 LV6」「충격 대내성 LV4」「대지 무효」「불 내성 LV3」「벼락 내성 LV7」「물 내성 LV3」「바람 내성 LV5」「중압 내성 LV2」「상태 이상 대내성 LV8」「부식 내성 LV3」「고통 무효」「통각 대경감 LV3」「시각 강화 LV3」「밤눈 LV10」「시각 영역 확장 LV4」「청각 강화 LV1」「천명 LV2」「마력 기관 LV3」「순신 LV1」「내구 LV1」「강대 LV9」「성채 LV2」「도사 LV2」「천수 LV1」「축지 LV1」

지룡 아라바

Earth Dragon Araba

엘로 대미궁에 서식하는 용. 모든 능력이 뛰어난 만능형. 결점이라고 할 만한 것이 없기 때문에 정면 승부를 감행하자면 순수하게 능력으로 뛰어넘지 못하는 한 승산이 없다. 엘로 대미궁 하층에서 최하층으로 가는 길을 수호하는 문지기.

{Status}

HP 4663/4663

MP 4076/4076

SP 4570/4570
4569/4569

평균 공격 능력: 4610
평균 방어 능력: 4597
평균 마법 능력: 4022
평균 저항 능력: 4138
평균 속도 능력: 4555

{Skill}

「지룡 LV3」「천린 LV2」「중갑각 LV1」「신강체 LV1」「HP 고속 회복 LV8」「MP 고속 회복 LV5」「MP 소비 대완화 LV5」「마력 감지 LV10」「정밀 마력 조작 LV1」「SP 고속 회복 LV7」「SP 소비 대완화 LV7」「마투법 LV9」「대마력격 LV1」「투신법 LV3」「대기력격 LV3」「대지 공격 LV10」「대지 강화 LV10」「파괴 대강화 LV3」「참격 대강화 LV10」「관통 대강화 LV8」「타격 대강화 LV10」「공간 기동 LV8」「은밀 LV10」「미채 LV3」「명중 LV10」「회피 LV10」「확률 대보정 LV4」「위험 감지 LV10」「기척 감지 LV10」「열 감지 LV10」「동태 감지 LV10」「흙 마법 LV10」「대지 마법 LV10」「지진 마법 LV2」「그림자 마법 LV10」「어둠 마법 LV7」「파괴 대내성 LV1」「참격 대내성 LV4」「관통 대내성 LV3」「타격 대내성 LV5」「충격 대내성 LV1」「대지 무효」「불 내성 LV6」「벼락 내성 LV8」「물 내성 LV5」「바람 내성 LV6」「어둠 내성 LV4」「상태 이상 대내성 LV7」「부식 내성 LV6」「고통 무효」「통각 대경감 LV7」「시각 강화 LV10」「망원 LV8」「밤눈 LV10」「시각 영역 확장 LV7」「청각 강화 LV10」「청각 영역 확장 LV3」「후각 강화 LV7」「촉각 강화 LV7」「천명 LV3」「천마 LV1」「천동 LV3」「부천 LV3」「강의 LV3」「성채 LV3」「천도 LV1」「천수 LV2」「위타천 LV3」

퀸 타라텍트

Queen Taratect

엘로 대미궁 등 세계에 다섯 개체가 존재하는 거미형 마물. 거미형 마물의 정점에 군림하는 여왕이며 지닌 무력은 상위의 용종마저 뛰어넘는다. 압도적인 힘으로 대부분의 적을 분쇄할 수 있는 까닭에 알려지지는 않았지만 지능도 높고 교활하다.

{Status}

HP 8971/8971

MP 8012/8012

SP 8455/8455

8467/8467

평균 공격 능력: 8846 평균 방어 능력: 8839
평균 마법 능력: 7992
평균 저항 능력: 7991 평균 속도 능력: 8810

{Skill}

「HP 고속 회복 LV9」「MP 고속 회복 LV1」「MP 소비 대완화 LV1」「마투법 LV8」「마력 부여 LV1」「마력격 LV5」「SP 고속 회복 LV8」「SP 소비 대완화 LV8」「파괴 대강화 LV4」「타격 대강화 LV4」「참격 대강화 LV3」「관통 대강화 LV5」「충격 대강화 LV5」「상태 이상 대강화 LV10」「투신법 LV5」「기력 부여 LV5」「대기력격 LV1」「용력 LV1」「용 결계 LV1」「맹독 공격 LV10」「강마비 공격 LV10」「외도 공격 LV3」「독 합성 LV10」「약 합성 LV10」「실의 천재 LV10」「신직사」「실부림 LV10」「염력 LV1」「투척 LV10」「사출 LV10」「공간 기동 LV10」「권속 지배 LV10,「산란 LV10」「집중 LV10」「사고 가속 LV3」「미래시 LV1」「병렬 의사 LV3」「고속 연산 LV10」「명중 LV10」「회피 LV10」「확률 대보정 LV1」「은밀 LV10」「미재 LV7」「무음 LV5」「제왕」「외도 마법 LV10」「그림자 마법 LV10」「어둠 마법 LV8」「독 마법 LV10」「치료 마법 LV4」「마왕 LV1」「포식 LV10」「파괴 대내성 LV1」「타격 대내성 LV9」「참격 대내성 LV1」「관통 대내성 LV1」「충격 대내성 LV1」「불 내성 LV8」「물 내성 LV5」「바람 내성 LV5」「흙 내성 LV6」「빛 내성 LV7」「빛 내성 LV9」「암흑 내성 LV1」「중압 내성 LV7」「상태 이상 무효」「산 대내성 LV1」「부식 내성 LV2」「기절 내성 LV2」「공포 내성 LV3」「외도 내성 LV3」「고통 무효」「통각 무효」「밤눈 LV10」「천리안 LV6」「오감 대강화 LV10」「지각 영역 확장 LV5」「천명 LV10」「천마 LV10」「천동 LV10」「부천 LV10」「강의 LV10」「성채 LV10」「천도 LV10」「천수 LV10」「위타천 LV10」「금기 LV10」

「나」의
엘로 대미궁 생활 중
인상적이었던 만남
그중 첫 번째
인간을 구해주고 받았던
단맛

「나」의
엘로 대미궁 생활 중
인상적이었던 만남
그중 두 번째
끝없이 쫓아오는
변태 할아범

본인은 개구리올시다

본인은 엘로 대미궁이라는 곳에서 사는 개구리 마물이올시다.

이름은 딱히 없다.

이름이 있는 마물은 네임드 몬스터라고 불리며 두려움을 사는 존재이지 않은가.

본인도 언젠가는 그런 거물이 될지도 모르지만 지금은 단지 이름 없는 개구리올시다.

엘로 프로그라는 마물은 이곳 엘로 대미궁에 서식하는 고유종이다.

즉 희소한 부류이다.

그것만으로도 본인의 가치를 알 수 있을 터.

미안하군, 괜한 자랑을 했다.

다만 거짓말도 딱히 아니라네.

엘로 프로그는 엘로 대미궁에 서식하는 마물 중에서는 최약이라는 말까지 듣진 않을지언정 거기에 가까운 약한 마물이다.

그런 데다가 우리의 가죽은 일곱 빛깔로 빛나서 장식품으로 가공되는 경우가 많다.

약한 데다가 소재는 고가.

이제는 다들 아셨을 테지.

우리 엘로 프로그는 모험가에게 있어 몹시도 몹시 매력적인 사냥감이라네.

천적은 모험가뿐이 아닐지니.

다른 마물도 역시 우리의 생명을 위협하는 위험한 적이다.

우리는 약하다.

강력한 마물이 날뛰는 이곳 엘로 대미궁에서 살아남을 수 있는 것은 극히 일부의 선택받은 개구리뿐이라네.

우리가 멸종을 면할 수 있는 까닭도 뛰어난 번식력과 잡식이라서 바위도 먹이로 먹을 수 있는 거대한 포용력이 힘을 발휘했던 덕분이지.

그러나 최근 묘하게 부근에서 만나는 동족의 숫자가 빨리 줄어든다.

우리의 약한 능력을 떠올리면 숫자가 줄어드는 것은 어쩔 수 없지만 그렇다 쳐도 감소의 정도가 비정상적이야.

이것은 조속히 원인을 확인해야 할 사안이지.

음음?

본인의 몸이 안 움직이는군.

이게 도대체 어쩐 일인가?

헉! 이것은 설마 소문으로 듣던 거미집이 아닌가?

안 된다, 이대로 못 움직이고 붙들려 있다가는 집의 주인에게 잡아먹힌다.

허둥지둥 발버둥쳐도 신체가 자유를 찾지 못하고 등 뒤에서 무엇인가가 다가드는 기척이 느껴졌다.

아무래도 본인의 명운도 여기까지인가 보군.

고개를 돌린 저편에서는 한 마리의 거미가 막 본인의 몸에 이빨을 박아 넣는 참이었다.

개구리가 이런 생각을 하고 있나면 재미있을 텐데 말이야~.

아, 쓰다. 맛없어.

세계가 인정해준 실

내가 항상 신경 쓰는 문제가 있다.

그것은 내 실의 감정 결과.

감정의 레벨이 올라가면 보여주는 설명문도 조금씩 길어졌다.

즉 레벨이 올라감에 따라 더욱 상세한 설명을 볼 수 있다는 뜻이지.

중층에 들어오기 전은 솔직히 저런 데 신경을 쓸 여유가 없었던 데다가 중층에 들어온 다음부터는 실을 뽑을 처지가 아니었기 때문에 시험해본 적이 없다.

그러나 상층으로 돌아오면 꼭 감정해보자고 마음속으로 다짐을 했단 말이지~.

예지 님으로 진화한 감정이 내 실을 어떻게 평가해주는가.

대단히 흥미가 있습니다.

그런고로 상층에 돌아온 지금, 염원했던 무엇이든 실 감정단 개최!

우선은 아무 가공도 안 하고 뽑아낸 기본 실.

예지 님, 감정 부탁함다!

〈거미줄: 점성을 지닌 거미형 마물이 생성한 실. 주로 집의 재료나 사냥감을 붙잡을 때 사용된다. 이 실에 붙들리면 탈출은 곤란. 그런 경우, 불에는 약하므로 태워 떨치는 방법이 유효. 품질 A.〉

오호~라.

거의 다 아는 정보만 있기는 한데 마지막에 나오는 품질은 본 적이 없구나~.

A면 많이 괜찮다는 뜻이지?

일부러 품질을 낮춰서 실을 뽑아내고 다시 감정해봤더니 품질 B로 나왔다.

나의 실 스킬 레벨은 아직껏 최고 레벨에는 한참 멀었으니까 A가 최고 품질은 아닌 것 같은데, 그래도 괜찮다는 평가를 할 수 있지 않을까?

다음은 개조 실.

점성과 내구성을 최대까지 올린 내가 평소에 쓰는 녀석.

〈거미줄: 대단히 높은 점성과 내구성을 지닌 거미형 마물이 생성한 실. 주로 집의 재료나 사냥감을 붙잡을 때 사용된다. 이 실에 붙들리면 탈출은 곤란. 그런 경우, 불에는 약하므로 태워 떨치는 방법이 유효. 품질 A.〉

품질은 변함없는데 설명문에 살짝 추가된 부분이 있네.

다음은 참(斬) 속성을 추가해볼까.

〈거미줄(공격력+200): 점성을 지닌, 참 속성이 추가된 거미형 마물이 생성한 실. 주로 집의 재료나 사냥감을 붙잡을 때 사용된다. 이 실에 붙들리면 탈출이 곤란하고 깊이 베이게 된다. 그런 경우, 불에는 약하므로 태워 떨치는 방법이 유효. 품질 A.〉

응? 뭔가 공격력을 알려주는 항목이 늘어났네?

게임에서 쓰는 표현으로 장비 같은 느낌의 설명인데 대충 맞겠지?

내 실은 장비였구나~.

뭐, 확실히 무기라면 무기가 맞기는 하지.

나의 메인 웨폰이라네.

뭔가 다르다는 생각도 들지만 좋다고 치고 넘어가자.

타격 속성과 충격 속성도 똑같이 시험해봤는데 큰 차이는 없었다.

다음은 내성 부여를 했지만 기본의 설명문에 무슨무슨 속성에 높은 내성이 있다, 문구가 하나 추가되는 게 전부였다.

유일하게 큰 변화는 불 내성을 추가했을 때였다. 불에 약하다는 어쩌고저쩌고 설명 부분이 「불에도 어느 정도의 내성이 있어서 어중간한 화력으로는 태워 떨치는 것도 곤란」이라는 느낌이었다.

내성 부여해도 태우면 떨어지는구나.

서글퍼라.

다시 마음을 다잡고 이번에는 점성을 없애봤다.

거미줄의 최대 특징인 점성을 없애면 그냥 단순한 실이 되어버릴 텐데 그러면 감정 결과는 어떻게 될까?

아, 이왕에 질감도 좋게 만들어볼까.

〈거미줄: 거미형 마물이 생성한 점성이 없는 지극히 귀한 실. 내구성 및 마력 전도성이 뛰어나 소재로 쓰는 실의 부류 중 최상급의 물품이다. 다만 거미형 마물이 의도해서 생성하지 않는 한 구할 수 없어서 입수는 대단히 곤란. 품질 A.〉

뭔가 설명문이 확 바뀌었다!

기본 실의 설명에서 원형이 유지되질 않아!

아니, 뭐, 확실히 거미줄에서 점성을 빼면 당연히 완전 다른 물건이 되지만 말야.

이때까지 기본 설명에서 한 마디 두 마디가 추가되는 정도의 변화밖에 없었잖아.

그런데 진짜 확 바뀌네.

아, 그나저나 점성을 없앤 실은 소재로서 엄청나게 좋은가 봐.

마구 칭찬해주잖아.

마력 전도성이라는 말이 뭔 뜻인가 싶어서 이중 감정을 해봤는데 마법이라든가 스킬이라든가의 힘이 잘 담기고 안 담기는 차이를 말하는 것 같았다.

거미줄은 그 힘을 담아내기가 수월하단 말이네.

뭐, 원래부터 커스터마이즈가 가능한 실이니까.

이래저래 가공도 쉬운 게 아니려나.

이걸로 옷이나 방어구를 만들면 좋은 물건이 되겠다.

뭐, 이제 와서 이 거미 몸에 옷을 입히자는 생각은 안 하지만.

옷 입어도 움직이는 데 방해되고 무엇보다 입었을 때 찢지 않으면 못 벗을 것 같단 말이야.

거미 몸뚱이는 인간과 달리 복잡한 구조라고!

아무렇게나 홀랑 입거나 벗을 수 없어!

다리 여덟 개를 얕보지 마라!

후유. 뭐, 옷 문제는 넘어가고.

내 실이 세계의 안목으로 봐도 좋은 물건이라는 증명이 이루어진 셈이다.

예지 님의 말씀이니까 틀림없어.

앞으로도 이 실에 열심히 의지하도록 하자.

실과 모험가

타라텍트의 집을 불살랐던 모험가들.

그들은 천천히 신중하게 불사른 뒤 집이 있었던 장소를 나아갔다.

그리고 집의 중심부에서 기묘한 물체를 발견했다.

"이게 뭐야?"

"하얀, 구슬? 실인가?"

그들의 시야에 들어온 것, 그것은 지면에 굴러다니는 무수히 많은 하얀 구슬이었다.

또한 지그시 살펴보면 가느다란 실을 뭉쳐 놓은 실 구슬임을 알 수 있었다.

거미 마물 타라텍트가 이따금 집을 만든다는 것은 모험가들 사이에서 상식이지만, 집 안에 실 구슬을 만들어 놓는다는 이야기는 들어본 적이 없었다.

리더 격 남자가 신중하게 검집으로 실 구슬을 건드렸다.

거미줄로 만들어졌다면 물론 구슬도 끈적한 점착력을 갖고 있을 것이라 예상해서였다.

그런데 검집에 돌아오는 것은 사뿐한 감촉이었다.

마치 극상의 목화솜을 어루만지는 듯 부드러운 반응.

흔한 모험가에 불과한 남자가 극상의 목화솜을 만져본 경험은 전혀 없겠지만…….

리더는 흠칫흠칫 실 구슬을 손에 들었다.

마치 절세 미녀의 머리카락처럼 매끄러운 감촉.

인기 없는 리더는 절세 미녀는커녕, 태어난 이후 여성의 머리카락을 만져본 경험 따위 거의 없었지만…….

언제가지고 만지고 싶은 감촉이었던 터라 이 장소가 위험한 미궁 내부임에도 불구하고 멍하니 도취됐다.

그 광경을 본 멤버 중 하나가 더는 못 견디고 실 구슬이 가득 쌓인 곳에 다이빙했다.

부드러운 감촉이 온몸을 받아 내면서 감싸 안는다.

마치 구름 침대 같았다.

물론 구름 침대에서 잠든 경험은 전혀 없었고 물리적으로 불가능한 터라 어디까지나 단순한 망상이었지만…….

참지 못했던 다른 멤버도 실 구슬에 다이빙했다.

잠시간 극한 행복의 때를 만끽한 뒤 그들은 실 구슬을 전부 회수하고, 겸사겸사 바닥에 굴러다니던 용의 알이라 짐작되는 물체를 챙겨 복귀했다.

용의 알은 희소품라서 매각하면 상당한 재산을 얻을 수 있지만 그들에게는 겸사겸사에 불과했다.

이 이야기를 나중에 듣게 된 어느 새끼 용은 「말도 안 되는데!」라며 분개했다고 한다.

아무튼 간에 이 모험가 일행에 의해 실 구슬은 세상에 퍼져 나갔다.

사실 그들은 실 구슬을 처분하려는 마음이 아예 없었다.

그야말로 홀딱 빠졌기 때문이다.

매입에 성공했던 상인에게는 대단한 교섭 기술과 선견지명이 있었다.

상인이 제시하는 조건은 금전 이외에도 또 하나, 실 구슬을 써서 침구를 제작한 뒤 모험가에게 제공하겠다는 내용이었다.

이렇게 모험가들은 막대한 돈과 기분 좋은 안면을 손에 넣을 수 있었다.

개구리

개구리, 저 녀석은 내가 이 미궁에서 처음으로 쓰러뜨렸던 마물.

이후 툭하면 마주치게 되는 녀석이었다.

미궁 안에서는 상당히 약한 마물에 속하는데 잔뜩 돌아다니더라고~.

뭐, 약하다고 해도 내가 태어났을 때보다는 충분히 세지만 말야.

아니거든? 개구리가 강한 게 아니라 스몰 레서 타라텍트가 너무 약해서거든?

개구리도 다른 마물과 비교하면 약하단 말야.

그렇게 약한 개구리인데, 숫자만큼은 많아.

그렇다고 해서 무리를 지어 다니는 것도 아니고.

잔뜩 떼를 지어서 생활하는 그리마라든가 항상 세 마리씩 행동하는 사이좋은 단짝 친구들처럼, 딱히 생존을 위해 숫자의 폭력에 의지하지 않는다.

미궁에 넓게 분포된 녀석들이 각각 알아서 제멋대로 생활하고 있다.

상층에서는 잔뜩 넘쳐나는 개구리가 알고 보니 하층이랑 중층에도 있더라고.

하층에서는 약한 마물이어도 독을 갖고 있으니까 강한 마물이 못 본 척하고 넘어가준다.

상층과 비교하면 숫자는 적은 편이었지만 그래도 자주 볼 수 있었어.

상층보다 숫자가 적은 이유는 독을 가졌음에도 못 본 척하고 넘어가주지 않아서 였을 거야.

적극적으로 먹지는 않아도 배가 고픈데 달리 먹거리가 없으면 잡아먹는다.

하층에서 개구리의 취급은 저런 느낌이었거든.

중층에서는 환경에 적응하는 진화를 했다.

중층은 마그마가 흘러넘치는 멋진 작열 지옥.

화염 무효라는 훌륭한 내성 스킬을 갖고 마그마 속을 우아하게 헤엄쳐 다니더라니까.

개구리 주제에 건방지다.

뭐, 중층에는 그 밖에도 상층의 마물이 환경에 적응해서 진화한 녀석들이 있었고 딱히 개구리만 특별한 게 아니었다.

아니긴 한데 나도 보유하지 못한 화염 무효라는 스킬을 개구리가 갖고 있다는 게 뭐랄까, 추월당한 기분이랄까 묘한 패배감이 들어서…….

상층에서 거듭 사투를 벌이며 혼자 라이벌 취급을 했던 개구리.

지금 와서는 콧노래를 흥얼거리며 학살 가능한 개구리가, 내가 안달복달하며 원하는 스킬을 가지고 있다.

뭘까, 이 먹먹한 마음은…….

아무튼 개구리는 말야, 약하지만 살아남기 위한 수단을 제대로 가지고 있다.

미궁 내부는 약육강식.

약하면 금세 강한 마물에게 당해서 잡아먹혀버린다.

하층에서는 독을 가지고 있어서 외면받을 수 있었지만 독 이외에도 다른 생존 수단이 있다.

약한 개구리가 상층에서 잔뜩 번식하며 살아남을 수 있는 이유는 저 녀석들이 잡식성이기 때문.

재네는 뭐든 다 먹는다.

그야말로 미궁 자체까지…….

개구리는 산 공격이라는 스킬을 갖고 있는데 그 힘으로 경이로운 소화력을 손에 넣은 것 같아.

여기저기 굴러다니는 바위 같은 물체도 아무렇지 않게 먹는다.

바위에 영양분이 있었던가? 그런 의문이 떠오르지만 이런 문제는 생각해도 끝이 안 나니까 패스.

실제로 먹어 치우는 걸 보면 제대로 영양분이 있단 뜻이지, 응.

입맛에 맞는 식사는 아닌 듯 어지간히 배고픈 게 아니면 안 먹는 눈치였지만…….

그럼에도 마물밖에 먹을 수 없는 나와 다르게 식량 때문에 고생할 일이 없었다.

바위랑 돌멩이는 여기저기 막 굴러다니고 진짜 급하면 벽을 떼어 내도 괜찮잖아.

요런 이유로 쓸데없이 숫자가 많아져도 굶어 죽을 우려가 없다.

아무리 숫자가 잔뜩 늘어나도 먹이 경쟁을 일으킬 필요가 없으니까.

그렇게 숫자를 불려서 조금이라도 많은 개구리가 살아남을 수 있게 힘쓰는 거지.

신기한 것은 개구리 주제에 태어나는 순간은 올챙이가 아니라는 거.

미궁에는 딱히 알 낳을 물웅덩이도 없고 개구리의 새끼라고 할 만한 올챙이는 본 적이 없다.

태어난 순간부터 개구리인가?

지구와는 다른 세계의 마물이니까 겉모습이 닮았을 뿐 다른 생물일 테고 생태가 달라도 이상하다는 말은 못 하겠지만, 어쩐지 석연치가 않다.

아무튼 진화 전 올챙이는 없으면서 진화 후 개구리는 존재한다.

하층에서 발견한 그 개구리는 일단 커다랬다.

얼마나 많이 컸냐면 뱀을 통째로 삼킬 수 있을 만큼 커다랗다.

뱀 눈살에 맞은 개구리라는 말이 있는데, 그때 본 빅 개구리는 뱀이 오히려 놀라 굳어버릴 거야.

나의 본래 종족인 타라텍트도 마찬가지지만 처음에는 약해도 진화하며 점점 강해지는 마물이 제법 많은 것 같거든.

그 약해 빠졌던 개구리가 이렇게 든든해지다니, 감동했어!

하지만 빅 개구리도 결국 하층에서는 표준을 못 벗어나는 실력이다.

지룡이라든가 마더라든가 규격 외 녀석들에게는 한참 못 미치니까.

서글프지만 어차피 개구리인 거야.

어쩌면 내가 모를 뿐이고 다음 단계의 슈퍼 빅 개구리가 있을지도 모르겠는데 그런 녀석이 있다면 아직껏 가본 적 없는 최하층에 혹시 있을까.

설마 있겠냐는 생각은 들지만…….

이렇게까지 개구리의 생태를 잘 아는 녀석은 없을 게 분명하다.

누가 뭐라든 상층, 중층, 하층의 개구리를 전부 관찰하고 얻은 정보인걸.

포식이라는 이름의 해체 실험도 싹 마쳤겠다, 개구리에 대해 모르는 사실은 태어난 직후 모습 이외에는 없다 말해도 과언은 아니리라!

완전 공략에는 최하층에 진짜 개구리가 서식하는가 조사할 필요가 있지만 그렇게까지 할 마음은 없다.

개구리 마이스터를 자처해도 문제없겠군.

개구리 마이스터 칭호를 줘도 괜찮단다, 하늘의 목소리(일단은) 씨?

역시 없나요, 그런가요…….

소환, 멋지긴 한데

소환이라는 스킬이 있다.

그 이름대로 다른 장소에서 무언가를 소환하는 스킬.

그 무언가는 또 뭐냐, 스킬의 소유주와 계약을 맺은 생물이다.

요는 소환수.

애당초 소환 스킬 자체가 조련이라고 마물이든 동물이든 사역을 하기 위한 스킬이 진화한 거야.

마물 조련사가 소환사로 클래스 체인지를 하는 느낌일까.

어쨌든 마물을 사역해서 싸우게 하는 스킬이라는 뜻이네.

내가 생각을 좀 했는데 말야.

이곳 엘로 대미궁이라면 사역을 할 마물은 부족할 일이 없잖아? 응.

세계 최대의 미궁인 만큼 여기에는 마물이 많다.

바깥에 나간 적이 없어서 억측밖에 안 되겠지만 마물의 인구 밀도는 분명 높다는 생각이 든단 말이지.

그러니까 마물을 닥치는 대로 사역하면 아주 거뜬히 마물 군단을 완성시킬 수 있지 않을까?

화룡(火竜)이랑 싸웠을 때도 든 생각인데 숫자의 폭력이라는 게 진짜 무섭거든.

몸소 체험한 사실이니까 틀림없어.

질보다 양이라는 거야.

용(龍) 수준까지 올라가면 결국은 양도 의미가 없겠지만 그 아래 녀석들에게는 충분한 위협이잖아.

이제껏 솔로로 버텨왔던 나는 혼자의 한계가 어디까지인지 잘 알고 있거든.

한 명보다는 두 명이 당연히 좋지 않겠냐고.

등을 지켜줄 파트너만 있어도 벌써 생존율이 확 올라갈 것이다.

스킬로 철저하게 속박하면 반역을 당할 우려도 없고…….

무엇보다 난 육성 시뮬레이션을 좋아해.

응, 붙잡고 파고들어야 하는 게임은 대체로 다 좋아.

마물을 사역해서 길러 내는 건 엄청 재미있지 않을까.

레벨 올리면 나처럼 진화할 테고, 처음에는 약해도 끈기 있게 육성하면 언제가 최강으로 자란다거나.

불타오르는구나.

아, 하지만 나보다 강해지는 건 금지야.

나중에는 마물 대군단도 만들어보고 싶은데 처음에는 한 마리를 집중적으로 길러 볼까.

내가 마법 타입이니까 전위를 맡아줄 수 있는 마물이 좋겠네.

그렇게 망상을 하던 시기가 저에게도 있었습니다.

예지 님의 스킬 목록을 보고 내 미래 예상도는 소리를 내며 붕괴했다.

왜냐면 조련 스킬을 습득하는 데 스킬 포인트를 1만이나 써야 하는걸!

화룡이 갖고 있었던 통솔 스킬도 마찬가지.

아무래도 내게는 남을 부리는 재능이 없나 봐.

확실히 예전 삶에서도 이번 삶에서도 외톨이의 길만 달리는 사람이잖아, 나는…….

남을 부리겠다 운운하기 전에, 애당초 다른 사람과 얽히려고 들질 않았단 말야.

그야 스킬을 못 얻는 것도 납득이네.

아하하~.

어휴…….

일단 개구리부터 사역해서 심부름꾼으로 부려 먹는다는 계획은 망했구나.

중층 최악의 적

중층에서 최악의 적은 어떠한 마물인가?

해마, 중층에 잔뜩 널린 녀석들.

수는 많아도 숫자가 전부라서 대책만 잘 마련하면 해치우기는 어렵지 않다.

최악이라 불러주기에는 한참 모자라다.

메기, 아마도 해마의 진화형.

진화 형태인 만큼 해마보다 꽤 강하다.

강하긴 한데 기본 전술은 해마와 별다를 게 없는 데다가, 솔직히 말하자면 이 녀석은 중층의 개그 담당이니까 위협이 느껴지지는 않아.

최악이라 불러주기에는 한참 모자라다.

장어, 아마도 메기의 다음 단계 진화형.

제법 강하다.

기본 전술은 해마와 다를 게 없어서 마그마 속 화염구 발사가 전부인데, 능력치가 높은 까닭에 단순해도 절대 무시할 수 없는 공격이었다.

해마랑 비교하면 똑같은 전법인데도 완전히 다른 느낌.

강적이라는 의미에서는 분명 중층의 마물 중 특출한 수준이다.

하지만 단순히 강하다는 의미에서는 하층에서 훨씬 더 아찔한 녀석들을 이미 목격했다.

지룡이라든가 지룡이라든가 지룡이라든가!

그 녀석들을 떠올리면 최악이라고 불러주기에는 살짝 약하다.

내가 말하는 최악이란 도저히 쓰러뜨릴 수 없는 녀석이다.

그리고 그 녀석은 분명 쓰러뜨릴 수 없는 마물이었다.

내가 중층에서 최악이라고 생각했던 마물, 그 녀석의 이름은 엘로 피에크.

그 마물은 빨간 개 비슷한 외모에 아키타(秋田) 개와 닮은 모습을 가지고 있다.

동글동글한 눈동자가 꽤 귀엽다.

다만 능력은 꽤 야비하다.

일단 개라서 코가 좋다.

냄새로 내 접근을 감지해버리는 바람에 기습이 불가능하다.

실을 못 쓰는 중층에서 기습도 봉인된다?

이 시점에서 나와 상성이 나쁘다고 말할 수밖에 없다.

그런데 이게 전부가 아냐.

이 멍멍이는 심지어 적을 발견하면 자기 몸에 불을 붙인다.

활활 타오르는 멍멍이다.

불에 약한 나에게 불덩어리가 되어 덤벼드는 개를 상대하는 건 무척 버겁다.

아니, 공략 방법이 독 합성밖에 남지 않는다.

어떻게든 거미 맹독을 퍼부어주지 못하면 내게 승산이 없다.

그야 건드릴 수가 없잖아. 건드리면 불타 죽잖아.

개를 좋아한다면 불타면서 행복사할 수도 있겠네.

아무튼, 게다가 이 녀석은 개이기 때문인지 대부분의 경우 집단으로 돌아다니거든.

숫자의 폭력, 무서워.

독 합성밖에 승산이 없는 나에게 다수의 개가 덮쳐든다는 악몽.

아니, 진짜 죽는다고.

다행히도 능력치는 썩 높질 않더라.

한 마리 한 마리는 메기보다 상당히 약해.

그러니까 어떻게 처리가 된다.

응? 최악인데 어떻게든 처리가 되냐고?

뭐, 기다려보게. 내가 말하는 최악이란 이 개들 중에서 극히 한정된 개체를 가리켜서 한 소리라네.

그 개체의 앞에서는 강하다 약하다는 아무 상관이 없어지거든.

강하든 약하든 동등하게 도저히 쓰러뜨릴 수가 없다.

진짜 무시무시한 함정이 기다리고 있었단 말씀이야.

"끼잉~."

이제 이해가 되시는가?

이 서글프고 연약한 울음소리.

빤히 쳐다보는 동글동글한 눈동자.

살짝만 콕콕 찔러도 죽을 것 같은데 자꾸 행동으로 옮기기가 망설여지는 기분이다.

그렇다, 강아지다.

뭐냐고 저 애완동물 같은 귀여움은!

다 자란 개도 보기에 따라서는 귀여운데 강아지는 당연히 반칙 아니냐!

마물 주제에!

이쪽은 소름 끼치는 거미란 말야, 짜식아!

차별이다, 차별!

나도 이왕에 다시 태어나려면 이렇게 귀여운 게 좋아!

귀여움은 정의!

시끄럽다, 멍청아!

이런, 이렇게 귀여운 생물을 죽이라는 거냐. 생각만 해도 죄책감이 솟아나…… 솟아나지를 않네.

그러고 보니 나, 무자비라는 칭호를 갖고 있었네.

죄책감을 안 갖게 된다는 건 미묘하다고 생각했던 효과의 칭호를…….

어떻게 이런 일이.

미묘하다고 생각했던 칭호의 효과가 이런 상황에서 도움이 될 줄이야.

대책은 중요하구나.

중층 최악의 적, 당신이라면 쓰러뜨릴 수 있습니까?

"끼잉~."

중층 탐색기

나는 모험가다.

엘로 대미궁 탐색을 초보자 시절부터 해왔기 때문에 지금 와서는 안내인 없이 미궁을 걸어서 돌아다닐 수 있다.

스스로 말하기에는 조금 민망하나 아마도 모험가 중에선 가장 엘로 대미궁에 정통한 인재일 테지.

그러나 엘로 대미궁은 광대하므로 나 역시 모르는 길에 걸음을 들여놓으면 일단 제자리에서 망설이게 된다.

그야 어쩔 수 없지 않겠는가.

베테랑 안내인조차 모든 길을 다 알지는 못하니까.

그뿐 아니라 아직껏 엘로 대미궁의 전모는 밝혀지지 않았다.

엘로 대미궁은 몇몇 층으로 나뉘어 있고 우리가 평소에 탐색하는 곳은 상층이라고 불리는 층이다. 아울러 이곳 상층이 우리에게 탐색 가능한 한계이기도 하다.

중층으로 가는 입구는 이미 발견되었지만 그곳은 마그마가 흘러넘치는 작열 지옥.

노서히 사람이 걸음을 들여놓을 수 있는 영역이 아니다.

또한 중층에서 더 깊숙한 곳에 하층이라 불리는 영역이 있는데, 절벽 구덩이라는 이름이 붙은 거대한 구덩이를 내려가면 도달할 수는 있다. 하지만 그곳으로 내려갔다가 복귀한 인간은 거의 없다.

복귀에 성공했던 소수 인원의 증언에 따르면 하층은 마물이 넘쳐나는 곳이라고 한다.

그런 하층보다도 더욱더 무시무시한 마물이 서식하는 최하층도 존재한다는 소문이 나돌지만 진위는 불명이다.

중층이든 하층이든 인족이 발을 들여놓을 만한 영역은 아니다.

상층마저도 지도를 다 채워 넣지 못했으니까.

엘로 대미궁이란 이처럼 정말이지 광대하고 무시무시한 장소다.

내가 어째서 이런 설명을 늘어놓느냐면 당황스럽게도 중층 탐색 부대의 일원으로 나도 선발되어버렸기 때문이다.

국가의 지명인지라 평범한 모험가인 내게 거부권은 없었다.

국가에서 어떤 의도로 중층 탐색이라는 폭거에 나섰는지, 나는 알 도리가 없다.

당연히 나는 탐색에 반대하며 엘로 대미궁의 무시무시함을 조목조목 설명했다. 그러나 받아들여지지 않아서 나는 무모하게도 중층 탐색을 감행해야 하는 처지가 되고 말았다.

먼저 우리 부대가 실행한 것은 불 내성 스킬 레벨의 강화였다.

중층에서 살아남으려면 필수 스킬인 만큼 당연한 과정이다.

그리고 물과 식량과 같은 물자를 공간 마법으로 제작한 수납 가방에 잔뜩 넣고, 내열 장비로 몸을 두르고, 준비 만전의 상태에서 출발.

같은 탐색 부대의 녀석들은 이만큼 준비에 정성을 들였다면 공략이 가능하다며 기세등등했으나, 엘로 대미궁을 잘 아는 사람으로서 성공할 리가 없다는 생각이었다.

결론부터 말하자면 탐색은 실패로 끝났다.

무사히 복귀했다는 의미로는 성공이었을 수도 있겠지만 우리가 가지고 온 정보는 중층 공략이 불가능하다는 한 가지 사실뿐.

이러고도 성공이라고 말할 순 없을 터.

일단 상층 단계부터 좌초를 겪어야 했다.

엘로 대미궁을 알지 못하는 인원들은 상층 탐색마저 버거울 테니, 하다못해 나는 적응의 기간을 두어 몇 번쯤 상층 탐색을 경험해야 한다고 건의했다.

탐색 부대에는 나 같은 보험가 이외에도 국가의 기사 및 학자와 같은 인원이 있었기에 엘로 대미궁에 진입한 경험조차 없는 부류가 많았던 까닭이다.

그런 나의 건의는 시간 낭비라며 대번에 일축되었다.

결과, 멤버 중 절반이 상층에서 탈락.

사망은 하지 않았으나 따라오지 못하게 된 절반이 도로 되돌아갔다.

그래서 충고한 건데…….

엘로 대미궁은 낮도 밤도 알 수가 없는 암흑.

먼저 이 어둠에 적응하지 않으면 정신적으로 한계가 온다.

그 안에서 먹고 자며 며칠이나 이동해야 한단 말이다.

경험이 없는 인원이 탈락하는 것은 뻔히 예상됐다.

결국 중층에 도달한 것은, 나를 비롯하여 엘로 대미궁의 탐색 경험이 있는 인원이 대부분이었다.

국가에서 선발했다는 탐색 부대의 리더 기사만이 엘로 대미궁 미경험자 중 제대로 자기 역할을 한 인물이었다.

그런 상황에서도 중층 돌입이 감행되었다.

그곳은 한 마디로 말하자면 지옥.

상층과 정반대, 밤낮으로 빛이 끊이질 않는 눈부신 세계.

항상 몸을 태우고자 덮쳐드는 열기.

때때로 공격하는 마물은 대부분이 마그마 안쪽에서 원거리로 공격을 펼친다.

마그마 속에 돌진할 수도 없어서 근접전 위주의 병사는 이 시점부터 거의 제 역할을 하지 못했다.

불행 중 다행인 것은 마물의 힘이 상층과 별반 다르지 않았다는 사실이다.

우리는 위험도 D랭크에 해당하는 마물만 만났다. 다른 마물과는 조우할 수 없었다는 표현을 써야 할지도 모르겠지만…….

결국 우리의 탐색은 오래 지속되지 못했다.

절반으로 줄어든 부대, 가만있어도 체력이 깎여 나가는 작열 지옥, 수면을 취할 때도 눈을 가열하는 마그마의 빛 때문에 제대로 잠들 수 없고, 몸에서 빠져나가는 분량만큼 많은 물을 필요로 했다.

체력 및 기력의 한계, 예상을 넘는 식량과 물의 소비.

그러한 요소 때문에 우리는 일찌감치 중층에서 물러났다.

당연하게도 지도는 거의 만들 수 없었다.

우리는 중층의 무시무시함을 몸소 체감했다고 말할 수 있겠다.

이것은 중층이 무시무시한 이유의 편린에 불과할지도 모른다.

어쨌든 우리가 탐색을 마친 범위는 아주 일부뿐이니까.

우리가 발을 들여놓지 못하는 영역에는 중층의 진정한 공포가 기다리고 있을지도 모른다.

모험가 아이펜의 수기에서 발췌

거미가 뭐였더라?

최근에 나는 자신의 존재 의의를 살짝 잃어버렸다는 생각이 든다.

까놓고 말해보자.

최근의 나는 거미답지 않잖아, 응?

거미라면 뭐랄까, 더 멋지게 집을 만들어서 매복한다거나 독이 묻은 이빨로 집에 붙들린 사냥감을 해치운다거나.

그런 모습을 보여줘야 하지 않을까 생각이 들어.

그런데 요즘 들어서 내가 어땠냐면.

스피드에 의지해서 적의 공격을 회피.

마법을 냅다 퍼붓는 포탑화.

가까이 오면 낫으로 요격, 아니면 역시 마법으로 몰아붙이기.

응. 거미 요소는 어디로 갔담?

완전히 고기동형 이동 마법 포탑이잖아요, 감사합니다.

아니면 뭔가 겉모습만 거미 크리처?

아니, 마물이니까 크리처가 맞긴 한데 말이야.

주 전력이 마법이 된 이후부터 나의 거미류 이탈이 격해졌다는 기분이 들어.

뭐, 마법을 익힌 게 실을 못 쓰는 중층이었다는 이유도 박차를 가한 것 같기는 하다.

그때까지는 분명 거미의 상징인 실로 열심히 버텼거든.

그야말로 실이 없으면 아무것도 못할 정도의 기세로…….

그런데 정작 실을 못 쓰는 상황에 몰려서 실에 의지하지 않는 전법을 모색했던 게 거미류 이탈의 시작이었잖아.

분명히 처음 무렵에는 독에 의지했으니까 거미에서 아주 떨어져 나간 것은 아니었지만 마법을 배운 다음부터는 빵점이다.

특히 그림자 마법에서 파생된 어둠 마법을 익힌 다음은 너무나 편리해서 못 버티겠더라고.

응, 편리한걸. 어쩔 수 없잖아.

편리한 기술을 쓰겠다는 게 뭐가 나빠!

실제로 실을 써서 상대의 발을 묶고 마법으로 원거리에서 일방적으로 공격하는 전법은, 승리를 위한 나의 황금 패턴으로 자리매김했다.

실을 써먹는 만큼 간신히 아직은, 약간, 미묘하게, 쬐끔이나마 거미 요소가 남았다는 말도 할 수 있겠다는 생각이 안 들지도 않지만…….

응, 마법을 쓰는 시점에서 거미답지 않다는 말은 꺼내지 말아주기를 바라.

반대로 사안 계열은 약한 적의 상대로는 무척 유용하지만 강적에게는 효과가 밋밋하다.

눈이 여덟 개 달렸다는 이점을 활용한 사안 복수 동시 발동.

거미의 신체 구조를 여봐란듯이 이용하는 셈이니까 분명 거미다운 거야.

응, 알아.

사안이라는 시점에서 거미답지 않다는 것은…….

애당초 마법이든 사안이든 판타지 요소가 들어가버리면 그 시점에서 거미답지가 않잖아.

실이랑 독까지는 거미의 이미지에서 안 벗어나도 마법이라든가 사안이라든가 쓰기 시작하면 당연히, 알지?

그래도 저걸 안 쓰겠다는 선택지는 내 마음속에 없거든.

뭐랄까, 편리한 기술을 솔선해서 도입하지 않으면 살아가지 못할 환경이기도 하고…….

후회는 하지 않는다.

설령 그 결과로 뭔가 이미 거미라고는 말할 수 없는 처지가 되더라도.

애초에 이 세계부터 판타지인 데다가, 나도 판타지의 대표인 마물이잖아?

그러면 나 자신이 판타지가 되도 괜찮은 거야!

나의 거미류 이탈은 마땅히 발생할 만 했다!

나는 지금 거미에서 어엿한 마물로 클래스 체인지를 했단 말씀이야!

마물이라면 마법이든 사안이든 막 써도 이상할 게 없는걸!

그러니까 나는 이렇게 쭉 간다!

괜히 자기변호를 해봤다.

실제로 나의 거미류 이탈은 심각하니까.

지금도 실이랑 독이랑 막 쓸 수는 있지만 초기 무렵과 비교하면 이런저런 수단이 늘어나서 유일한 무기라는 느낌은 없거든.

헹! 반대로 생각해볼까!

나는 거미의 다음 단계로 나아갔노라고!

최첨단의 거미는 나처럼 돼야 한다는 말씀이야!

요컨대 나는 거미계의 카리스마.

내가 거미답지 않은 게 아니라 다른 거미가 시대에 뒤떨어진 거야.

도대체 무슨 일이람.

나는 어느새 거미의 시대를 선도하고 있었던 건가!

역시 난 대단해.

다른 거미 녀석들도 나를 본받아서 마법이라든가 사안을 이것저것 습득하면 좋지 않을까?

그러면 나의 거미답지 않다는 평가도 달라질 게 분명하다.

어쨌든 나야말로 거미 중의 거미가 될 테니까!

최첨단 거미의 선구자가 되면 나야말로 거미 오브 거미!

다른 거미는 나를 동경해서 내 스타일을 전부 따라 할 게 틀림없다!

뭐, 나를 따라잡고 싶어도 어중간한 노력으로는 이루어 내지 못할 테니까 정진하시게나.

푸하하하하!

뭐, 먼저 나부터가 용납하지 않을 테지만.

나의 까다로움은 나 자신이 잘~ 알고 있거든.

그렇게 까다로운 녀석이 나 말고 더 늘어난다면 마음 편하게 못 산다.

거미계의 카리스마는 나 혼자로 충분하단다.

유행은 허락 안 해줄 거야.

거미 VS 매미

여름이라는 말에서 무엇이 떠오를까?

축제.

응응.

물론 축제는 참 좋아.

특히 노점이라든가 노점이라든가 노점이라든가.

볶음국수에 솜사탕 등 축제 노점에서 파는 음식은 비싼 값인 줄 알면서도 자꾸 사 먹게 되는 마성의 매력이 있단 말이지.

그 밖에도 해수욕이라든가 피서도 겸해서 등산이라든가 이것저것 떠오를 거야.

그러나 좋은 것만 있지는 않다.

여름은 일단 덥다.

그리고 그 더위를 체감적으로 부추기는 존재가 있다.

"매앰 맴 맴 맴!"

그래, 매미다.

매미 울음소리는 여름의 명물.

저 울음소리를 듣기만 해도 체감 온도가 올라가는 The 여름! 상징의 벌레이다.

매미 울음소리를 들으며 생각한다.

아아, 이세계에도 여름이 도래하였구나~ 라고…….

본인은 거미올시다.

이름은 아직 없소.

괜스레 유명 소설의 서두를 베껴서 자기소개를 해봤는데 유감스럽게도 이게 농담이 아니라 진짜 정보란 말이죠~.

이세계 전생이라는 기묘한 경험을 한 내가 말이야, 더욱 기묘하게도 전생을 한 대상이 마물인 데다가 거미.

내가 전생한 이 세계는 레벨이나 스킬이 진짜 개념으로 있어서 정통파라고는 말하기 어려운 판타지 세계니까.

그래, 마물쯤이야 있겠지.

그 마물로 전생한 나는 거미입니다.

어째서냐고 나를 전생시킨 신님에게 물어보고 싶다.

그러나 아무리 불만을 제기한들 이미 거미가 되어버린 이상은 어쩔 수 없거든.

중요한 것은 무엇으로 태어났냐가 아니야.

어떤 식으로 살아가느냐다!

괜스레 살짝 멋 부리는 말을 해본다.

게다가 거미도 막상 되어보면 이게 또 나름대로 괜찮거든.

적어도 눈앞의 괴물과 비교하면…….

"매앰 맴 맴 맴!"

귀가 아파지는 소음을 쏟아 내는 저 녀석은 거대한 매미다.

응.

여기는 정통파라고 말하기 어려운 판타지 세계니까.

그야 매미 마물쯤이야 있고말고.

거미와 매미.

포식 생물과 피식 생물.

어느 쪽이 낫냐고 묻는다면 물론 거미가 훨씬 더 나아, 당연하잖아.

나는 잡아먹히기 싫다네!

나는 잡아먹는 쪽이 좋다네!

그리고 포식 생물과 피식 생물이 마주치면 어떻게 되나?

그야 물론 사냥의 시간이지!

내가 이렇게 보여도 꽤 강하답니다.

이러니저러니 해도 엘로 대미궁이라는 터무니없이 넓고 살의가 가득 찬 던전을 끝까지 살아서 탈출했으니까!

어? 그런 소리는 던전을 재패한 다음에 꺼내라고?

바보 같은 소리 말게나.

던전을 재패한다는 게 제정신인 생물에게 가능할 리 없잖아.

제정신인 나는 탈출만 하는 데도 힘들었다고요.

제정신? 여기에 대한 의문은 접수하지 않습니다.

"매앰 맴 맴 맴!"

그나저나 저 매미, 어떻게 해치울까?

아니, 저 녀석 진짜로 매미 맞아?

나무에 붙은 거대한 매미.

한 그루 나무로는 저 거체를 다 시행할 수가 없어서인지 다수의 나무에 각각 다리를 옭아매서 붙어 있다.

몸은 갑각충처럼 거무튀튀하고 날개는 유리처럼 일곱 색깔의 빛을 반사하고 있다.

……매미?

"매앰 맴 맴 맴!"

매미답지 않은 외형을 갖고 있지만 맴맴 울기는 하니까.

매미라고 치고 넘어가도록 하자.

아무튼 거대 매미가 맴맴 울 때마다 접근을 시도하던 새 마물이 휙 날아갔다.

나와 마찬가지로 거대 매미를 사냥하려다가 오히려 격퇴를 당한 녀석들이다.

매미한테 얻어맞는 새라니…….

그러나 어쩔 수 없는 결과인지도 모르겠다.

매미의 스테이터스를 감정하면 이유를 잘 알 수 있었다.

〈맴맴이 LV10

스테이터스 HP: 1600/1600(녹) (상세)
MP: 1235/1599(청) (상세)
SP: 1543/1543(황) (상세)
: 897/1566(적) (상세)
평균 공격 능력: 1629 (상세)
평균 방어 능력: 1577 (상세)
평균 마법 능력: 1601 (상세)
평균 저항 능력: 1574 (상세)
평균 속도 능력: 1556 (상세)

스킬

「견갑각 LV1」「HP 자동 회복 LV1」「SP 소비 대완화 LV10」
「소리 공격 LV1」「마력 감지 LV4」「마력 조작 LV4」「흙 마법 LV4」

「바람 마법 LV1」「비상 LV1」

스킬 포인트: 30000

칭호 없음 〉

맴맴이라는 이름은 뭘까. 개그인가?

그건 그렇고 능력치가 높다!

대체로 평균 능력치 1600쯤.

얘가 얼마나 센 녀석이냐면 내가 예전에 엘로 대미궁에서 싸운 적 있는 상위 용보다는 낮지만 중위 용보다는 높은 정도다.

즉 상위 용에게 필적하는 수준.

상위 용에 버금가는 매미. ……매미?

참고로 아까 전부터 매미에게 돌격했다가 도리어 얻어맞고 있는 새 마물의 능력치는 모든 능력치가 100 미만.

너 용케 겁 없이 매미한테 돌격할 생각을 하는구나!

평범하게 생각하면 이길 수 없다는 걸 알 텐데.

뭐가 재네를 저렇게까지 몰아세우는 걸까.

그건가?

조류의 자존심인가?

벌레 따위에게 질 수는 없다는 심정인가?

"매앰 맴 맴 맴!"

아니, 단순하게 소리가 너무 시끄러워서 화났을 뿐인가.

그야 자기들 영역에서 불쑥 폭음을 쏟아 내면 불평의 말 한마디는 하고 싶어지겠지.

참고로 폭음이라는 표현은 폭발하는 듯 거대한 음량이라는 의미가 아니다.

폭발하는 소리라서 폭음이다.

저 거대 매미가 맴맴 울 때마다 소리의 충격파가 전방위에 마구 퍼져 나가며 접근하는 대상을 가차 없이 날려버린다.

소리 폭탄이구나.

응.

소리만으로 저런 충격파가 나올 리 없잖냐는 생각이 들지만, 여기는 스킬이 존재하는 정통파라고 말하기 어려운 판타지 세계니까.

아마도 거대 매미의 스킬, 소리 공격의 효과일 거야.

스킬 레벨은 좀 낮아도 높은 능력치로 보충하는 느낌일까.

매미가 맴맴 울 때마다 펑펑 폭발하는군.

그리고 녀석은 줄곧 울음을 쏟아 내고 있다.

즉 폭발이 안 멈춘다.

매미가 매달려 있는 나무는 무사한 만큼 얼마 정도는 방향을 조정 가능한 것 같은데 전방위에 단속적으로 충격파를 발사하는 상대니까 대단한 정보도 못 되고, 섣불리 접근할 수 없다는 사실은 달라지지 않는다.

매미 주제에 난공불락의 성채와 다를 게 없어.

매미는 여름에 좀 시끄럽기만 하고 다른 부분에서는 거의 무해한 벌레가 아니었나?

역시 이세계다.

약육강식의 이세계에서는 매미도 저렇게 예상을 어긋나는 방향으로 진화하는구나.

"매앰 맴 맴 맴!"

또 한 마리, 새 마물이 매미의 먹이가 됐다.

이대로 방치하면 이 부근의 새 마물이 모조리 전멸하겠네!

그래서 어쩌라는 느낌은 들지만 생태계라든가 균형이 무너질 것 같다.

자, 어떻게 공략해야 할까.

솔직히 저 매미를 그냥 해치우는 건 어렵지 않다.

내게는 사안이라거나 마법이라거나 원거리 공격 수단이 있으니까.

저 폭음의 유효 범위에 안 들어가도 원거리 공격으로 마음껏 처리할 수 있다.

……거미가 뭐였더라?

응. 뭐, 여기는 정통파라고 말하기 어려운 판타지 세계니까.

거미도 나처럼 예상을 쏙 벗어나서 진화를 하지.

뭐랄까, 곧이곧대로 살다가는 엘로 대미궁에서 목숨을 부지할 수 없단 말이야!

그래도 여기는 엘로 대미궁이 아니다.

너무 심하게 신상을 하시 않아도 살아길 수 있다.

그런고로 저 매미는 초심으로 돌아가서 거미의 초기 장비, 실과 독만 가지고 처리하자는 마음을 먹었다.

왜 굳이 귀찮게 제약을 거냐고요?

요즘 들어서 사안이나 마법을 펑펑 써버리는 탓에 나의 거미다움이 손상되고 있기 때문이라네!

거미의 아이덴티티를 되찾기 위해서라도 이번에는 나답게 싸워보자는 마음을 먹었어요.

물론 진지하게 싸워야 간신히 이길 수 있을 거물이 상대라면 얘기가 달라지지만 말야.

저 매미는 예전에 내가 해치웠던 상위 용에게도 못 미친다.

누가 뭐라든 상위 용보다 더욱 상위종인 용(龍)마저 쓰러뜨렸던 몸이니까.

겨우 매미쯤이야 낙승 아니겠어요?

그러니까 이런 놀이도 가능한 거야.

하지만~!

놀이여도 마음을 놓을 순 없다.

아무리 쉽게 이길 수 있는 상대여도 일단 목숨을 건 대결이다.

방심은 금물이라고요.

그러니까 제약을 걸어도 다른 부분은 진지하게 한다.

그러기 위해서라도 먼저 상대를 잘 알아야겠지.

내게는 감정, 상대의 스테이터스를 파악하는 스킬이 있다.

감정으로 파악한 정보에 근거하면 저 매미는 제법 강하다.

여기 주변에 출현하는 마물의 평균 능력치가 대강 100 전후라는 점을 감안하면 저 매미가 얼마나 강한지 짐작이 된다.

도대체 어쩌다가 저런 녀석이 불쑥 출현했는가, 오히려 그게 더 영문을 알 수 없단 말이지.

그래도 매미가 어디에서 출현했는지는 금방 알 수 있었다.

왜냐하면 매미의 바로 근처에 무척 커다란 구멍이 뚫려 있거든.

그리고 그 구덩이의 바로 근처에 떡 자리하고 있는 커다란 매미 껍질.

이상의 상황 증거만 봐도 범인은 분명하지요~.

요컨대 저 매미는 땅바닥 속에 유충 상태로 있던 녀석이 튀어나와서 성충 형태로 진화했다는 뜻이다.

나의 어렴풋하고 깜빡이는 지식에 따르면 매미는 유충 시기가 엄청나게 길지 않았던가?

게다가 또 성충으로 사는 기간은 짧고.

과연 여기 이세계에서도 들어맞는 내용인지는 모르겠지만 유충 기간이 길었다면 저런 사이즈로 나타나는 것도 대충 납득이 된다.

그리고 또 일부 스킬은 되게 많이 성장했는데 다른 종류는 무척 낮은 이유도…….

SP 소비 대완화라는 스킬은 이른바 만복도를 나타내는 SP, 스태미나의 소비를 억제하는 효과가 있다.

즉 마시지 않고 먹지 않고도 어느 정도는 버틸 수 있는 스킬이다.

저 스킬만 유독 성장을 했고 다른 스킬들은 별로.

여기에서 파악할 수 있는 매미의 생태.

땅속에서 줄곧~ 가만히~ 있었다.

한계가 오면 흙 마법을 써서 흙 속을 이동하며 먹을거리를 구하다가 또 가만히 있는다.

다른 가설은 안 떠오른다.

그리고 때가 오면 이렇게 비깥에 나와서 매미가 되는 셈이지.

마물에게 역사 있도다.

스테이터스에서 저런 정보까지 파악할 수 있구나.

감정, 상당히 치트라는 생각이 들어.

하지만 지금 알아낸 사실이 현 상황을 어떻게 바꿔주지는 않죠.

"매앰 맴 맴 맴."

우선 저 폭음부터 처리하지 않으면 섣불리 접근할 수도 없잖아.

훗. 하지만 나는 이미 대책을 강구했다는 말씀.

우선은 저 폭음, 항상 폭발을 일으키는 게 아니다.

매앰 부분에서는 폭발을 하지 않는다!

매앰에서 힘을 모았다가 다음에 맴 맴 맴 부분에서 3연속 폭파.

이게 매미의 공격 패턴.

즉 매앰 부분에 맞춰서 돌격하고 맴 맴 맴 3연속 폭파가 시작되기 전에 공격을 저지하거나 이탈한다.

후후후.

가능하다.

가능하고말고!

나머지는 타이밍을 가늠하는 것뿐.

"매앰 맴 맴 맴!"

좋아, 이다음이다.

"매앰."

지금이다!

폭발이 멈춘 한 순간의 틈을 찔러서 매미를 향해 맹렬히 대시했다.

나의 능력치는 마법 관련이 높고 그 다음으로 속도가 높다.

약간의 빈틈이어도 나의 속도라면 찌를 수 있다!

무방비해진 매미의 등에 달라붙어서 깨물기!

딱딱하다?!

이빨은 일단 박혔는데 밑동까지 다 관통시키지는 못했다.

매미의 순수 방어력이 높았던 것과 견갑각이라는 방어력 향상 스킬 때문에 나의 공격력으로는 글자 그대로 이빨이 안 박혔던 셈이다.

"맴 맴 맴!"

아, 큰났다?!

꾸웩?!

매미의 3연속 폭파가 나를 덮친다.

기껏 박았던 이빨이 쏙 빠지며 휙 날아가버렸다.

꾸우오오.

대미지를 먹어버렸어.

이 정도로는 죽지 않지만 노 대미지로 단박에 결판을 낼 작정이었는데 얻어맞았어.

살짝 자존심이 상처 받았다.

제길, 용서 못 해!

"매앰 맴 맴 맴!"

의기양양하게 또 울기 시작하는 메미.

태도가 짜증스럽다.

이빨은 안 되네.

저 단단한 방어를 돌파하기에는 내 공격력이 부족해.

나의 능력치는 사실 엄청나게 치우쳐 있다.

마법 관련과 속도는 무척 높고.

아까 애기했던 용(龍)보다도 대폭 높은 수준이지.

하지만 나머지 능력치는 비교적 많이 낮아.

매미보다는 높아도 일격으로 큰 대미지를 주기에는 살짝 불안하다.

일격 필살은 무리.

그렇다면 우선은 저 폭음부터 막고 콕콕 공격을 거듭할 수밖에 없네.

"매앰 맴 맴 맴."

타이밍을 가늠해서.

"매앰."

지금이다!

다시 한 번 매미의 등을 목표로 맹렬히 대시.

매미는 나를 비웃듯이 소리를 내고 있는 복부를 움직였다.

거기다!

나는 복부를 향해 실을 날렸다.

실이 의사를 가진 것처럼 움직이며 매미의 복부를 빙빙 옭아맨다.

움직임을 멈추게 하자 폭음이 멎었다.

핫핫하!

어떠냐, 봤느냐!

폭음이 없는 매미 따위 단순하게 덩치 큰 튼튼한 표적밖에 안 된단 말씀이야!

……매미?

뭐, 됐고.

이제 매미는 제대로 된 공격 수단을 잃어버렸다.

남은 건 굽든 태우든 마음껏 해치울 뿐이다.

자~ 어떻게 요리해줄까, 엉?!

"부부부부부부부부부부!"

매미는 폭음이 막히자 급해졌는지 날개를 격하게 펄럭이며 하늘로 날아올랐다.

잠, 잠깐만! 나 아직 실이랑 연결됐는데요?!

매미의 복부를 빙빙 옭아맨 실은 내 손에 쥐여 있다.

게다가 실이 뽑혀서 나온 곳은 내 엉덩이다.

이런 상태에서 매미가 휙 날아가면 어떻게 되나?

흐엑~?!

결과, 대롱대롱 매달린 상태에서 하늘 여행을 떠나게 됩니다.

매미의 거체가 천천히 하늘을 난다.

능력치는 높아도 비상 스킬은 아직 레벨 1이니까.

그렇게 빨리 날지는 못하는구나.

유충에서 막 진화한 녀석이라 그때 막 비상 스킬을 습득했을 테니 레벨이 낮은 이유는 납득된다.

으앗, 이 자식 날아오를 때 쉬를 쌌네?!

어억, 살짝 묻었다?!

도대체 뭔 짓을 저지르는 거야, 이 자식아?!

진짜 화났다!

죽인다!

처음부터 죽일 작정이었지만 더 이상 용서는 없다!

죽을 둥 살 둥 내게서 도망치려고 매미가 마구 날아다녀도 실로 연결되어 있는 한 도망칠 방법은 없다.

실을 더듬어 가며 차근차근 매미에게 접근했다.

그런 상황에 공포를 느꼈는지 매미가 꾸불꾸불 왱왱 비행했다.

흔~들~려~!

이거 멀미에 약한 사람이면 금방 어지럽겠네.

내게는 상태 이상 무효라는 스킬이 있어서 여유롭지만!

멀미가 상태 이상에 들어가나?

살짝 의문이네.

뭐, 어느 쪽이든 안 어지러우니까 됐어.

자, 자아, 드디어 왔습니다!

실을 더듬어 마침내 매미의 등에 도착했다.

한층 더 격렬하게 매미가 공중제비를 돌아보지만 그런 정도로 나를 떼어 낼 수는 없다네.

매미의 등에 달라붙어서 갑각과 갑각의 이음매를 찾았다.

그렇게 발견한 곳에다 이빨을 깊이 박아 넣었다.

갑각이 단단해도 무른 부분을 공격해서 뚫으면 그만이잖아.

약점이 되는 이음매라면 내 이빨도 제대로 박힌다.

그리고 박아 넣은 그곳으로 독을 흘려 넣었다.

독으로 차근차근 약화시키는 게 진짜로 거미답다.

앗, 생각과 달리 내 독이 상당히 강력해서 흘려 넣자마자 매미가 힘이 빠져 추락해버렸다.

같이 떨어지면 매미의 거구에 뭉개질 것 같으니 지면이 가까워졌을 때 실을 잘라 내고 이탈.

척, 화려하게 착지.

매미는 벌렁 드러누워서 움찔움찔 경련하고 있다.

훗, 이겼다.

다만 승리의 여운에 잠기기는 아직 이르다.

왜냐하면 아직 매미의 HP가 바닥나지 않았으니까.

슬쩍~ 가까이 가자 매미는 최후의 힘을 쥐어짜서 날개를 움직이며 격하게 발버둥쳤다.

아~ 매미 폭탄인가, 이거. 일본에서도 봤었지~.

죽은 줄 알고 방심해서 가가이 가면 갑자기 막 발버둥치는 녀석.

이세계에서도 매미 폭탄은 건재한가.

빈사인데 건재하다는 게 무슨 말이래?

이윽고 독이 완전히 돌아서 매미는 진짜로 힘이 다했다.

후유. 길고 괴로운 사투였다.

사안이랑 마법이랑 안 쓰겠다고 제약을 걸지 말아야 했어.

그럼 오줌이나 뒤집어쓰는 비극도 피할 수 있었을 텐데!

소 잃고 외양간 고치기다.

나는 한 가지를 배웠습니다.

그리고 또 한 가지.

매미는 커다래도 먹을 수 있는 부위가 적다.

알맹이에 빈틈이 숭숭 많은 데다가 갑각은 딱딱해서 먹을 만한 게 아니었다.

그렇게 고생해서 잡은 놈인데…….

메미는 발견해도 빙치가 제일이구나.

나는 또 한 가지를 배웠습니다.

실 먹었소

정말 충격적인 광경이었다.

어쩌면 이 세계에 전생한 이후 가장 큰 충격을 받은 순간이 아니었을까.

그만큼 임팩트가 있는 광경이었다.

왜냐면, 왜냐면, 거미가 실을 먹었단 말야!

마더라든가 마왕이라든가 정신없이 술래잡기를 하던 와중의 이야기.

마더랑 마왕의 추격을 피해 다니며 엘로 대미궁에 있는 마더의 부하를 줄여 나가던 때의 이야기이다.

나는 우연하게도 그레이터 타라텍트가 스스로 뽑은 실을 먹는 현장을 목격하고 말았다!

아마도 나를 붙잡기 위해 설치했던 거미집의 실, 그것을 간식을 집어 먹듯이 쏙 먹더라니까.

어? 저거 먹어도 되는 거야?

이런 느낌으로 멍하니 굳어버렸어.

왜냐면 실이잖아?

자기가 뽑아낸 실이잖아?

자기 엉덩이에서 뽑아낸 물건이잖아?

표현은 좀 나쁘지만 결국은 배설물이거든.

그런 걸 먹겠다는 발상이 떠오를 리가 없잖아!

어째서 저걸 먹겠다는 생각이 들어?!

그렇게 궁지에 몰린 상황이야?

저거 안 먹으면 굶어 죽겠다는 정도로?

아니, 세상에~.

그야 자기 몸에서 나온 물건이니까 먹어도 배가 아파지는 난처한 사태는 안 일어나겠지만~.

뭐라고 하지? 기분상 좀 싫지 않나?

저걸 먹을 바에야 나는 차라리 우렁이 빌레 먹는다?

앗, 아냐, 아무리 그래도 재는 좀.

궁극의 양자택일이네!

○ 맛 카레와 카레 맛 ○과 똑같은 난이도로 궁극의 선택!

나는 아무것도 선택할 수가 없어요!

으음.

아무튼 저렇게 진짜 먹는 모습을 목격하면 살짝 궁금해진다.

실은 도대체 어떤 맛이 날까?

조금만 점착력을 발휘하면 대충 떡 비슷한 느낌으로 만들 순 있다.

그렇게 생각하면 의외로 먹을 수 있나?

아니 아니.

그래도 자기 엉덩이에서 나온 물건을 입에 가져가는 건 조금 아니잖아?

그림만 보면 내가 거미이고 먹는 게 실이니까 용납되겠지만 예를 들어 인간으로 바꿔 생각하면 어떻지?

용납될 리가 없잖소!

인간의 존엄이 사라진다!

엄청 마니악한 업계에서는 가능한 부류가 있을지 몰라도 나는 먹고 싶다는 생각이 안 들어!

단호히 거부하겠어!

식탐이 많은 나여도 먹고 싶은 것과 아닌 게 있단 말이야!

맛이 없다고 해도 스스로 해치운 놈은 자연계의 법칙이랄까, 예의를 위해 먹는다.

다만 흥미 본위만으로 먹으면 안 좋지 않나?

아니, 아니, 아니야아아아아!

역시 안 되잖아.

진짜 죽도록 배고픈 상태이고, 달리 먹거리가 없는 상황이라면 또 모를까, 흥미가 생긴다는 이유만으로 자기 실을 먹으면 이상하잖아.

실이라는 표현 대신에 배설물이라고 바꿔 말하면 얼마나 이상한지 알 수 있는걸.

맛을 운운하기 전에 윤리적으로 안 되는 짓이야.

안 됩니다, 안 된다고요.

그것이야말로 거미의 품격이랍니다.

아, 그레이터 타라텍트는 평범하게 먹었으니까 거미의 품격이 아니라 나의 품격이라고 치자.

응. 먹지 않아. 먹지 않아요~.

먹지 않는다고 마음속으로 되풀이하는데도 어째서 내 눈앞에는 딱 알맞은 길이로 잘라 낸 실이 있을까?

길이와 두께, 형태가 언뜻 마시멜로처럼 보이는 한 입 사이즈의 물체가…….

어째서일까……?

먹지 않아~ 먹지 않는다니까.

아앗, 그래도 진짜 마시멜로같이 자꾸 맛있게 보이는데!

먹지 않아, 먹지 않, 먹지, 먹…….

오물오물.

응. 아무런 맛도 안 나네~.

플레인이네요, 플레인.

맛이 안 나니까 맛있지도 맛없지도 않지만 이건 전혀 먹거리를 먹는 느낌이 안 든다.

뭐랄까, 맛이 안 나는 껌을 씹는 느낌에 가까운가?

삼킬 수 있으니까 조금 다르지만 심정적으로는 비슷한 느낌이다.

무엇을 위해 먹는지 알 수가 없다.

이래서 영양분은 제대로 보급이 되나?

감정해봤더니 일단 SP는 회복됐다.

애당초 실을 뽑아내는 데 SP를 소비했으니까 쓴 몫만큼 원래대로 돌려받았다는 생각밖에 안 들어.

이게 웬 헛수고야. 두 번 다시 안 할래.

역시나 직접 뽑아내고 직접 먹는 행동은 잘못됐다.

응. 쓸데없이 고민 안 해도 알 반한 사실을 새인식했네.

신체 능력 검증

아라크네가 되었다네!

염원하던 아라크네가 된 덕에 거미 몸뚱이 하반신 위에 사람 몸뚱이가 생겨났는데 동작 확인은 꼼꼼하게 마쳐야 한다.

그야 예전하고 형태가 완전히 달라졌으니까.

예전이랑 똑같이 움직이려다가 낭패를 당할지도 모른다.

그럼에도 불구하고 느닷없이 실전에서 포티머스 같은 무식하게 센 녀석과 붙어버렸단 말이야.

그땐 진짜로 위험했어.

그런고로 오늘은 아라크네의 신체 능력 검증을 실시하고 싶다.

뭐, 포티머스 상대로 문제없이 몸이 움직여졌던 만큼 괜찮다는 생각이 들기는 한데.

조심, 또 조심해서 정확하게 전력 모드의 전투를 상정하는 움직임으로 몸에 적응을 시켜 둬야지.

그럼 우선은 100미터 달리기, 해볼까.

위치에 서서, 준비~ 땅!

땅이 아니라 콰앙 느낌으로 발사된 내 몸이 일순간에 눈가늠 거리 100미터를 주파했다.

음. 내 속도 능력치의 황당무계함을 잘 알 수 있다.

게다가 불쑥 허리가 아파졌다.

사람 몸뚱이가 풍압에 뒤로 쓰러졌고 그런 바람에 허리를 삐끗해버렸다.

기분은 억지로 올라탄 등받이 없는 제트 코스터가 갑자기 최고 속도로 달려 나간 느낌.

오~ 아파.

이건 예상을 못 했어.

포티머스와 싸웠을 때는 이렇게 아프다거나 하지 않았는데.

앗, 아니, 잠깐만.

포티머스와 싸울 땐 수수께끼 결계 때문에 능력치가 떨어졌었잖아.

아하, 상식 안의 속도는 평범하게 견딜 수 있구나.

그런데 최고 속도로 달리면 이렇게 되는 거군.

음음음.

매우 중대한 사태로군.

톱 스피드로 달릴 때마다 허리를 삐끗해야 하는 처지야.

한 번 더 달려볼까.

아까는 방심해서 삐끗했던 거야.

이번에는 단단히 마음을 먹고 달려보자.

울부짖어라, 나의 복근아! 배근아!

참고로 전세의 나는 복근도 배근도 거의 없었다!

팔굽혀펴기?

한 번도 못 했는데요, 문제라도?

아무튼 이번에는 힘껏 버티는 느낌으로 사람 몸뚱이에 힘을 넣어서 달렸다.

사람 몸뚱이에 풍압의 벽이 부닥쳐도 아까처럼 젖혀지지 않고 끝까지 달리는 데 성공했다.

흠흠. 꽉 힘주면 별로 문제는 없구나.

그러나 아라크네의 반인반거미 몸이면 거미 때하고도 인간이었던 때하고도 달리는 감각이 달라진다.

제대로 검증하기를 잘했네~.

만약에 또 무작정 실전에서 톱 스피드를 발휘했다면 자칫 자폭할 수도 있었어.

포티머스와 싸웠을 때는 우연히 감당할 만큼 속도가 떨어졌던 거야.

진짜 위험했었구나.

무서워라, 무서워라.

그건 그렇고 단순하게 직선 달리기인데도 이런 꼴이다.

지그재그 주행이라든가 우회전, 좌회전, 뒤돌기까지 끼워 넣으면 도대체 어떻게 될까?

이것도 꼭 검증해봐야겠네.

그런고로 대강 쭉 해봤다.

결과는 역시나라고 할까, 마음의 준비를 미리 안 하면 사람 몸뚱이가 오른쪽으로 왼쪽으로 막 흔들려서 큰일이 벌어진다는 걸 알았다.

감각적으로는 자기 다리로 달리는 게 아니라 오토바이 같은 탈것에 가까운 건지도 모르겠네.

나는 오토바이를 탄 적이 없어서 그냥 상상이지만.

거미 몸뚱이라는 탈것에 올라타는 감각일까?

거미하고도 인간하고도 다른 아라크네의 달리기 방법, 감각을 파악해보자.

느낌 좋아, 느낌 좋아.

대강 요령은 알겠다.

이제 실전에서도 최고 스피드를 발휘해서 이리저리 움직이는 데 별문제 없겠어.

겸사겸사 달려 다니며 앞다리의 낫을 휘둘러 공격 연습도 했다.

그리고 사람 몸뚱이로 펀치를 날리는 연습.

다만 내 펀치는 위력이 없는 느낌이다.

으음, 허리가 받쳐주질 않는군.

나의 풍부한 만화, 게임 지식에 따르면 펀치의 위력이란 다리 및 허리가 무척 중요하거든.

팔힘만으로 내밀면 별로 대단한 위력이 안 나온다.

내 펀치는 능력치 덕택에 제법 위력이 나오기는 할 텐데 역시나 뭔가 위력이 없단 말이지~.

초보자 느낌이 물씬 풍기는 펀치야.

그런데 아라크네의 몸으로 허리가 받쳐주는 펀치는 어떻게 날려야 한담?

……이런 건 역시 만화, 게임 지식에도 안 나오거든.

음. 자기 힘으로 괜찮은 허리 보조법을 연구해야겠네.

아라크네의 몸으로는 인간과 비슷하게 움직이려고 해봐도 역시 다르니까.

그냥 달리기도 요령이 많이 필요했는걸.

검증은 보람 있게 끝났지만 아라크네의 몸을 잘 다루려면 하루아침에 숙달되기는 어렵다는 걸 알았어.

브레스

신룡력(神龍力)은 이름처럼 용(龍)의 힘을 일부 사용 가능하게 만들어주는 스킬이다.

MP와 SP를 소비해서 발동되며 그동안 능력치가 상승하는 이외에 적의 마법 효과를 감소시킨다.

용이 보유한 비늘 계열 마법 방해 효과의 열화판 같은 힘이 있는 셈이야.

이 녀석 덕분에 원래 황당하게 높았던 나의 마법 방어력은 더욱 대책이 없는 수준까지 올라갔다.

뭐, 그건 그렇다 치고.

신룡력에는 저거 말고도 다른 효과가 있다.

바로 브레스를 날릴 수 있다는 것.

브레스, 입에서 불이라든가 뭔가를 내뿜는 용의 대표적인 공격 방법.

예전에 지룡 아라바가 나의 마이 홈을 브레스로 싹 날려버린 사건으로도 위력을 짐작할 수 있겠지.

뭐, 신룡력으로 사용 가능한 브레스는 어디까지나 용의 열화판이지만 말이야.

다만 브레스의 위력은 본인의 능력치에 영향을 받는 만큼 지금의 내 능력치라면 어지간한 용보다 훨씬 대단한 위력으로 브레스를 뿜을 수 있다.

그리고 내뿜는 브레스의 속성은 술사가 가장 특기로 하는 속성으로 고정되나 봐.

내 경우는 어둠 속성.

그림이 뭔가 거뭇한 파동 비슷한 것을 내뿜는 느낌 되겠다.

얼마 전까지는 딱히 신경이 쓰이지 않았어.

아니, 지금도 신경 쓰이지 않는다.

거미 몸뚱이로 브레스를 뿜는다면.

그래, 브레스를 뿜는 부위는 입이잖아.

그리고 아라크네가 된 내게는 입이 두 개 있다.

즉 사람 몸뚱이의 입과 거미 몸뚱이의 입.

거미 몸뚱이 입으로 브레스를 뿜는 데는 위화감이 없다.

애당초 몬스터, 몬스터라는 외형의 거미 몸뚱이로 콰앙! 화끈하게 검은 브레스가 발사된다면 별로 이상하진 않거든.

그런데 사람 몸뚱이로 똑같이 하면 어떨까?

일단 브레스를 뿜기 위해서 입을 커다랗게 벌려야 할 필요가 있다.

이 시점에서 아름답지 않아.

그러나 더욱 진지하게 브레스를 뿜으면 반동이 장난 아니니까 힘껏 버텨야 할 필요가 생긴다.

거미 몸뚱이라면 여덟 개 다리로 버틸 수 있으니까 괜찮아.

그런데 그 위에 생겨난 사람 몸뚱이라면 버티기 위해 부득이하게 야릇한 자세를 취해야 한다.

등받이 없는 의자에 앉은 상태에서 머리가 뒤로 젖혀지려는데 상반신의 힘만 써서 저항해야 한다는 느낌.

진짜 아름답지 않아.

그렇게 아름답지 않은 상태에서 콰앙! 화끈하게 브레스를 내뿜는 거야.

글자 그대로 뿜어내야 한다.

뿜는다니까?

거미 몸뚱이라면 괜찮지.

몬스터가 브레스를 뿜는 모습은 오히려 멋있지 않아?

그런데 인간이 똑같이 따라 하면 어떨까?

갑자기 꼴이 괴상해진다!

그 유명한 격투기 게임의 팔다리가 쭉 뻗는 캐릭터를 떠올리면 꼴이 얼마나 괴상한지 알 수 있지 않을까.

○가 파이어! 요○ 플레임!

저런 느낌으로 내가 브레스를 뿜는다!

아름답지 않아. 대단히 아름답지 않아!

처음에는 입이 두 개니까 더블로 브레스를 날릴 수 있네~ 이렇게 들떴는데, 막상 실제로 시험해봤더니 그림이 진짜 심각하더라!

거울 보면서 했던 게 아니니까 객관적으로 사용하는 장면을 목격하진 않았지만 안 봐도 절실히 느껴지는 게 있는 법이야.

진짜 안 된다고.

그래서 추후 사람 몸뚱이로 브레스 내뿜는 짓은 금지다.

나도 생물의 분류학상 엄연히 여자.

일말의 미의식은 물론 있다오.

사람 몸뚱이로 브레스를 뿜는 모습은 일말의 미의식으로 봤을 때 아웃이다.

저런 짓을 꼭 저질러야 할 상황이 오면 저지를 텐데 애당초 브레스 이외에도 내게는 공격 수단이 산처럼 많다.

입밖에 못 움직이는 한정적인 상황이라면 선택지에 못 올려줄 이유는 없겠지. 딱 머리만 무사하다면 마법이 발동 가능하니까.

굳이 브레스를 선택하지 않아도 된다.

더블 브레스는 제법 위력이 괜찮지만 결국은 다른 수단으로 대체할 수 있단 말이지.

응. 써먹을 기회가 거의 없겠네.

거의 없는데 완전히 없진 않다는 게 고민이다.

상대의 의표를 찌르기 위해 써먹는다거나.

그 경우는 나의 아름답지 않은 모습을 상대에게 보여줘야 하지만 어쩔 수 없다.

확실하게 처단하면 목격자는 사라진다.

이 기술은 위험하다.

사용하면 끝장, 나를 본 대상은 확실하게 죄다 죽여야 한다.

금단의 기술.

인간 몸뚱이 브레스.

진짜 무서운 기술이구려.

미각

아라크네가 되고 비로소 안 사실인데 내 미각은 좀 이상했던 것 같아.

무슨 뜻이냐면 거미 몸뚱이와 사람 몸뚱이는 미각을 느끼는 방식이 서로 다르더라고.

거미 몸뚱이로 이제껏 태연하게 먹었던 마물 날고기를 사람 몸뚱이로 먹으면 맛이 없다.

아니, 뭐, 거미 몸뚱이로 먹어도 맛없는 고기는 맛이 없지만 말이야.

거미 몸뚱이라면 참을 수 있는 수준의 맛없음인데 사람 몸뚱이로는 차마 못 먹겠더라.

어느 정도까지는 참을 수 있지만 독을 보유한 녀석이나 특히 맛없는 마물의 고기는 진짜 못 먹겠어.

토할 것 같아.

진짜 토했고.

엘로 대미궁에서 잔뜩 사냥했던 개구리.

그 녀석을 사람 몸뚱이로 먹었더니 당연하다는 듯이 토했다.

아니, 왜냐면, 토할 수밖에 없잖아.

일단 쓰다.

독을 보유한 마물은 대체로 다들 쓴맛인데 독의 세기에 따라 쓴맛이 더 심해진다.

개구리 따위는 독을 보유한 마물 중에서는 최약의 부류인 만큼, 보유한 독도 대단할 게 없으니까 쓴맛도 심하지는 않다.

그런데 사람 몸뚱이의 혀가 감지한 것은 강렬한 쓴맛이었다.

게다가 비려.

뭐, 생각해보면 당연한 게 개구리 날고기잖아.

그야 양서류 같은 비린내가 나는 게 당연하지.

그리고 미끌거린다.

그야 개구리니까.

미끌거려도 어쩔 수 없겠지.

결론, 젠장맞게 맛없다.

이제껏 이딴 고기를 진짜 태연하게 먹었냐고 생각하면 엄청 충격이었지.

그래도 무심코 토한 다음에 다시 거미 몸뚱이로 먹어봤거든? 어머, 신기해라.

평범하게 먹을 수 있었어.

맛이 없기는 한데 아주 무리는 아니었다.

이 사실에서 사람 몸뚱이와 거미 몸뚱이는 미각에 차이가 있고, 사람 몸뚱이가 인간과 같은 미각을 가진 데 반하여 거미 몸뚱이는 거미와 같은 미각을 가진 게 아닐까 예상된다.

이렇게 말을 하지만 거미에게 미각이 있는지는 모르니까 어디까지나 예상에 불과하다.

거미 몸뚱이의 미각은 마물 날고기도 먹을 수 있듯이 아마 지독한 맛에 어느 정도 내성이 있을 거야.

……그럼 거미 몸뚱이로도 죽도록 맛없다고 느꼈던 우렁이 벌레를 사람 몸뚱이로 먹는다면 어떻게 될까?

안 돼.

그건 진짜로 좀 많이 위험하다.

작은 호기심으로 생명을 위협하면 안 되잖아, 응.

뭐, 맛없는 음식을 먹을 필요는 없다.

옛날과 달리 지금은 굳이 맛없는 마물을 먹을 필요가 없단 말씀이야!

그럼 개구리를 왜 먹었냐는 타박은 접수하지 않겠다.

반대로 거미 몸뚱이로 맛있다고 느낀 마물을 사람 몸뚱이로 먹으면 어떻게 될까?

예를 들어서 중층의 메기.

거미생에서 처음으로 맛있다고 느낀 고기였는데 신기하게도 사람 몸뚱이로 먹었더니 별 감흥이 없었다.

딱히 대단할 게 없달까, 솔직히 말하자면 별로 맛있지 않았다.

그래도 거미 몸뚱이로 먹으면 맛있게 느껴지는 신비로움.

사람 몸뚱이와 거미 몸뚱이에 이렇게까지 미각의 차이가 있다는 게 놀랍다.

둘 다 똑같이 내 몸인데 말야.

기본적으로 인간이 먹는 요리는 사람 몸뚱이로 먹었을 때 더욱 맛있게 느껴진다.

거미 몸뚱이로도 대강 맛있다면 맛있게 먹을 수 있기는 한데 아무래도 조미료 등 양념을 한 음식이면 진하게 느껴지거든.

아무 양념도 안 한 마물의 고기에 익숙해져버렸기 때문이겠지.

사찰 요리에 익숙한 사람에게 정크 푸드를 먹이는 느낌?

비유가 조금 다를까.

뭐, 사람 몸뚱이는 인간의 식사. 거미 몸뚱이는 마물 식사라는 느낌으로 나누면 문제없겠지.

그러나 양쪽 다 맛있게 느껴지는 예외가 존재한다.

바로 단맛.

단것은 사람 몸뚱이든 거미 몸뚱이든 동등하고 비슷하게 맛있다는 느낌이 든다.

이 세계의 단맛은 곧 과일이다.

초콜릿 같은 과자는 없어.

찾아보면 나올지도 모르는데 토지신 시절에 헌상 받았던 단맛 중 저런 간식은 없었다.

전부 과일.

하나같이 다 맛있었다.

역시 세계가 달라서인지 이미 익숙한 사과랑 귤 같은 과일은 없었지만 반대로 어떤 맛이 날까 두근두근하며 먹었더랬지.

솔직히 과일의 맛만 평가하면 이쪽 세계가 지구보다 우위에 있지 않을까.

지구의 과일도 품종 개량을 거쳐 상당히 맛있게 변한 건데 이쪽의 과일은 동등하거나 더욱 맛있어.

이쪽 세계에 태어나기를 잘했다는 생각이 드는 유일한 장점일 수도 있겠네.

정신없이 와구와구 먹어버렸지.

……당뇨병이 걱정되는걸.

살짝 조심해야겠다.

바바 오키나 일문일답 인터뷰 1

이번 코너는 『거미입니다만, 문제라도?』의 **저자, 바바 오키나 선생님**께 작품에 관한 이야기나 **비화**를 물어보는 코너입니다. 우선 본 작품의 메인이 되는 **주인공 및 작품 구성**에 대해 여쭤보겠습니다.

세계관 및 설정, 이런 구조를
정한 다음에 흐름을 차차 떠올렸습니다.

담당 편집자(이하, 담당): 가장 첫 번째는 이 질문이겠죠! 어째서 주인공을 거미로 설정하셨나요?

바바 오키나 선생님(이하, 바바): 자주 듣는 질문입니다만 딱히 거미에 깊은 감정이나 집착이 있어서 정한 부분은 아니었네요. 이야기를 쓰기 시작한 날의 꿈에 우연히 거미가 나와서 거미로 설정하자고 결심했습니다.

담당: 스토리의 종착점은 이야기를 쓰기 시작한 시점부터 이미 결정이 되었나요?

바바: 미리 결정했습니다. 전부 역산해서 이야기를 만들었죠. 처음부터 종착점이 있고, 그곳으로 나아가기 위한 요소는 이것, 그러면 발단은 여기라는 느낌으로요. 세계관 및 설정, 이런 구조를 정한 다음에 흐름을 차차 떠올렸습니다.

담당: 세계관 및 설정이 먼저 만들어졌다면 군상극 및 삼인칭 시점의 작법을 활용할 가능성도 있지 않았을까 생각이 드는데요, 굳이 일인칭으로 쓴 데는 의도가 있었을까요?

바바: 일인칭 주인공 시점을 써서 집필함으로써 독자에게도 주인공과 함께 세계관의 수수께끼를 알아 나가주기를 바라는 의도가 있었습니다. 독자가 주인공과 같은 시선으로 차근차근 정보를 얻어 나가면 더욱 리얼리티가 있지 않을까 생각했죠. 그런데 아무래도 거미 양(「나」) 혼자서는 세계관 및 설정을 다 보여줄 수가 없어서 슌 군의 시점이 만들어졌습니다. 어쨌든 거미 양은 맨 처음부터 줄곧 어두운 미궁 안에서 마물과 대결을 하는 처지였잖아요……. 세계의 수수께끼나 설정을 보여줄 만한 입장이 아니었습니다…….

담당: 아, 그러면 반 학생들이 모두 전생한 것은 맨 처음부터 생각했던 전개가 아니라 거미 양의 보조를 위해 이루어졌던 걸가요?

바바: 네. 세계관과 종착점을 결정한다 → 시점이 되는 거미 양으로 이야기를 보여준다 → 다른 시점이 없으면 설명이 감당되지 않았던 결과 → 반 학생들 모두 전생시키자~ 이런 흐름이 되고 말았죠.

몬스터 이름, 캐릭터 이름에 대하여

담당: 유니크한 몬스터 이름 및 캐릭터 이름이 많다는 생각을 했는데요. 무엇을 근거로 결정하셨나요?

바바: 몬스터는 일단 음으로 결정을 했었네요. 떠올린 이름으로 검색해봐서 다른 작품에 사용되지 않았다면 결정, 이런 느낌입니다. 캐릭터의 경우는 진짜 적당히 지은 이름이고요.

주인공 「나」에 대하여

담당: 주인공 「나」는 무척 긍정적이고 오기가 있어서, 자꾸자꾸 응원해주고 싶어지는 캐릭터로 묘사되었는데요. 이 캐릭터는 실재하는 인물이나 다른 작품의 캐릭터를 참고로 해서 만들어졌을까요?

바바: 딱히 모델은 없네요. 분위기를 타서 쭉~ 쓸 수 있도록, 쓰기 쉽도록 고민하다가 저런 캐릭터가 되었습니다. 촐싹거리는 분위기를 유지하지 않으면 세계관과 상황 설정이 많이 어두운 만큼 읽는 도중에 부담감을 느낄 테니까……. 태어난 순간부터 거미 저택, 죽기 살기의 서바이벌에다가 본인도 거미이고……. 이러면 무척 어려운 상황이잖아요. 거미 양 특유의 촐싹대는 분위기가 아니면 내용이 무척 심각하고 무거워졌을 거예요.

담당: 주인공은 단순히 촐싹거리는 분위기뿐 아니라 무척 많은 애정을 받는달까요. 응원하고 싶은 캐릭터로 만들어졌다는 생각이 듭니다. 제법 지독한 짓을 저지른다거나 박정하잖아! 그런 생각이 드는 행동을 하는데도 호감을 잘 유지하는군요.

바바: 가식이 없는 솔직한 캐릭터이기 때문일까요? 일인극처럼 줄곧 떠오르는 생각을 곧장 쏟아 내는지라 이해하기 쉬운 측면이 좋았을 수도 있네요. 주인공이 하는 생각에 동의하지 않는 독자가 있더라도 거기에 도달하기까지 사고가 명확하게 보이는 만큼 납득이 된다. 따라서 생각의 차이는 있더라도 「어째서 이 녀석이 이런 행동을 하는가」라는 스트레스가 없어서 좋은 결과로 이어졌는지도 모르겠습니다.

집필에 대하여

담당: 초반의 「나」는 줄곧 미궁 안 대결에 전념했는데요, 쓰면서 「이 장면이 쓸 때 가장 즐거웠다」, 「쓰는 보람이 있었다」 하는 장면은 어디였을까요?

바바: 대결로 한정하면 쓰는 보람이 있던 장면은 역시 아라바 전투였네요. 미궁 안 대결의 집대성 비슷한 면이 있었거든요. 사실대로 말하면 아라바 전투 이외는 거의 다 소우선이었고, 거미 양이 스스로 전투에 임한 사례는 아라바뿐이었습니다.

담당: 맞아요! 항상 습격당해서 악전고투한다는 이미지였죠.

바바: 그래서 스스로 전투에 임한다는 것으로도 의미가 있는 대결이었습니다. 미궁 바깥으로 나온 이후에도 기본은 조우전이었으니까요~.

담당: 마더에게 쫓겨 다니거나 마왕한테 들키거나 가루가 되어 날아가 버린다거나…….

바바: 포티(포티머스)와 시비가 붙는다거나……. (웃음)

담당: 전투 장면 이외에는 어떨까요?

바바: 병렬 의사들의 코미디 및 입씨름은 쓸 때마다 즐거웠네요. 촐싹거리고 타박을 놓고. 그런데 결국 혼자잖아요.

담당: 그때부터 머릿속이 무척 떠들썩해졌고 말이죠. 그러고 보니 병렬 의사는 어째서 만들자는 생각을 하셨나요?

바바: 그냥…… 발상일까요? 동시 사고가 가능해지는 스킬은 평범하게 떠올렸는데 말이죠. 이 스킬이 진화하면 어떻게 될까, 생각을 이어 나가던 중에 「의사가 늘어난다……. 재미있지 않나?」, 1인 2역? 엄청 우습겠네! 이렇게 생각했어요. 그 결과 1인 4역까지 늘어났습니다.

담당: 떠들썩해서 즐겁지만 쓰는 입장에서는 힘들었겠어요.(웃음)

담당: 그럼 반대로 미궁 안에서 「쓰기 힘들었던」 장면은 있었나요?

바바: 특별히 없네요……. 뭐, 아무튼 대결은 대부분의 상변이 힘들어요.

담당: 이 대결은 무척 고생스러워서 잔뜩 고쳐서 썼다, 하는 부분은요?

바바: 미궁 안 전투는 기본적으로 고쳐서 쓴 적이 없어요.

담당: 앗! 대단하네요! 그 이유는 각각의 전투에서 무슨 목적을 달성시켜야 한다는 것이 명확했기 때문일까요?

바바: 반대입니다. 미궁 안 전투는 사실 이렇다

할 목적이 없었기 때문에 쓸 때도 써지는 대로 썼습니다. 그러니까 더 현장감이 있지 않았을까요.

담당: 거미 양과 같은 마음이 되어 어떻게 공략할까 고민하며 집필했다는 말씀이군요.

바바: 맞습니다. 또한 작법이 이런 식이었던 까닭에 난처했던 게…… 원숭이 전투였습니다. 이렇게 잔뜩 튀어나왔는데 무슨 수로 이 녀석을 공략하지? 스스로도 고민이 들더군요.

담당: 정말 써지는 대로 쓰셨습니다!(웃음) 이대로 가면 데드 엔드가 되어버리잖아~! 불안해하며 썼다는 말씀인까요?

바바: 맞아요, 맞아요. 「큰일 났다! 이대로 가면 거미 양이 죽어버려! 어떻게든 방법을 찾아야 할 텐데! 활로를 찾아야 할 텐데!」라는 느낌으로 썼습니다. 니코동의 코멘트에 「이 녀석은 항상 죽을 뻔하네」라는 글이 있어서 스스로도 「그러게」라고 생각했어요.(웃음)

애착이 있는 마물

담당: 미궁의 마물들 중에 가장 애착이 있는 마물은 무엇이었을까요?

바바: 역시 아라바겠네요.

담당: 그러고 보니 아라바의 임종은 어째서 그런 형태로 끝을 맞이했었나요? 쭉쭉 강해지는 내용의 이야기에서는 잔뜩 힘을 성장시킨 뒤 주인공이 라스트 보스에게 이기고 기분 좋다! 외치는 구조가 많았던 것 같은데요. 아라바 전투는 달랐잖아요.

바바: 「이겼다 = 승리」가 아니라는 메시지를 넣고 싶었던 마음도 있습니다.

담당: 승리가 아니다, 무슨 뜻일까요?

바바: 아라바를 이기고 싶다는 것은 완전히 거미 양의 자기 감정이고요, 그때 전투에서 아라바의 감정은 전혀 없었잖아요. 거미 양은 아라바를 쓰러뜨리고 트라우마를 극복할 수 있었지만 그 승리를 부감해서 보면 어떠한 의미가 있었을까 생각했던 겁니다. 아라바라는 트라우마는 쓰러뜨린 뒤 극복했다고 치고, 그러면 아라바는 오로지 거미 양의 기쁨을 위한 장애물이었나? 이런 꺼림칙함이 있었습니다. 그런 게 아니라 아라바에게는 아라바의 삶이 있었다, 따라서 거미 양의 기분이 좋아지기 위한 장애물이나 장치로 쓰고 싶지는 않았던 거죠.

담당: 지금 돌이켜보면, 그때 평범하게 이겨서 끝났다면 뭔가 부족했을지도 모르겠습니다.

바바: 아라바와의 대결이 있었기 때문에 이후 거미 양이 살아간다는 뜻에서 거미 양에게 「의미가 있는 전투」로 만들어주고 싶은 마음도 있었습니다. 이제 미궁을 나가 다양한 강적과 싸우는 중에 아라바라는 존재가 희미해져버리는 게 아닐까 생각했죠. 아라바와의 대결이 있었기에 비로소 현재의 거미 양이 되었다. 아라바의 무사 같은 삶과 태도가 거미 양의 사고방식에 영향을 준 것은 확실한 터라 아라바가 더더욱 인상에 남는 캐릭터가 되지 않았을까 생각합니다.

게임식 설정에 대하여

담당: 스킬 및 칭호가 엄청나게 잔뜩 나오는데요, 바바 선생님은 어떻게 저런 요소를 관리하고 계시나요?

바바: 기본적으로 처음은 즉흥적인 착상입니다. 이런 스킬이 있으면 재미있겠다~ 이런 효과가 있어서~ 라고 생각하는 게 즐거웠거든요. 그렇게 늘리고 늘리고 늘리고……. 어느 정도로 늘어나면 더 상위의 칭호를 만들어보거나……. 결국은 미처 관리가 안 되더라고요.(웃음)

담당: 그렇겠지요.(웃음)

바바: 거미 양이 신화를 한 이유는 스테이터스 표기를 없애기 위해서라고도 말할 수 있습니다!(웃음) 처음에는 신나서 막 쓰다가……. 도중부터 「또 레벨이 올라버렸다! 계산식은, 으음……!」 점점 복잡해져서 힘들었죠. 자질한 스킬이나 스테이터스는 관둡시다.(웃음) 스킬이나 스테이터스를 빈틈없이 만든 소설을 쓰려는 생각이 있는 분께는 「잠깐, 잠깐만, 나중에 힘들어진다고」라며 꼭 가르쳐드리고 싶습니다.

담당: 「나」는 작중에서도 말했는데요, 게임 같은 세계…… 게임식 설정이 많은 편이죠. 스킬 등 설정을 만들 때 참고하거나 영향을 받은 대상은 있었나요?

바바: 영향을 받은 대상은 게임보다도 소설가가

되자의 작품들이었습니다. 물론 게임의 영향도 있었고요. SP는 몬스터 헌터의 스태미나 게이지를 참고했죠.

담당: 그러셨군요! 바바 선생님, 게임을 많이 좋아한다고 말씀하셔서 틀림없이 게임일 거라고 생각했습니다.

바바: 집필을 시작했던 당시 소설가가 되자에서 유행했던 게 스테이터스가 있는 이세계 전생물이었거든요. 전생 슬라임도 그쪽이고요.

담당: 그러면 당시 유행했던 소설가가 되자 작품에 영향을 받아 스테이터스가 있는 이세계 전생 이야기를 써보자고 생각하셨군요.

바바: 스테이터스가 나오는 소설을 읽던 중 가장 궁금했던 것은 「이 이야기는 어떻게 끝나는 걸까?」라는 의문이었습니다. 라스트 보스는 누구냐는 의문도요. 아울러 당시 소설은 라스트 보스 = 신님이 많았습니다. 끝까지 다 올린 스테이터스와 스킬로 신님에게 도전한다! 그런데 자꾸 마음에 걸리는 게 스테이터스와 스킬은 애당초 신님의 관할이니까요. 「신님이 만든 힘으로 신님에게 도전해서 이길 수 있나?」라는 의문을 떠올리거나 「애당초 신님은 어째서 굳이 스테이터스와 스킬을 만들었을까?」라며 신기하게 생각했던 게 『거미입니다만, 문제라도?』의 시작이었을지도 모르겠습니다.

등장 종족의 특징에 대하여

담당: 이 작품을 읽었을 때 마족이 외형에서 특징이 없다는(인족과 외형은 똑같음) 부분이 의외라고 생각했었는데요. 뭔가 이유가 있었나요?

바바: 설정 쪽에 이유가 있어서 외형의 특징은 반쯤은 안 뒀습니다. 그 부분도 소설에서 자세히게 밝혀집니다. 기대해주세요!

담당: 엘프가 악당 포지션이라는 설정도 신선했습니다. 대체로 자연을 사랑하고 청렴하며 아름다운 종족이라는 묘사를 하는 경우가 많으니까요. 이렇게 악당 포지션으로 엘프를 고른 이유가 있을까요? 엘프가 아니라 드워프도 괜찮았을 텐데요.

바바: 엘프이기 때문이라기보다는 보통 주인공의 아군 포지션으로 묘사되는 경우가 많은 종족을 고르자는 이유였습니다. 그러므로 이 경우는 엘프를 악당으로 쓰고 싶었다는 의도가 아닌 악역의 의외성을 노린 결과, 엘프가 선택된 형태입니다. 굳이 분류하자면 아군 포지션으로 등장하는 작품이 많으니까요. 이런 엘프는 싫어~ 이렇게요.

담당: 청개구리 비슷하네요.

바바: 『거미입니다만, 문제라도?』에서는 청개구리 전개를 보여드리는 경우가 많은지라 그 부분은 노려서 택한 비중이 큽니다. 다른 작품과 구별 짓자는 의도보다는 의외성이 있어야 더욱 재미있어진다는 심술꾸러기 같은 마음 때문이죠.

담당: 맞네요, 이 작품에서는 「어? 정말?!」이라고 놀라게 되는 트릭이나 설정이 많았어요.

바바: 맨 처음의 청개구리 「감정」은 잘 통했다는 생각을 하고 있습니다. 보통은 치트 스킬로 쭉 치고 나갔을 텐데 감정 결과가 「돌멩이」, 「벽」이라는 쓰레기 스킬이었죠.

담당: 정말 충격이었죠~. 거미 양의 절망을 리얼하게 느꼈습니다.(웃음)

미활용 설정에 대하여

담당: 이후에 소개가 이루어질 텐데요, 다른 전생자들의 설정도 무척 공들여서 만드셨잖아요. 사실은 이러이러하게 출연시키고 싶었는데 미처 활용하지 못했던 캐릭터나 설정, 스토리 등은 있었을까요?

바바: 가장 미안한 짓을 저질렀다는 생각이 드는 인물은 유리입니다. 당초 예정에서는 슌의 파티는 「이런 하렘 파티는 싫어 파티」였거든요. 뭔가 비밀을 숨기고 있는 선생님(필리메스), 얀데레 여동생(스우), TS된 옛 절친(카티아), 같은 반이었던 과격파 신도(유리)라는 이미지로요.

담당: 무척 아찔한 파티네요.

바바: 생각보다 슌 군의 사이드 스토리가 심각해졌던 까닭에 「이런 하렘 파티는 싫어!」를 보여드릴 짬이 사라졌습니다. 반대로 「이런 남자투성이 파티는 싫어!」 방안도 있었죠. 올리자 선생님이라든가 펄튼, 학원에서 고유 명사가 나온 캐릭터는 슌의 파티 후보였습니다. 올리자 선생님은 어찌어찌하다가 슌의 동료가 되어버려서 어쩌다가 이렇게 됐나…… 한탄하며 따라

온다거나 펄튼이 「슈레인 님을 위하여!」라며 눈을 반짝거리고 노력한다거나(그런데 자꾸 얻어맞는다) 거기에 배스거스 씨, 하이린스까지 더해서 남자밖에 없잖아! 이런 파티의 미래도 있었는데 말이죠, 화사함이 없어서 관뒀습니다.

담당: 두 사람은 그냥 아저씨군요.(웃음)

바바: 맞아요, 숨 막히는 아저씨(배스거스 씨)와 설렁설렁 의욕이 없는 아저씨(올리자 선생님)죠. 그리고 카티아의 히로인 성분이 이렇게 높아질 줄은 생각하지 못했던 터라 이것도 오산이었습니다. 처음에는 절친 슌을 「위험한 일에 휘말렸네, 힘들겠군」이라며 지켜보는 역할 정도로 예정했었는데요, 어느 틈인가 슌에게 홀딱 반하더란 말이죠~. 예상 이상으로 쭉쭉 달려가는 타입이 되어버렸어요. 이런 걸 캐릭터가 제멋대로 움직인다고 말하더라고요~. 어라? 자네, 어디를 가나? 이렇게요.(웃음)

담당: 그럼 카티아가 아닌 여자가 히로인 포지션이 되는 미래도 있었던 건가요?

바바: 카티아가 히로인 성분을 이 지경까지 끌어올리지 않았다면 유리가 슌에게 가장 가까이 다가가는 포지션이 될 예정이었습니다. 히로인까지는 아니더라도 더욱 캐릭터로서도 여자로서도 어필하는 상황이 많이 있었을 것이라 생각되네요. 눈이 빙글빙글하며 「신언교에 들어가자!(♡)」 이렇게 압박하는 느낌으로요. 그렇게 바짝바짝 마음껏 힘을 발휘하기 전에 존재감이 흐려져버려서 미안한 짓을 저질렀다는 생각이 듭니다. 출연 기회가 적었던 탓에 더더욱 「이 녀석 위험한데」 느낌을 미처 다 연출하지 못했다는 마음은 있습니다. 보여줄 자리가 많았다면 좋았을 텐데~ 라는 의미로도, 히로인의 범위에서 탈락해버렸다는 것도 미안한 짓을 저질렀다는 생각의 이유죠.

감사했습니다. 설정에 대해서는 여쭈면 여쭐수록 「오호라」, 「그런 의도가?!」라는 발견이 많아져서 많이 여쭙고 싶은 마음입니다만……. 다음은 이런저런 「만약」의 질문을 해보고자 합니다!

담당: 만약에 「나」와 똑같이 불쑥 거미로 전생해서 태어난 순간에 주위가 거미투성이였다면? 바바 선생님이라면 어떤 행동, 반응을 하셨을까요?

바바: 반응을 못 하겠죠! 무리잖아요! 으아~ 당황하다는 사이에 잡아먹혀서 끝나고 YOU DEAD겠죠. 틀림없어요. 즉각 사망하는 미래밖에 없어요.

담당: 만약 본작의 세계에 등장하는 인물 중 한 명으로 전생 가능하다면 누가 되고 싶으세요? 마물이어도 괜찮습니다.

바바: 음~ 아무도 되고 싶지 않은데요~. 만약 진짜로 전생하면……. 일반 시민이 좋겠네요. 왜냐면 다들 여러모로 힘든 처지에 놓이는걸요.

담당: 저는 쿠사마 군 포지션이라면 괜찮다는 생각이 들어요.

바바: 쿠사마 군은 확실히 가장 편안한 포지션이죠. 다른 인물들은 다 격동의 인생이나 엘프의 마을에서 연금된 처지니까요.

담당: 만약 본작에 나온 스킬을 하나 습득할 수 있다면 어느 스킬을 갖고 싶으세요?

바바: 고민한 끝에 수면 무효겠네요. 수면을 오래 취하지 않으면 활동을 못 하는 사람이라서요. 어떻게든 수면 시간을 깎아서 더 많이 움직이고 싶어라~.

담당: 사축의 생각!(웃음)

다음은 136쪽에서

기본적으로 처음은 즉흥적인 착상입니다.

So I'm a Spider, So What?

미입니다만, 문제라도?

I'm a Spider, So What?
xtra

학 원
cademy

Extra

슌

(슈레인 재건 애너레이트)

Schlain Zagan Analeit

전생자 야마다 슌스케가 다시 태어난 모습. 애너레이트 왕국의 제4왕자. 어머니는 측실 중 한 명이었지만 산후에 몸 상태가 나빠져서 속절없이 떠났다. 동복형제로 제2왕자이자 용사인 율리우스가 있다. 이렇듯 복잡한 출생 때문에 왕족 특유의 교육은 받지 않았지만 전세의 기억에 기반하여 자기 단련에 힘쓴 결과, 천재라 불리게 되고 그 때문에 본인은 알지 못했을 뿐 왕위 다툼에 휘말린다. 하지만 그것마저도 사소하게 느껴지는 세계의 큰 물결에 휘말리는 처지가 된다.

“언젠가 꼭 율리우스 형님의 등을 지켜드릴 수 있게 강해질 거야. 그것이 나의 목표다.”

▶Personal Data

전세의 이름	야마다 슌스케
특기 기술	양손 검, 물 마법, 빛 마법
좋아하는 것	율리우스 형님, 스킬 수련
싫어하는 것	생명을 빼앗는 행위, 범죄
고유 스킬	하늘의 가호

하늘의 가호로 수호 받는다. 온갖 상황에서 자신이 원하는 결과를 이끌어 내기가 수월해진다.

슌(전생 전 이미지)
전생 후보다 평범한 느낌이
더욱 강하면 좋겠네요

머리카락의 중심
이렇게 3층의 이미지입니다
망토
중간이 긴 형태
슌
학생복, 남자
옆
맞은편 정강이와
다른 파츠
여기부터 구부러집니다
슌
살짝 종잡을 수가 없어요
율리우스의 흉내 + 앳된 인상이
덜 빠진 이미지
망토의 안쪽
네 장
검 벨트

CHARACTER — 카르나티아 세리 애너발드 —

카티아

(카르나티아 세리 애너발드)

Karnatia Seri Anabald

전생자 오오시마 카나타가 다시 태어난 모습. 애너레이트 왕국의 대귀족 애너발드 공작가의 외동딸. 남자였던 전세의 모습을 아는 다른 전생자를 상대할 때는 남자 말투로 말하지만 평소에는 영애다운 화법을 구사한다. 능청맞은 연기 솜씨는 전세 때부터 변함이 없다. 그러나 전생한 이후 여자로 생활하는 동안에 어느 쪽이 연기인지 스스로도 알지 못하게 된다. 최종적으로 여자로서 슌을 좋아한다고 자각한 다음부터는 남자 말투가 오히려 연기가 됐다.

“오호~ 슌은 나를 그런 눈으로 보는구나~. 흐~음.”

▶Personal Data

전세의 이름 오오시마 카나타

특기 기술 세검, 불 마법

좋아하는 것 슌, 액세서리 고르기

싫어하는 것 유고, 슌 이외의 남자가 보내는 시선

고유 스킬 전환

스킬을 포인트로 환원할 수 있는 스킬.

이른바 스킬 리셋이 가능. 다만 포인트 환원율은 100퍼센트가 아니기 때문에 쓰면 쓸수록 손해를 본다. 카티아는 이런 문제를 알기에 한 번도 고유 스킬을 쓰지 않았다.

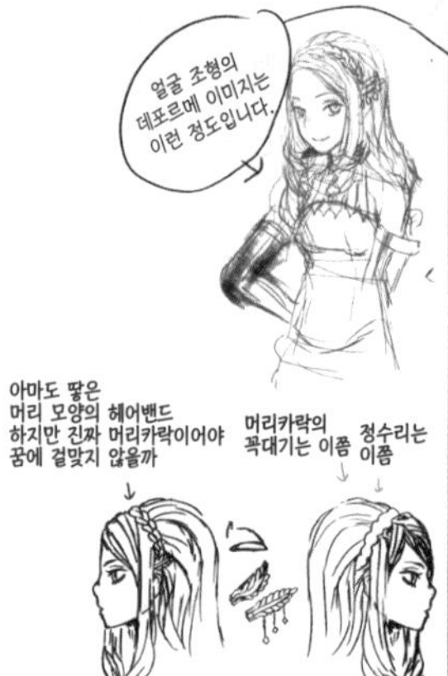

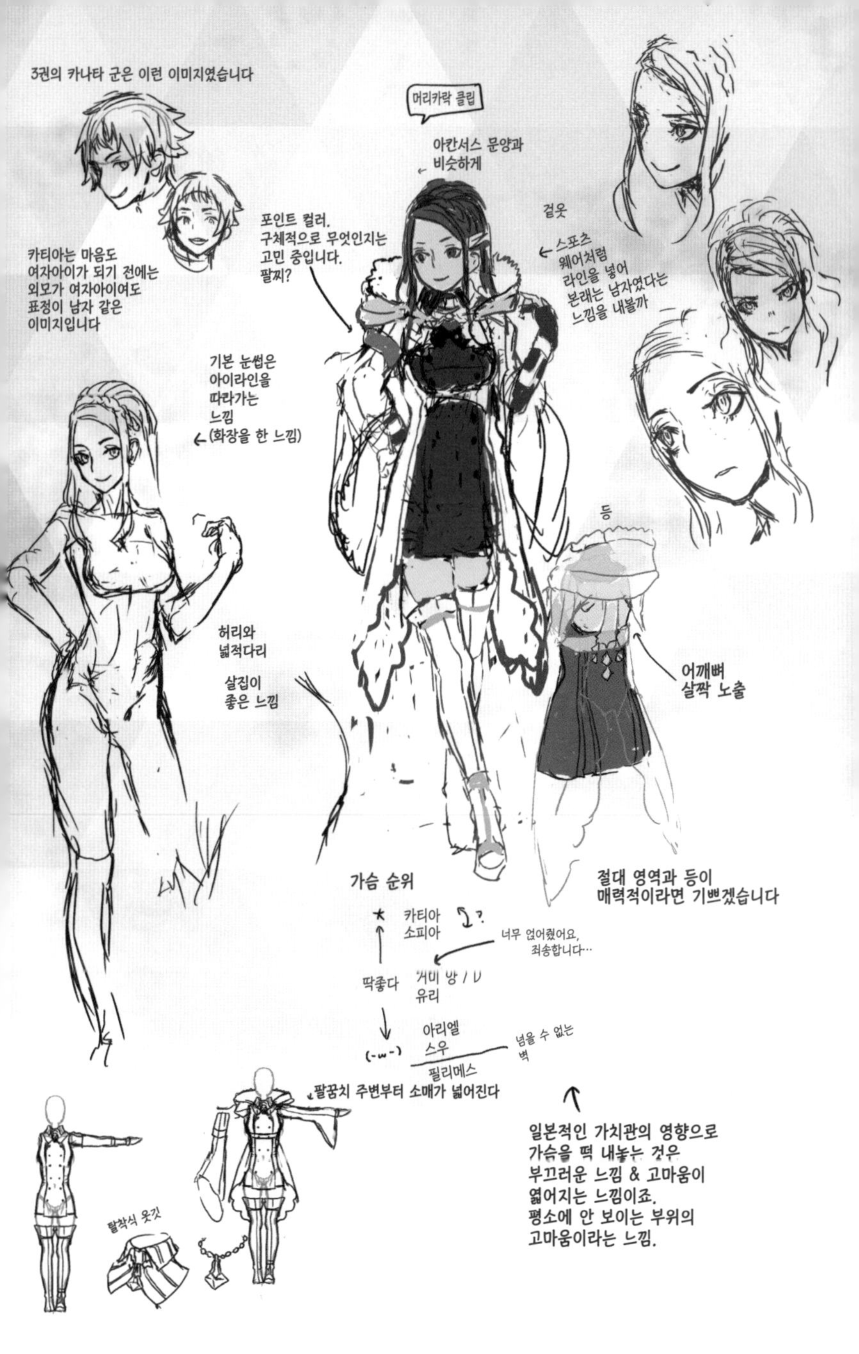

3권의 카나타 군은 이런 이미지였습니다
카티아는 마음도
여자아이가 되기 전에는
외모가 여자아이여도
표정이 남자 같은
이미지입니다
머리카락 클립
아칸서스 문양과
비슷하게
포인트 컬러.
구체적으로 무엇인지는
고민 중입니다.
팔찌?
겉옷
스포츠
웨어처럼
라인을 넣어
본래는 남자였다는
느낌을 내볼까
기본 눈썹은
아이라인을
따라가는
느낌
(화장을 한 느낌)
허리와
넓적다리
살집이
좋은 느낌
등
어깨뼈
살짝 노출
절대 영역과 등이
매력적이라면 기쁘겠습니다
가슴 순위
카티아
소피아
너무 없어졌어요,
죄송합니다…
딱좋다
유리
아리엘
스우
(-ω-)
필리메스
넘을 수 없는
벽
팔꿈치 주변부터 소매가 넓어진다
탈착식 옷깃
일본적인 가치관의 영향으로
가슴을 떡 내놓는 것은
부끄러운 느낌 & 고마움이
옅어지는 느낌이죠.
평소에 안 보이는 부위의
고마움이라는 느낌.

페이

(페일룬)

Feirune

전생자 시노하라 미레이가 다시 태어난 모습. 인간이 아니라 어째서인지 지룡으로 다시 태어났다. 엘로 대미궁에서 지룡이 낳은 알이 모험가의 손에 의해 반출되어 돌고 돌다가 슌에게 전해져서 부화했다. 본래는 어미 용에게 마력을 전해 받아서 부화되어야 하는데 공급이 끊어졌던 터라 다른 전생자보다 상당히 늦게 태어났다. 슌의 사역마로서 행동을 함께하고 있다.

▶Personal Data

전세의 이름 **시노하라 미레이**

특기 기술 **깨물기, 브레스**

좋아하는 것 **재미있을 것 같은 일**

싫어하는 것 **시시할 것 같은 일**

토막 지식

페일룬이라는 이름은 슌이 전세 때 즐겼던 온라인 게임의 지역 이름에서 따왔다.

고유 스킬 **지룡**

딱히 유니크 스킬도 아니고 지룡종이 반드시 가지고 있는 스킬.

마물이라서 성장은 빠르니 균형이 맞기는 한데? 아마도 어딘가에 있는 사신의 분풀이.

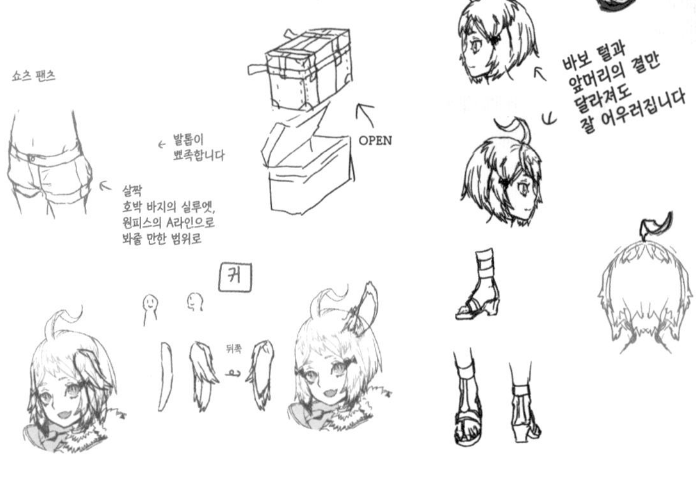

페이(진화 전)
엉덩이(원근감 강조)
여기 부위의 차이로 수컷, 암컷이 나뉘는 부류
등의 점은
비늘 표현
입니다
다섯 발가락
귀 안쪽
수녕복 수정판
머리카락처럼 보이면서 복슬복슬하게 늘어지는 귀
세로로 가늘고 긴 백색 눈동자
손톱과 발톱
복슬복슬 자라남
고리 모양으로 군데군데에 비늘
날개 모양은 지룡이 베이스 입니다

유고

(유고 반 렝잔드)

Hugo Baint Renxandt

"그야말로 나를 위해서 존재하는 세계 아니냐."

전생자 나츠메 켄고가 다시 태어난 모습. 렝잔드 제국의 왕자. 아버지는 렝잔드 제국의 왕, 검제. 그러나 절대적인 영향력을 갖고 있었던 선대 검제가 갑작스럽게 자취를 감춤에 따라 제국의 권력 구도는 허물어졌고 그 여파를 커다랗게 받고 말았다. 유고를 꼭두각시로 만들고자 한 귀족들에게 둘러싸였던 터라 성격이 비뚤어졌고, 언젠가부터 현실 도피 경향을 나타내며 점점 거만한 태도를 취하기 시작했다.

▶Personal Data

전세의 이름	나츠메 켄고
특기 기술	세뇌, 양손 검
좋아하는 것	약자를 괴롭히는 것
싫어하는 것	말을 따르지 않는 녀석

고유 스킬 ▶ **제왕**

스킬의 효과를 높여준다. 위압에 의해 상대에게 외도 속성(공포)의 효과를 부여한다.

다만 사실은 유니크 스킬이 아닌 위압계 스킬의 최상위 스킬이다. 그렇다 해도 다른 유니크 스킬에 뒤지지는 않는다.

악당의
팔 돌리는
동작
기본은
팔짱
뭔가 스스로
폭군「다움」을
연기하며 즐거워하는
이미지가 살짝
있습니다.
화려한
포즈를
좋아할 듯
뭔가 강한
몬스터의 모피
과시하고 싶다
(인정 욕구가
강한 이미지가
있어서)
복슬복슬
망토
몬스터의
등뼈에
체인이나
줄을 넣어서
머플러로
모양
머리카락 옆쪽의
레이어 모양은
이런 이미지
입니다
림책 중에
•삼국지
•수호전
부류의 책에 나오는
옷이 모티브입니다.
눈
갈색 베이스에
아래쪽은 금색
이미지
눈썹
짧음
오리 입술(?)
머리 모양
좌우
대칭입니다
여기에 층은
머리 고리로 들어 올려서
만든 느낌
뒤쪽

필리메스

(필리메스 하이페너스)

Filimøs Harrifenas

전생자 오카자키 카나미가 다시 태어난 모습. 엘프 족장의 딸. 전생 전에는 교사이자 전생자들 중 유일한 성인이었다. 교사의 책임감, 그리고 고유 스킬 출석부의 존재로 인해 전생자인 옛 학생들을 보호하고자 활동한다. 하지만 협력자를 자처했던 엘프의 족장이자 이번 삶의 아버지 포티머스야말로 이 세계에서는 최악의 존재였다는 것이 불행의 시작.

“선생님을 쌤이라고 부르면 안 되잖아요~?”

▶Personal Data

전세의 이름	오카자키 카나미
특기 기술	바람 마법, 활
좋아하는 것	홀로 나무에 기대어 아무 생각도 안 하는 시간
싫어하는 것	옛 학생들의 날카로운 시선

고유 스킬 **출석부**

학생이었던 다른 전생자의 현재 상황과 과거, 미래를 간단하게 알 수 있다.

그 미래의 항목이 모두 비참했던 까닭에 선생님은 포티머스에게 협력을 요청하여 전생자의 보호에 나서게 된다.

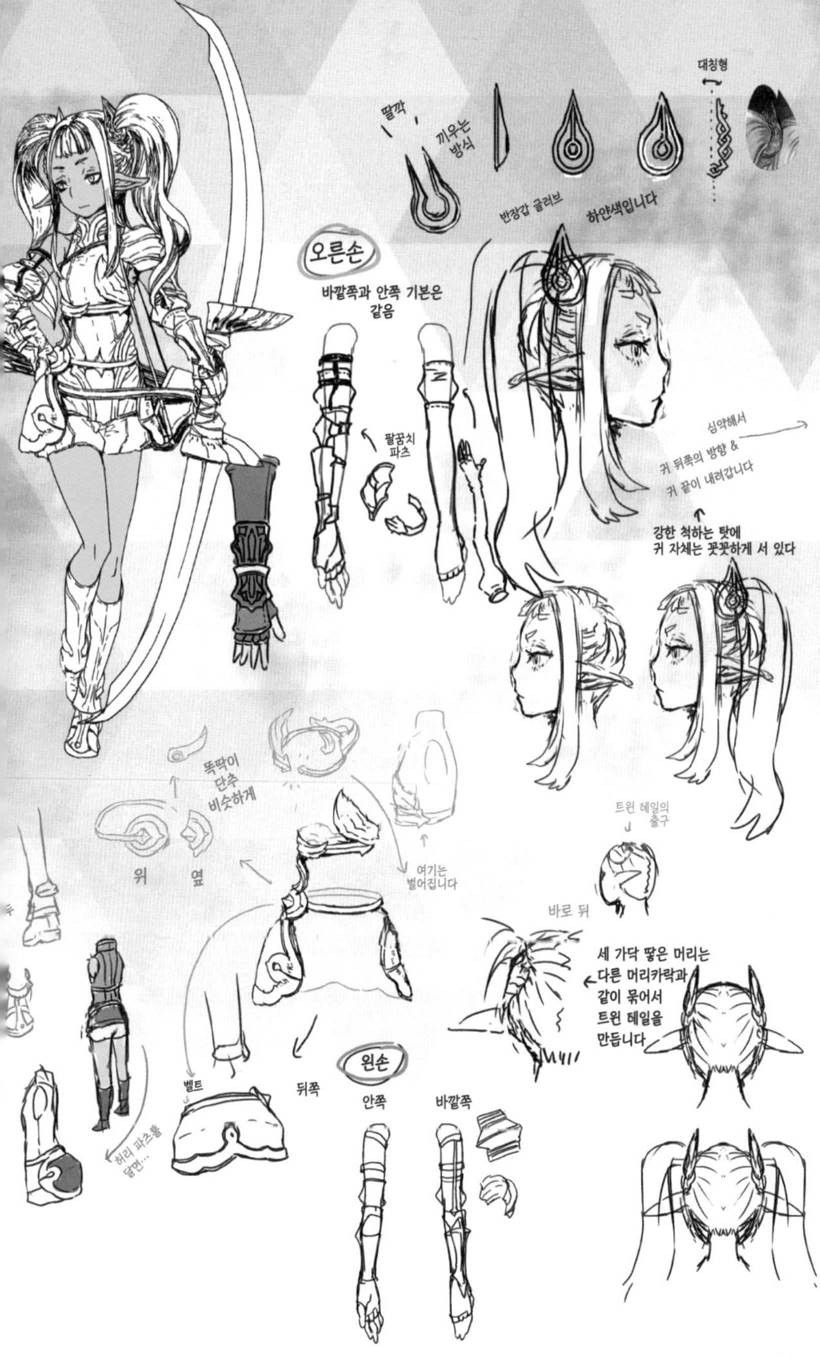

딸깍
끼우는 방식
대칭형
반장갑 글러브
하얀색입니다
오른손
바깥쪽과 안쪽 기본은 같음
팔꿈치 파츠
심약해서
귀 뒤쪽의 방향 &
귀 끝이 내려갑니다
강한 척하는 탓에
귀 자체는 꼿꼿하게 서 있다
똑딱이 단추 비슷하게
위
옆
여기는 벌어집니다
트윈 테일의 출구
바로 뒤
세 가닥 땋은 머리는
다른 머리카락과
같이 묶어서
트윈 테일을
만듭니다
벨트
뒤쪽
허리 파츠를 달면...
왼손
안쪽
바깥쪽

유리

(유린 우렌)

Yurin Ullen

전생자 하세베 유이카가 다시 태어난 모습. 성 아레이우스 교국의 교회 겸 고아원에서 자랐다. 그리고 태어나자마자 곧 친부모에게 버림받는 경험을 했다. 그런 괴로운 과거를 떨치기 위해 신언교의 가르침에 몰두하면서 수행에 여념이 없이 살다가 성녀 후보가 된다. 다른 성녀 후보를 압도하며 현역 성녀인 야나를 뛰어넘었다는 평가를 받는 터라 성녀 후보 중에서도 특별 대우를 받는다.

“오늘 스킬 레벨이 올라서 신언을 들었어! 아 신님의 성스러운 목소리를 듣다니. 오늘은 분명 행복한 하루가 될 거야.”

▶Personal Data

전세의 이름	하세베 유이카
특기 기술	빛 마법, 치료 마법
좋아하는 것	신님의 목소리를 듣는 것
싫어하는 것	아무것도 하지 않는 것
고유 스킬	꿈꾸는 소녀

자신이 잠들었을 때 꾼 꿈을 몇 가지 저장해 놓았다가 그 꿈을 소규모 이공간의 던전으로 출현시킬 수 있다. 던전 안에 들어가게 된 사람은 해당 던전을 공략하지 않는 한 바깥으로 나올 수 없다.

사용법에 따라서는 위험한 스킬. 그렇기는 한데 매체가 꿈이기 때문에 술사 본인도 제어가 불가능할 뿐 아니라 어떤 던전으로 구현될지도 알 수가 없다. 술사가 던전 안으로 들어가버리면 최악의 경우 술사도 던전에 살해당한다. 유리는 이런 성질을 반대로 이용해서 수행의 장소로 이용해왔다.

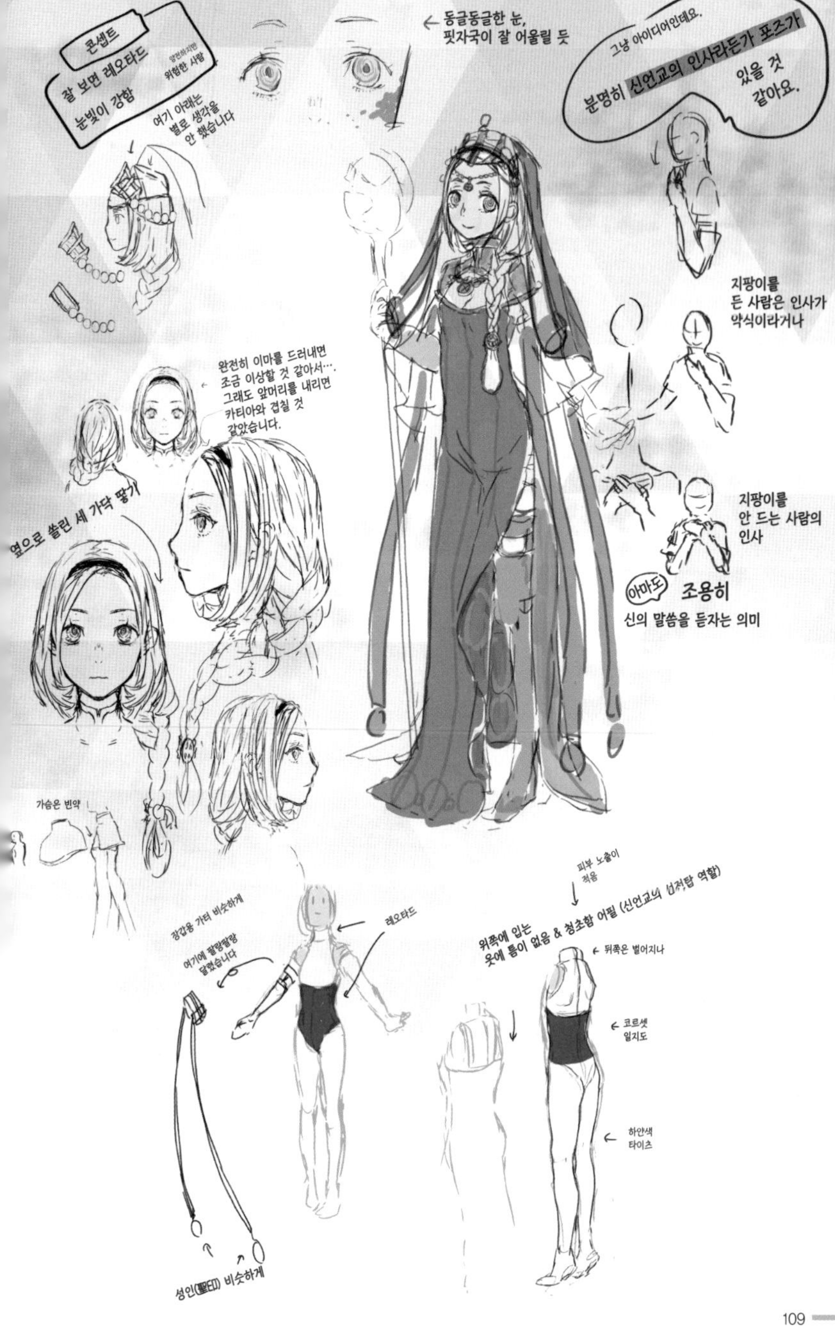

콘셉트
잘 보면 레오타드
눈빛이 강함
얌전하지만
위험한 사람
여기 아래는
별로 생각을
안 했습니다
← 동글동글한 눈,
핏자국이 잘 어울릴 듯
그냥 아이디어인데요.
분명히 신언교의 인사라든가 포즈가
있을 것
같아요.
지팡이를
든 사람은 인사가
약식이라거나
완전히 이마를 드러내면
조금 이상할 것 같아서….
그래도 앞머리를 내리면
카티아와 겹칠 것
같았습니다.
옆으로 쓸린 세 가닥 땋기
지팡이를
안 드는 사람의
인사
아마도 조용히
신의 말씀을 듣자는 의미
가슴은 빈약
장갑용 가터 비슷하게
여기에 팔랑팔랑
달렸습니다
레오타드
피부 노출이
적음
위쪽에 입는
옷에 틈이 없음 & 청초함 어필 (신언교의 선전탑 역할)
← 뒤쪽은 벌어지나
← 코르셋
일지도
← 하얀색
타이츠
성인(필디) 비슷하게

스우

(스우레시아)

Suresia

애너레이트 왕국의 제2공주. 정비의 딸이며 같은 어머니를 둔 오빠로 제1왕자 사일리스가 있다. 슌과 거의 같은 시기에 태어난 이복 남매이며 유소년기를 함께 보냈다. 천재라는 평가를 받는 슌을 곁에서 쭉 지켜보면서 어린 마음에 동경을 새겨 넣다가, 더 나아가서는 남매의 친애를 넘어 숭배와 연심으로 발전. 취급 주의의 얀데레 브라콤으로 변신했다. 전생자도 아닌데 슌과 카티아에게 육박하는 힘을 보유한 진짜 천재.

“오라버니는 안 줘.”

▶Personal Data

특기 기술	물 마법, 주원 마법
좋아하는 것	슌 오라버니
싫어하는 것	오라버니에게 접근하는 것 전부 오라버니에게 해를 끼치는 것 전부

리본은
어두운
회색
뒤쪽은
한 가닥으로
드릴
가슴
없음
검은색 ~ 회색
타이츠
뒷굽
짤막한
부츠
뒤쪽이 긴
인어 실루엣
앞머리 아슬아슬하게
닿는 눈썹
앞이 뾰족한 타입
위쪽 방향에서
앞머리를 만들었습
니다
뒤에서
끼우는
느낌입니다
기본 흘기는 눈매에
졸린 눈
살짝
삼백안
목걸이 비슷한
초커
체인
대강 대칭을
이룸
지느러미처럼 꾸민
잎사귀가
모티프

핑크 호랑이

"슌, 마물 도감을 가져왔답니다. 같이 읽어보죠."

"고마워, 카티아."

카티아가 가져온 호화스럽게도 풀 컬러로 제작된 마물 도감을 나를 중심으로 오른쪽에 카티아, 왼쪽에 스우, 추가로 내 머리 위에서 페이가 들여다봤다.

가능하면 머리 위쪽이 아닌 어깨에 올라앉아주면 좋을 텐데, 좌우의 카티아와 스우가 내 어깨에 턱을 얹는 자세로 책을 쳐다보는 모양이라서 페이도 머리 위밖에 몸을 둘 장소가 없었다.

"이 도감에 실린 건 제국이 아닌 마족령과 가까운 밀림에 서식하는 마물이랍니다."

카티아가 우쭐우쭐하며 해설했다.

나와 스우는 왕족이지만 딱히 자산을 하사받지 못했다.

그렇기 때문에 카티아가 우리보다 훨씬 더 많은 혜택을 받고 있었다. 그래서 이렇게 카티아가 갖고 오는 책을 비롯하여 여러 도구는 우리에게 좋은 자극이 되었다.

나는 어느 페이지에서 책을 넘기던 손을 무심코 멈췄다.

"핑크?"

"핑크네요."

나와 스우의 의문으로 가득 찬 목소리.

스우가 같이 있는 자리라서 염화를 자제한다 뿐이지 머리 위에서 페이도 살짝 질겁하는 느낌이 난다.

그것은 페벨트라는 이름의 마물이었다. 호랑이를 쏙 빼닮은 외형의 마물인데 특징도 역시 호랑이와 같다고 말할 수 있겠다

거대한 체구인데도 재빠르고 몸놀림도 가벼운 데다가 밀림 속에서 기척도 없이 접근한 뒤 급습한다. 위험도는 C랭크이고 개체에 따라서는 B랭크까지 올라가는 경우도 있다고 한다.

뭐, 그쪽은 됐고. 호랑이라면 당연히 위험하지.

마물이라면 더더욱이다.

그런데 왜 몸체가 화려하기 짝이 없는 핑크색인가. 이해가 안 된다.

“지구의 호랑이도 노란색에 까만 줄무늬잖아, 핑크여도 딱히 이상할 건 없지 않나?”

카티아가 대충 넘어가자는 듯이 일본어로 불쑥 중얼거렸지만 그렇게 납득해도 되는 문제일까?

의외로 페벨트가 서식하는 밀림이라는 곳은 주위의 나무들도 핑크색이라거나 타당한 이유가 있진 않을까?

그러나 도감의 다른 마물을 살펴봐도 이러다 할 근거는 찾아볼 수 없었고 오직 페벨트만 핑크색이었다.

“왜 핑크색인지 설명은 없네요.”

이 도감, 전투 능력과 대처법에 대해서는 제법 자세하게 쓰여 있는데 생태에 대한 분량은 별로 없었다. 그런 분야를 연구할 짬이 있다면 토벌 방법을 연구하는 편이 더 좋겠지.

결국 페벨트가 핑크색인 이유는 알지 못한 채 지나쳐야 했다.

마물의 의외성에 미묘한 감흥을 느끼면서 도감의 페이지를 넘겼다.

고생이 많은 공작 영애의 과거와 지금

학원 수업을 마친 뒤 기숙사의 자기 방으로 돌아왔다.

짐을 집어 던지고 곧장 침대에 쓰러진다.

가끔은 이렇듯 편하게 행동해도 벌을 받지는 않을 것이다.

좀 방정맞아도 누가 지켜보는 게 아니니까.

혼자 쓰는 방이라서 다행이라고 진심으로 생각한다.

오늘도 지쳤다.

이대로 잠들어버리고 싶은 욕구를 꾹 누르며 느릿느릿 일어선다.

제복에 주름이 지면 싫기도 하고, 이대로 잠들어버리면 틀림없이 피부가 거칠어질 테고 머리카락도 난발이 될 테니까.

거기까지 생각하다가 쓴웃음을 짓고 말았다.

물들었구나 싶어서…….

전세에는 남자였기에 피부가 어떻게 되든 신경 쓴 적이 없었다.

그런데 지금은 자연스럽게 외모를 신경 쓰게 된다.

남자였던 시절의 기억 및 사고가 완전하게 다 사라지지는 않았지만, 몸이 여자인 이상은 어쩔 수 없이 감각이고 취향이 여자아이의 방향으로 쏠리는 것을 주체하지 못한다.

하물며 나의 가문은 유서 깊은 공작가.

그야말로 보통은 간신히 철이 들 무렵의 어린 시절부터 엄격하게 숙녀 교육을 받아왔다.

하세베가 여자로밖에 안 보인다고 말을 해도 어썰 수 없나.

"후유."

무의식중에 한숨이 나왔다.

왜 나만 성별이 바뀐 거야.

아니, 페이를 떠올리면 분명 재보다는 낫다는 생각을 한다.

어쨌든 성별은 바뀌었어도 인간인 이상 도마뱀으로밖에 안 보이는 지룡으로 다시 태어나게 된 페이보다는 축복을 받은 셈이잖아.

축복의 의미에선 공작이라는, 왕족의 다음가는 위계의 귀족 영애로 태어난 만큼 무척 풍족한 생활을 누리기도 했다.

유리처럼 버림받은 고아로 시작했던 전생자도 있으니까.

그렇게 생각하면 성별이 바뀐 정도야 사소한 문제잖아.

하지만 분명 머리로는 이해해도 납득은 되지 않았다.

생각에 따라서는 공작 영애라는 신분도 멍에에 불과하니까.

오늘 이렇게 침울해진 이유는 남자에게 구애를 받았기 때문이었다.

상대는 타국의 왕자.

뭐, 왕자여도 소국의 차남이니까 권위라는 의미에서는 대단할 게 없다.

따라서 국제 문제로 발전해도 큰 영향이 없어서 단호하게 거절할 수 있었다.

문제가 있다면 이런 경우가 처음이 아니라는 것이다.

스스로 말하기는 민망한데 나는 상당한 미소녀다.

원래 남자였던 시선으로 하는 말이니까 틀림없다.

게다가 공작 영애라는 간판에다가 슌에게는 한 걸음 뒤질지언정 또래 중 특출한 스테이터스의 소유자.

성격을 빼면 이토록 좋은 물건은 없을 테지.

그러니까 이런 상황이 올 것이라 예측했던 나는 힘껏 얄미운 여자를 연기했다고 자신한다.

가능한 한 남자에게는 쌀쌀맞게 대하고 여자와도 온 힘을 다해서 관여하지 않는다.

교우 관계를 최소한으로 좁힌 채 되도록 슌과 같이 다닌다.

그럼에도 이렇게 접근하는 남자가 나타나는 꼴이라니.

거참, 슌 녀석은 내가 열심히 막아주니까 여자가 접근하는 일이 적지만 완전히 없지는 않을 거거든.

그런 사태가 벌어지면 스우가 잠자코 넘어갈 리 없으니, 절반은 슌에게 접근하는 여자아이를 지켜주려는 목적인데도 불구하고 왕자를 독점하는 성격 고약한 여자 소리를 들어야 한다.

나의 의도대로 된 결과이지만 역시 남들에게 미움받는 위치는 정신적으로 부담스럽다.

그런 나의 고생을 알지도 못한 채 슌 녀석은 태평하게 지내기나 하고…….

아~ 심술이 난다.

나와 스우의 방해를 뚫고 진심으로 고백을 하는 아이가 나타나면 그 녀석은 어쩔 삭성인 걸까.

그 녀석의 성격을 생각하면 괜히 분위기에 휩쓸려서 진짜 사귀는 거 아니야?

그런 상황을 상상하니 가슴에 따끔거리는 통증이 치달았다.

뭐지?

……신경 써도 어쩔 수 없나.

사랑이든 연애든 다 귀찮아.

게다가 나의 간판만 보고 접근하는 행동이라면 더더욱…….

"정말 좋아하지도 않는데 고백하는 행동은 상대에게 실례라고 생각해요."

그렇게 내게 말했던 사람이 있었다.

전세 때 내가 단 한 번 고백을 했던 후 들었던 말.

상대는 학교의 아이돌 비슷한 사람이라서 나도 밑져야 본전으로 한 고백이었다.

아니나 다를까, 차였는데 그 후에 들었던 말이 내 가슴에 박혔다.

분명 유행을 따르는 기분으로 고백한 것은 사실이다.

그런 마음을 간파당한 데다가 차가운 눈빛과 함께 호되게 차였던 그날.

지금 살짝이나마 그 여자아이의 마음을 알 것 같았다.

뭐, 안다고 해서 무언가 바뀌는 것도 아니지만 말이야.

나도 귀족으로 자란 이상은 언젠가 결혼하게 될 테지.

게다가 나의 의사는 무시된 채 좋아하지도 않고 감정도 없는 남자와…….

여자로 다시 태어났어도 원래 남자였던 만큼 남자를 사랑할 자신은 전혀 없다.

결국 애정이 없는 결혼을 할 수밖에 없는 처지다.

나는 분명히 사랑이라는 감정을 알지 못한 채 일생을 마친다.

하다못해 상대가 성실한 남자이기를 바랄 뿐이다.

그리운 맛

입학식이 끝난 뒤 우리는 곧장 선생님에게 불려 갔다.

전생자만 모여서 할 얘기라기에 스우한테는 비밀로 몰래 기숙사를 빠져나왔다.

나와 페이가 집합 장소에 도착하자 그곳에는 이미 다른 멤버가 모여 있었다.

"다들 모였군요~."

"오카 쌤, 일부러 불러내서 뭘 할 셈이야?"

나츠메, 유고의 물음에 선생님은 생긋 웃고 어떤 물건을 꺼내 들었다.

"짜안!"

뭔가 거뭇한 덩어리였다.

질척거리는 느낌으로 자루 속에 들어가 있는 상태의 그것은 수상쩍은 검은색 윤기를 발하고 있었다.

"선생님, 그거 뭐야?"

카티아가 살짝 질색하며 묻는다.

뭐랄까, 겉보양만 봐도 은근히 소름 끼치는 물건이었다.

선생님이 기뻐하며 꺼낸 물건이니까 이상한 것은 아니겠지만…….

"이게 말이죠~ 놀랍게도! 된장이랍니다~!"

뭐라고?

내 시선이 수수께끼의 물체에…… 정정하자, 된장에 빨려 들어갔다.

나 이외의 모두도 마찬가지로 된장에 눈길이 못 박혔다.

그야 당연한 반응이다.

이곳은 지구와는 다른 이세계이고 일본에서 친숙하게 접했던 음식 재료는 전혀 없었다.

대강 비슷한 야채는 찾아볼 수 있지만 어디까지나 닮았을 뿐이고 아주 똑같은 종류는 존재하지 않는다.

게다가 이 세계의 문명은 마족과의 긴 전쟁 때문에 많이 발달하지 못했다.

따라서 필연적으로 농업도 많이 발달하지 못했고 야채 및 곡물의 종류도 썩 많지 않았다.

그런 사정도 있어서 이 세계의 식사는 분명하게 말해 밍밍하다.

맛없다는 말까지는 안 하겠지만 온 세계의 음식이 다 모이는 일본하고는 비교할 수 없는 것도 사실이다.

그런 상황에서 된장의 등장.

쌀과 간장에 버금가는 일본인과는 떼려야 뗄 수가 없는 조미료.

주목하게 되어도 어쩔 수 없는 반응이었다.

"그래 봤자 완벽한 된장은 아니지만요~. 된장과 닮은 무언가라고 할까요~."

뭐, 그야 당연할 테지.

이 세계에 대두가 있는 건 아니잖아.

있어도 된장이 저절로 만들어지지는 않고.

자세하게 된장 만드는 방법을 알진 못하는데 분명히 꽤 많은 수고와 시간을 들여 만들어야 할 것이다.

"이건 온 세계를 여행하던 때 우연히 발견한 재료인데요~. 작은 마을에서 만드는 물건이라서 말이에요~. 그 마을에서만 전부 먹어 버리니까 생산량도 되게 적거든요~. 이번에 살짝 떼써서 얻어 왔답니다~."

그렇구나, 그럼 이제껏 구하지 못했던 이유도 납득이다.

"그런고로 말이죠~ 선생님이 된장국을 만들었답니다~."

그렇게 말한 뒤 선생님이 뒤쪽에서 냄비를 꺼내 왔다.

무엇이 「그런고로」인지는 잘 모르겠는데 선생님의 호의는 몹시 고맙다.

선생님이 냄비와 마찬가지로 뒤쪽에서 꺼내 든 밥공기에 된장국을 따라준다.

건더기는 무와 비슷한 맛의 야채였다.

겉모양은 갈색의 당근 같은데 맛은 무와 비슷하다.

"우리 집, 된장국은 미역이랑 무를 꼭 넣었어."

유리가 불쑥 한마디를 중얼거렸다.

"우리 집은 그날그날 달랐는데 유부가 제일 맛있더라."

【우리 집은 된장국을 잘 안 먹는 집이었는데.】

"우리 집도 카티아랑 비슷하게 이것저것 넣었는데 파는 빼먹질 않았지."

어떤 재료든 간에 파는 꼭 넣었었다.

【나츠메는?】

"음, 돼지고기."

아하, 다들 고개를 끄덕거렸다.

돼지고기도 괜찮지.

모두에게 그릇이 돌아가고 젓가락이 전달되었다.
젓가락을 쥐는 것도 오랜만이다.
"그럼, 잘 먹겠습니다~."
선생님의 인사와 함께 된장국을 홀짝인다.
가슬거리는 식감.
된장이 다 녹지 않았다는 느낌이라 전체적으로 가슬가슬하다.
게다가 맛도 진했다.
된장의 자기주장이 너무 강한데 국물이 많이 밴 까닭인지도 모르겠다.
솔직히 일본에서 먹었던 된장국하고는 전혀 달랐다.
역시 이것은 된장이 아니라 어디까지나 된장 유사품이었다.
다만, 확실히 여기에는 잊을 뻔했던 고향의 맛의 편린이 들어 있었다.
"으, 흐윽, 으으."
고개 돌리자 유리가 울며 된장국을 조금씩 먹고 있었다.
결코 맛있다고 말하기는 어려운 된장국을, 음미하면서…….
울음을 터뜨린 유리에게 촉발되었는지 카티아도 콧물을 훌쩍이고 있었다.
평소였다면 밉살맞은 말 한마디를 내뱉었을 유고도 이때만큼은 조용히 된장국을 맛볼 뿐이었다.
"잘 먹었습니다."
그리고 냄비 안쪽에 있던 된장국은 깔끔하게 비워졌다.

행운의 색골 이벤트

나에게는 하늘의 가호라는 스킬이 있다.

온갖 상황에서 자신이 원하는 결과를 이끌어 내기가 수월해진다는 정말이지 편리할 것 같은 스킬.

그렇긴 한데 솔직히 평소 일상생활을 보내는 중에 이 스킬의 혜택을 느끼는 경우는 거의 없었다.

효과가 효과인 만큼 혜택이 눈에 잘 띄지 않는다.

혜택을 받았더라도 스킬 덕분인지 알아차리기가 힘든 탓이다.

어쩌면 생명의 위기에 처하는 급한 사태가 벌어졌을 때 이 스킬의 진가가 발휘되는 경우가 있을 수도 있지만…….

지금 시점에서는 자신의 실력으로 어떻게든 버텨지는 이유도 있어서 실감이 나질 않는다.

어쩌면 유고에게 죽을 뻔했을 때 선생님이 타이밍 좋게 달려와준 것이 이 스킬의 덕분일 수도 있겠다고 추측하는 정도다.

그런 까닭으로 나의 마음속에서 이 스킬의 평가는 살짝 운이 좋아진다는 정도에 불과하다.

하지만 아무래도 이 스킬이 발생시키는 것이 아닌가 의문이 드는 현상이 있다.

아니, 달리 생각나는 게 없다.

갑작스럽겠지만 행운의 색골 이벤트라는 말이 있다.

말 그대로 운 좋게 야시시한 이벤트와 소우한다는 뜻이다.

러브 코미디의 주인공이 자주 맞닥뜨리는 현상이다.

나도 남자니까 그런 만화를 전세 때는 읽었었고 주인공을 부럽다고 생각한 적도 있었다.

뭐, 어차피 픽션 속 사건이라서 실제 자신이 비슷한 상황과 맞닥뜨리게 될 일은 없을 것이라 당시에는 생각했었다.

생각했었다고 과거형을 쓴 단계에서 눈치채주기를 바란다.

이번 세상에서 나는 묘하게도 행운의 색골 이벤트와 자주 맞닥뜨린다.

어떤 때는 심술궂은 바람이 여자아이의 치마를 들춰서 팬티를 살짝 보여준다거나.

갑자기 내린 비에 젖어서 속살이 비쳐 보이는 상태의 여자아이를 목격한다거나.

교실에 들어갔더니 어째서인지 옷을 갈아입던 여자아이와 떡하니 마주친다거나.

갑자기 눈앞에서 넘어진 여자아이를 부축해주려다가 실수로 가슴을 힘껏 만져버리게 된다거나.

그 밖에도 여러 가지가 있었는데 전부 다 언급하자면 끝이 안 날 만큼 행운의 색골 이벤트와 자주 조우하고 있다.

평범하게 생각하면 말이 안 된다.

전세 때는 한 번도 비슷한 체험을 한 적이 없는데 이번 삶에서는 이런 사건이 끊임없이 발생한다.

개중에는 일부러 나에게 미인계를 쓰는 부류도 포함되어 있다.

나는 명색이 대국의 왕자이기도 하고 친해지고 싶어 하는 여자아이도 제법 있다는 뜻이다.

대부분 카티아가 막아주는 덕택에 그런 아이가 와서 접촉하는 경우는 드물지만…….

뭐, 자기가 노림수를 갖고 어필하는 아이는 넘어가기로 하고 많은 경우는 진짜 사고다.

나는 의도적으로 사건을 발생시키려 하지 않았고 상대도 내게 부끄러운 모습을 보일 의도는 전혀 없었다.

분명하게 말하겠다.

행운의 색골 이벤트라는 현상은 개그니까 용서가 되는 법이다.

실제로 맞닥뜨리게 되면 엄청나게 어색하다.

만화처럼 여자아이가 마구 화내며 주먹질하고 해결, 이렇게 끝나면 얼마나 좋았을까.

대국의 왕자인 내게 주먹질을 어떻게 해…….

그런 짓을 저질렀다가는 불경죄이니 여자아이는 눈물 흘리며 참을 수밖에 없다.

개중에는 유고처럼 우리나라와 동등하거나 더한 대국의 왕족도 있었지만, 그런 부류는 극소수이고 대부분은 나보다 신분이 낮은 소녀들이었다.

주먹질은 물론 불가능하고 불만을 제기하고 싶어도 왕족에다가, 심지어 의도해서 저지른 잘못도 아닌데 내게 항의하기는 매우 어렵다.

울먹거리다가 말없이 달려 떠나가는 여자아이를 보면 몹시도 가슴이 먹먹해진다.

나는 이 행운의 색골 이벤트가 하늘의 가호 때문에 발생하는 것이 아닌가 의심하고 있다.

발생 빈도가 너무 높고 그 후 나와 관련된 나쁜 소문이 돌지도 않고 원만하게 수습이 되기 때문이다.

아무리 내게 나쁜 마음이 없었더라도 이토록 거듭거듭 비슷한 사건이 일어나는 이상, 나쁜 소문은 한둘 흘러나올 법한데 그런 정황은 일절 없었다.

내가 모르는 곳에서 「슈레인 왕자는 색골이야」라고 숙덕거린다면 마음이 꺾일 테지만, 조금도 들리는 말이 없으니 아마도 아닐 것이라 생각하고 싶다.

이렇게 많은 의문의 요소 아니, 거의 확정에 가까운 증거가 있는데, 그럼에도 내가 의문으로 그치고 있는 까닭은 하늘의 가호가 가진 효과가 자신이 원하는 결과를 이끌어 내기 수월해진다는 내용이기 때문에…….

즉 이게 진짜로 하늘의 가호의 효과라면 나는 마음속 깊은 곳에서 행운의 색골 이벤트를 원하고 있고, 여자아이들은 가엾은 피해자가 되어버렸다는 사실로 이어지기 때문이다.

죄책감이 장난 아니야.

장난 아니기는 한데 행운의 색골 이벤트가 사라지지도 않는다.

남자의 욕망이란 죄가 무겁구나, 위통에 시달리며 생각했다.

이 사실이 스우나 카티아에게 알려진다고 생각하면 상상만 해도 무섭다.

아예 미움을 받진 않더라도 한동안 싸늘한 시선으로 쳐다볼 것 같다.

스우의 경우 안 좋은 감정이 내가 아니라 오히려 상대에게 쏠릴 것 같아서 다른 의미로 무섭고…….

카티아는, 그 녀석도 전세 땐 남자였으니까 분명 내 마음을 알아줄 거야! 알아주려나…….

유리는 신언교의 설교를 시작할 것 같아.

선생님은 평범하게 혼내겠지. 씩씩 열 올리며 꾸지람을 쏟아 낼 것 같다.

참고로 페이한테는 이미 들통났다.

진화하기 전에는 내 어깨라든가 몸에 올라타서 같이 지내는 시간이 길었던 탓에 자연스럽게 저런 상황에도 같이 맞닥뜨리는 처지였거든.

그때 목격했던 흐리멍덩한 시선이 잊히질 않아…….

이상한 소문이 퍼지거나 나와 가까운 사람들에게 알려지기 전에 이 행운의 색골 이벤트 체질을 개선하지 못하면 기다리는 것은 파멸하는 미래다.

번뇌야, 물러가라! 힘껏 기원하면서 오늘도 나는 해프닝과 조우한다.

고블린

"슌, 뭘 보는 거냐?"

"카티아구나. 이거, 마물 도감이야."

"아. 마물의 생태라든가 보유 스킬 같은 게 기록된 녀석인가."

"맞아. 이번 수업에서 원정을 가는 장소에 서식한다는 마물을 미리 조사해보려고."

"공부에 열심이네. 다음에 갈 곳에 나오는 놈은 여기랑 여기, 여기에 적힌 녀석이야."

"카티아도 미리 파악했었구나. 나보나 먼저 조사했다는 말이잖아? 누가 더 공부에 열심인 거야."

"딱히? 원래 이렇게 도감 같은 책 훑어보는 걸 좋아하거든. 원정이랑 상관없이 읽었던 책이라고."

"그러고 보니 스킬 대전도 갖고 있었지."

"그래그래. 마물 도감도 마찬가진데 그런 걸 읽으면 재밌지 않냐?"

"마음은 알겠어."

"그런데, 뭔가 이건 좀 아니라는 부분이 가끔 있더라고."

"예를 든다면?"

"고블린."

"아하……."

"어째서 이 세계의 고블린은 위험도가 더럽게 높은 거야! 좀 아니잖아! 고블린으로 말하자면 초보 모험가가 준비 운동 삼아서 잡는 잔챙이 캐릭터여야 할 텐데!"

"그러게 말야. 우리들 상식에선 고블린이 별로 강하단 이미지가 아니지."

"단순히 강한 놈이면 차라리 용서가 되지."

"용서가 되는구나."

"뭐냐, 고블린 킹이라든가. 고블린이 약해도 수가 많으니까 가끔 강력한 진화 개체가 나타날 때가 있잖아? 그러니까 강한 놈이 나타나는 건 차라리 용서가 되지."

"갑자기 고블린이 잘 통솔된 움직임을 보여주는데, 사실은 고블린 킹이 무리를 지휘하는 탓이었다는 게 이야기의 정석이니까."

"그렇지? 그러니까 강한 건 괜찮아. 그런데 이 세계의 고블린은 왜 무사도랑 비슷한 삶을 깨달은 건데?!"

"고블린으로 말하자면 머리 나쁘다는 이미지가 꽤 있지."

"이 도감 설명은 대체 뭔데! 태어난 순간부터 무(武)에 신명을 바치는 마물 중 으뜸가는 무인이라니!"

"절대로 고블린한테 붙일 설명은 아니지."

"모험 활극 소설에서 주인공의 평생 라이벌로 나오는 놈이 고블린이었을 때의 내 마음을 알겠냐?!"

"아, 그 책은 나도 예전에 읽어봤어."

"내용은 재미있는데 고블린이잖아? 엄청 멋있었지만 고블린이잖아?"

"확실히, 엄청나게 미남이었지."

"주인공한테 패한 고블린. 다만 그자는 죽고도 끝내 쓰러지지 않았다. 피로로 무릎을 꿇은 주인공과, 죽었는데도 서서 버티는 고블린. 마치 승자랑 패자가 역전된 듯한 광경. 확실히 멋은 있더라. 라스트 배틀의 뜨거움도 엄청났다고. 그런데 고블린이거든?!"

"참고로 그 소설, 실화를 소재로 썼다더라."

"어, 진짜냐?"

"진짜야. 어느 모험가가 고블린과 사투를 벌였을 때의 이야기래."

"이 세계의 고블린은 진짜 무슨 존재야?!"

"우리가 아는 고블린하고 큰 차이는 없는데 말이지."

"엄청 차이 나잖아!"

"번식력이 높고 숫자가 많다. 성장이 빠르고 그만큼 수명도 진화를 못하면 짧다. 능력치는 낮은 편. 특별한 스킬도 보유하지 못했다. 어때? 하나하나 비교하면 많이 다르진 않지?"

"대전제부터 틀려먹었다고."

"뭐, 의식의 차이 아닐까. 우리가 아는 고블린의 이미지는 머리가 좋지 않다는 느낌이지만, 이 세계의 고블린은 무인으로서 확고한 의사를 갖고 살아가니까. 그 차이가 많이 클 거야."

"그렇게 모험가도 두려워하는 전투 집단이 만들어졌단 말인가."

"한 마리 한 마리는 특별히 강하지 않아. 아니, 능력치가 높지 않아서 집단으로 연계하며 습격을 하지. 그런 데다가 전투에 익숙하니까 낮은 능력치에 비해 기술은 뛰어나."

"낮은 능력치를 기술이나 동료와의 연계로 보충하는 거냐. 쟤네들이 주인공 같네."

"실제로 어느 나라의 기사단에는. 고블린의 길이라는 표어도 있다더라."

"뭐하는 길이야. 아니, 대충 이해가 되기는 되네."

"고블린처럼 삶과 똑바로 마주하며, 고블린처럼 자신을 연마하고, 고블린처럼 고결하게 살아라."

"어떻게 생각해도 고블린이 아니잖아."

"그래도 이쪽 세계의 고블린은 진짜 무인이니까."

"절대로 틀려먹었어!"

"받아들여. 어차피 우리가 알던 고블린은 가공의 존재니까."

"뭔가 납득이 안 되는데!"

"그나저나 이번에 원정을 가는 장소와 가까운 곳에 고블린 마을이 있다던데……."

"묘한 플래그 세우지 마라."

"농담이야. 말로는 가깝다지만 제법 거리가 있고 토박이 모험가가 항상 경계를 맡아주니까 고블린이 우리가 있는 곳까지 올 일은 없어."

"그게 플래그란 말이다!"

"괜찮대도. 카티아는 걱정이 많구나."

훗날 원정에서 한 마리의 고블린과 슌이 사투를 연출하게 된다. 그러나 이때의 카티아는 그것을 예측할 방법이 없었다.

여자의 필수 스킬

이 세계에서 여자로 다시 태어난 후 제법 긴 세월이 지났다.

본래 남자였던 때의 감각은 이미 잊어버리고 있다.

처음 무렵에는 남자와 여자의 차이에 당황하는 때도 많았지만, 전세와 거의 비슷한 세월을 여자로 살다보면 적응하기 마련이다.

특히 나와 가까운 곳에 어린 시절부터 페이가 있었다는 이유도 컸다.

이러니저러니 해도 페이는 본래 여자였던 만큼 이런저런 조언을 구할 수 있었다.

사춘기에 들어간 남녀의 신체 구조가 본격적으로 바뀌기 전에, 페이에게 이야기를 듣고 마음의 준비를 할 수 있었던 것은 다행이라고 생각한다.

그래도 이쪽 세계와 본래 세계는 약간 사정이 달라지는 부분도 있었는데 그런 문제까지 페이의 지식에 전부 의지할 수는 없었다.

저쪽이랑 이쪽은 문명에 큰 격차가 있어서 부득이하게도 이런저런 도구 종류는 저쪽보다 뒤떨어질 수밖에 없다.

페이가 추천하는 화장품의 경우에도 이쪽에 없는 물건이면 못 구하니까.

그런 부분은 이쪽의 물건으로 대체할 수밖에 없다.

내가 악전고투하는 모습을 보고 페이가 「힘들겠네~」라며 남 일처럼 지껄였을 때는 가볍게 살의가 솟구쳤다.

저쪽에는 있고 이쪽에는 없는 물건의 사례처럼 이쪽에는 있고 저쪽에는 없는 물건도 존재한다.

그것이 스킬.

개중에서도 여자라면 반드시 습득해야 하는 스킬이 있다.

그것은 무취.

이름대로 냄새를 지워주는 스킬이다.

말해 두겠는데 체취가 신경 쓰이기 때문이라는 수준의 이야기가 아니다.

아니, 물론 비슷한 목적도 있는데 훨씬 더 심각한 진퇴양난의 사정이 있기 때문이다.

그야말로 여자에게는 사활의 문제가 될 수밖에 없는 사정이…….

이 세계에는 수많은 스킬이 존재한다.

그리고 그런 스킬은 평소 생활 중에도 단련되고, 세월의 경과에 따라 자연스럽게 습득하는 스킬의 종류도 제법 많은 편이다.

그중에서 여자의 적이라고 표현해야 할 법한 스킬이 있다.

그 스킬의 이름은 후각 강화.

이름대로 후각이 강해지는 스킬이다.

이렇게 말을 들어도 대단할 게 없는 스킬이라고 생각할 테지.

그러나 제대로 틀렸다.

이 스킬은 무시무시하다.

왜냐고?

이 스킬을 단련한 인간은 이쪽의 하반신 사정을 죄다 간파하기 때문이었다.

이해가 될까? 이 공포가?

후각 강화 스킬을 단련하면 상대의 냄새로 이런저런 사실을 다 알게 되어버린다는 말이다.

화장실에 다녀온 것도 감지되어버리고 생리 중이라는 사실도 들통난다.

선량한 신사에게 들통난다면 조금이나마 위안은 있다.

하지만 전세 때 남자였던 몸으로 말하자면 완벽한 신사 따위 환상이라고 단언할 수 있다.

오히려 위험한 의미의 신사라면 잔뜩 있을 테지…….

그런 게 아니더라도 알려진다는 것을 도저히 감당할 수 없었다.

뭐하자는 수치 플레이냐고.

애당초 남자가 나의 냄새를 맡는다는 생각만 해도 메스껍다.

그런 사정도 있어서 여자라면 무취 스킬을 습득하는 것은 절반쯤 의무화됐다.

남녀 별개의 보건 체육 비슷한 수업에서는 스킬 습득을 위한 교육과정까지 있었다.

반대로 무취 스킬을 보유하지 않은 여자는 백안시된다.

솔직하게 치녀 취급과 비슷한 느낌이었다.

학원에 다닐 만큼 유복한 사람이라면 전원 빠짐없이 무취 스킬을 보유하고 있다.

사회에서도 어지간한 사정이 아닌 이상 이 스킬을 보유하지 않은 여자는 없다.

그만큼 중요하니까.

그런고로 이 세계의 여자는 냄새를 지운 채 생활하고 있다.

그 때문인지 향수 종류는 별로 발달하지 않았다.

참고로 남자도 여자만큼은 아니지만 무취 스킬을 보유하는 편이 좋다는 인식이 일반적이다.

남자도 화장실에 다녀왔을 때 냄새난다는 말은 듣기 싫잖아?

만약 초등학생의 심술이나 생트집이라면 웃고 넘어가겠지만 이쪽 세계에서는 진짜로 냄새가 나버리니까.

후각 강화가 골칫거리인 이유는 그냥 평범하게 생활만 해도 저절로 습득된다는 거다.

코로 호흡만 해도 냄새를 맡는다는 행위에 들어가니까 미미한 양이라도 숙련도가 점점 쌓이거든.

마찬가지로 청각 강화도 저절로 습득되는 탓에 이쪽은 심장 소리 따위로 상대의 심정을 깨닫게 된다.

냄새만큼 해는 없지만 귀족 사회에서는 자기 마음을 노출하기 않기 위해 무음 스킬을 보유하고 있는 사람도 많다.

고도의 테크닉을 꼽아보자면 일부러 상대에게 심장 소리를 들려주는 방법으로 자신의 심정을 깨닫게 하는 방법도 있다고 한다.

주로 은근슬쩍 고백하는 느낌으로…….

그때는 무취 스킬도 오프로 설정하면 효과적이라더라.

땀 냄새로 상대에게 호의를 선할 수 있다던가.

분명 호르몬이라든가 그런 걸 맡아서 알게 되는 것이다.

슌 앞에서 한번 시도했었는데 「스킬 꺼졌다」라며 아무런 일도 아니라는 듯이 지적만 했다.

이 둔탱이가…….

율리우스가 주역을 맡은 11권은
많이 고민했습니다.

바바 오키나 일문일답 인터뷰 2

여기에서는 캐릭터에 관해 질문을 해보겠습니다.

담당: 가장 마음이 가는 캐릭터는 누구인가요?

바바: 주인공입니다. 가장 많은 분량을 쓰기도 했고, 쭉 주인공의 시선으로 썼잖아요. 마음이 가는 캐릭터라면 1등이겠죠.

담당: 가장 쓰기 쉬운 캐릭터는 누구였나요?

바바: 역시 주인공이었네요.

담당: 가장 쓰기 어려웠던 캐릭터는 누구인가요?

바바: 꽤 많았는데 말이죠. 특히…… 애써 좁혀 보자면 율리우스와 더스틴. 율리우스는 멋있게 써야 한다는 부담감이 있어서요. 슌의 동경이기도 했잖아요. 일본에서 전생을 해서 넘어온 남자 고등학생이 동경하는 히어로니까, 무척 멋있는 사람이 되어줘야 한다는 필수 목표가 있었습니다. 캐릭터로서의 격이 너무 높아서 어떻게 해야 멋있어질까 고민했습니다. 그래서 율리우스가 주역을 맡은 11권은 많이 고민했습니다. 한 권 내내 주역을 맡았던 캐릭터니까 더더욱 율리우스의 죽음이 그 세계의 사람들에게 충격적인 사건이었을 겁니다. 다만 그렇게까지 충격을 줘야 할 용사 중의 용사, 슈퍼 히어로를 어떻게 묘사해야 하지라는 어려움이 있던 캐릭터였죠.

담당: 더스틴은 어떤 이유였나요?

바바: 더스틴은 머리가 너무 좋거든요!(웃음) 머리 좋은 사람을 표현하려면 엄청나게 힘들어요. 더스틴 본인부터 생각이 너무 많은 데다가 머리도 좋고……. 작가 이상으로 머리가 좋은 캐릭터는 출연시키는 게 아니더라고요. 더스틴이라면 더욱 철저하게 대책을 마련해서 잘 해결했을 테고, 평범한 사람이 한 걸음 앞밖에 내다보지 못하는 와중에 열 걸음이나 백 걸음까지 앞을 내다보며 행동하는 인물이니까, 어떻게 행동시켜야 할까 고민했습니다. 이미 각오를 다진 캐릭터인지라 심정은 쓰기 쉬웠는데 말이죠. 행동 방침과 행동을 결정하는 게 어려웠습니다.

담당: 가장 친구가 되고 싶은 캐릭터는 누구인가요?

바바: 고민이 되는 질문인데요……. 전생 전 나츠메 군이라면 즐겁지 않을까 생각이 드는군요. 살짝 귀찮을 수도 있겠지만요. 전생 후 유고는 귀찮음을 넘어 얄미움이 폭발해버렸죠……. 등장하지 않은 캐릭터 중에서는 사쿠라자키 군이 친구라면 괜찮을 것 같네요. 분위기를 잘 끌어줄 테니까요.

담당: 가장 결혼하고 싶은 캐릭터는 누구인가요?

바바: 누구랑 결혼해도, 좀……?(웃음) 인간관계는 다 제쳐 놓고 성격만으로 생각하면……. 안전한 사람은 선생님. 가장 상식인이니까요. 다른 사람들은 이런저런 지뢰가 묻혀 있거든요.(웃음) 지뢰가 없다는 의미로 말하자면 쿠사마 군도 지뢰는 없겠네요. 그렇게 생각하면 쿠사마 군은 제법 이득을 보는 포지션이에요. 특별히 고생이 심하지도 않고, 심각해지는 포지션도 아니고…….

다음은 204쪽에서

So I'm a Spider, So What?

미입니다만, 문제라도?

I'm a Spider, So What?
xtra

프, 신언교

& the Word fo god relision

Extra

신언교와 여신교

Yuri

신언교는 내가 태어나서 자란 성 아레이우스 교국의 국교이기도 해. 스킬을 잔뜩 올려서 신님의 목소리를 잔뜩 듣는다! 이게 신언교의 고귀한 가르침이야! 여기에서는 신언교에 대해 가르쳐줄게.

Yuri

신님의 목소리란 스킬이 올랐을 때 들리는 말처럼 「스킬 ○○가 LV○로 성장했습니다」라는 목소리를 말하는 거야!

신언교란?

「성 아레이우스 교국」을 총본산으로 하는 최대 세력의 종교. 그곳의 최고위에 있는 교황은 인족 중 가장 강력한 권력을 보유했다고 말할 수 있다. 용사의 활동 지원이나 용사를 보조하는 성녀의 육성도 수행하는 터라 세계에 대한 영향력은 터무니없이 크다. 교의는 「신언의 신의 목소리를 더욱 많아 듣기 위해서 스킬을 올리자」.

교황

이번 대는 더스틴 61세. 57대 교황. 세대가 바뀌어도 「더스틴」이라는 이름은 달라지지 않는다.

Yuri

여기부터는 엄청, 엄청, 엄청나게 싫지만 이 세계에 있는 큰 세력의 종교 「여신교」에 대해서도 간단히 알려줄게. 여신교 따위 사교니까 엄청나게 싫지만!!

신님이 내려주신 스킬을 없애는 짓은 생각하기도 싫어! 으으!

여신교란?

신언교 다음가는 세력의 종교이자 사리엘라 국의 국교. 「여신께 스킬을 바치자」라는 교의를 가지고 여신 사리엘을 모시고 있다. 스킬을 바치는 방법은 〈스킬 소거〉라는 스킬을 사용하는 것. 단련한 스킬 및 습득한 스킬을 적극적으로 〈스킬 소거〉해서 힘을 여신에게 바치자는 사고방식.

교의의 의미

「스킬을 바치자」에는 두 가지 의미가 있다. 「스킬 소거를 써서 스킬을 바치며 여신께 봉사하라」라는 의미와 「스킬을 바치면 신의 경지에 다가갈 수 있다」라는 의미. ……주장은 저렇지만 후자의 의미는 잘 알 수 없다.

여신 사리엘

일반인에게는 거의 알려지지 않았지만 사리엘은 이 세계의 관리자이다. 그 사실을 알고 있는 엘프나 일부 인족은 여신교도가 여신에게 스킬을 바치는 행위, 즉 관리자에게 힘을 넘겨주는 행위를 우려했던 터라 과거에 여신교를 멸하기 위해 큰 전쟁을 일으켰던 적도 있다.

엘프

Filimøs

여기에서는 판타지의 정석, 모두가 동경하는 「엘프」에 관해 이것저것 알려줄게요~!

Filimøs

저는 전생 이전에도 몸이 작았거든요~ 지금 사이즈가 오히려 느낌이 딱 좋답니다~.

Filimøs

선진적인 기술을 갖고 있다는 사실도 엘프가 거만하게 구는 이유 중 하나겠네요~. 다들 평등하게 사이좋게 지내야 할 텐데 말이에요~.

엘프란?

몇백 년이라는 수명을 가지는 장수의 일족. 신체 성장이 느리기 때문에 인족보다 어려 보인다. 몸이 작을 때 물리 공격 스킬을 단련해도 신체가 미숙한 탓에 스킬을 잘 성장시킬 수 없는 이유에서, 마법 스킬을 메인으로 훈련하는 부류가 많다. 그리고 신체가 어른이 될 무렵에는 마법만으로도 이미 충분히 강해졌기 때문에 결과적으로 마법 특화가 되기 쉽다.
엘프 지상주의의 의식이 강해서 인족, 마족을 두루 낮춰서 본다. 특히 하프 엘프에게는 대우가 각박하다. 족장 포티머스에게 모든 권한이 있다.

무기

앞서 언급한 대로 마법에 특화된 부류가 많기 때문에 물리 무기는 활과 단검을 보조 용도로 쓴다. 그러나 엘프의 주요 무기는 로봇 비슷한 메카 병기 및 총이다. 실전된 기술을 엘프만이 몰래 보유해서 전력으로 쓰고 있다. 포티머스의 연구에 의해 마법이나 스킬을 무효화하는 결계도 함께 보유하고 있어서 상당한 실력자가 아닌 한 이길 수 없다.

마을의 위치

엘프의 마을은 카사나가라 대륙에 존재한다. 마을의 바깥 둘레를 강력한 결계가 뒤덮고 있어서 어떤 공격도, 마법도 통용되지 않는다. 마을에 들어오려면 각지에 숨겨 놓은 전이진을 지나올 수밖에 없는데, 전이진의 장소도 엘프만 알고 마을 안 전이진에도 강건한 경비병이 배치되어 있어서 이방인이 몰래 진입하기는 대난히 어렵나.

생활 양식

자연을 이용한 가옥을 건설하여 숲과 더불어 살아간다. 결계 안쪽에는 마물이 나타나지 않아서 평온한 생활. 마을 끝에서 끝까지는 도보로 하루가 걸릴 만큼 광대한 부지.

Filimøs

얼마 전 오랜만에 상황을 보러 갔더니 남자아이들을 보는 여성진의 시선이 되게 뜨겁더라고요……. 사랑하고는 살짝 다른 느낌의 열기였답니다~.

전생자

빌리베스가 데려온 전생자들을 보호하고 있다. 그러나 엘프들과는 생활 구역을 분리시켜서 전생자들만의 생활 공간을 만들었다. 감금되어 있는 처지에 불만을 가질지언정 그 안에서도 즐거움을 찾아 평화롭게 살아가는 듯하다.

더스틴
61세

Dustin the 61st

신언교 제57대 교황. 사후 기억을 계승하여 다시 태어난다는 효과를 가지는 스킬 〈절제〉의 소유자. 〈절제〉의 힘으로 시스템 구축 전부터 현대까지의 기억을 유지하고 있다. 전생자들과는 또 다르게 동일 세계 안에서 전생을 되풀이하고 있는 존재. 인족을 구원하기 위해, 세계를 구원하기 위해 오랜 시간 동안 쭉 활동해왔다. 신언교는 그 활동을 보조하기 위해서 만든 종교에 불과하다.

▶Personal Data

특기 기술	안 자고 안 쉬고 일하기
좋아하는 것	숨어서 마시는 술
싫어하는 것	포티머스, 자기 자신

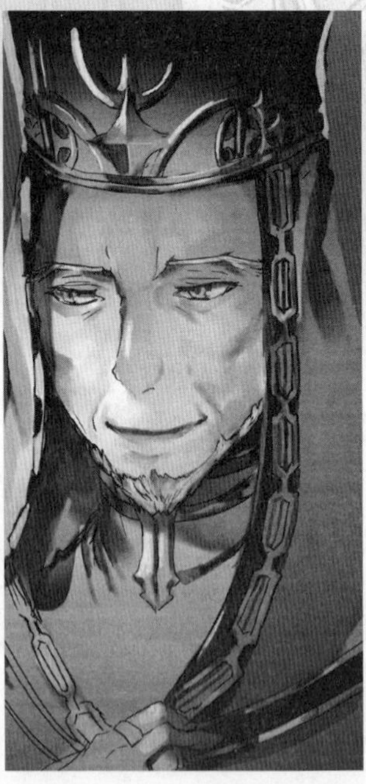

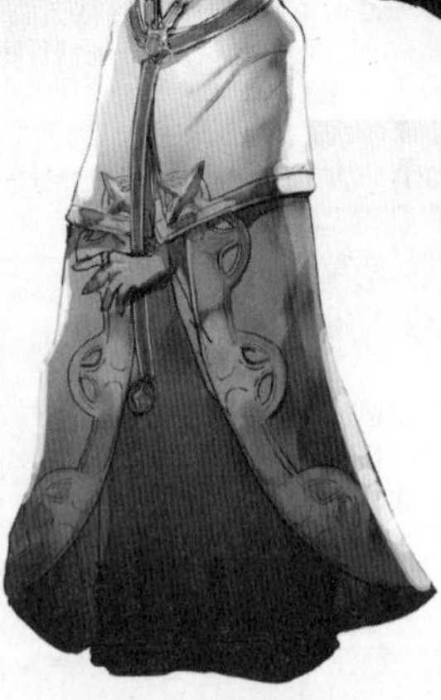

사리엘

Sariel

천사. 시스템의 중추로서 자신의 몸을 바쳤다. 신언교에서는 신언의 신, 여신교에서는 여신이라고 부르는 인물. 세계를 붕괴로부터 구원하기 위해 자신의 몸을 망가뜨리면서 시스템을 존속시키고 있다. 시스템에 몸을 바치기 이전에는 규리에 및 아리엘과 교류가 있었고 양쪽에 강한 영향을 주었다.

▶Personal Data

특기 기술	광범위 섬멸 술식
좋아하는 것	없음
싫어하는 것	없음

"숙련도가 일정 수치에 도달했습니다."

포티머스

(포티머스 하이페너스)

Potimas Harrifenas

엘프의 마을의 족장. 시스템 구축 이전부터 쭉 살아오며 세계를 붕괴 직전까지 몰아넣는 계기를 만들었던 원흉. 그런 이유로 아리엘 및 더스틴에게서 항상 적대시당하고 줄곧 목숨을 위협당한다. 그럼에도 불구하고 현재까지 살아남았다는 것이 그가 보유한 힘을 대변한다. 목적을 위해서라면 수단을 가리지 않는 악랄한 인물. 단 하나의 목적을 달성하기 위해 지금도 암약하고 있다.

▶Personal Data

특기 기술	항마술 결계, 기계 병기 운용
좋아하는 것	자신
싫어하는 것	죽음, 걸리적거리는 것 전부

“흠, 네년을 이 나의 적이 될 만하다고 인정하마. 나의 이름은 포티머스 하이페너스. 기억해 둬라. 다만 네년은 이름을 밝히지 않아도 된다. 어차피 지금 여기에서 죽을 테니까.”

글로리아
Gloria

엘프의 비밀 병기.
과거의 선진 기술을 사용한 메카 병기를 몰래 보유한 채 유사시에 전력으로 쓰고 있다

◀포티머스 자신도 분체는
메카화한 경우가 많다

◀ ILLUST — 어린 시절의 필리메스와 포티머스 —

So I'm a

Spider,

ㅓ미입니다만, 문제라도?

o I'm a Spider, So What?

xtra

So What?

ㅏ 족 군

he Demon Army

Extra

아리엘

Ariel the Origin Taratect

마왕. 거미형 마물 타라텍트종을 지배하는 존재. 시스템 구축 이전부터 쭉 살아왔다. 능력치의 숫자는 세계 최대. 스킬량도 세계 최대. 시스템상의 전투력으로는 틀림없이 최강. 그토록 강력한 힘을 보유하고도 오랫동안 침묵했다. 그러나 한계를 깨닫고 마침내 무거운 몸을 일으켜서 마왕이 된다. 마족을 자기 힘으로 강제 지배하여 인족과 전쟁을 벌이도록 몰아붙인다. 모든 것은 세계를 구원하기 위해.

▶Personal Data

특기 기술	대체로 전부 가능함
좋아하는 것	사리엘, 고아원 식구들 모두, 추억
싫어하는 것	포티머스, 인류

"좋았어! 어디 한번, 세계를 구원해봅시다!"

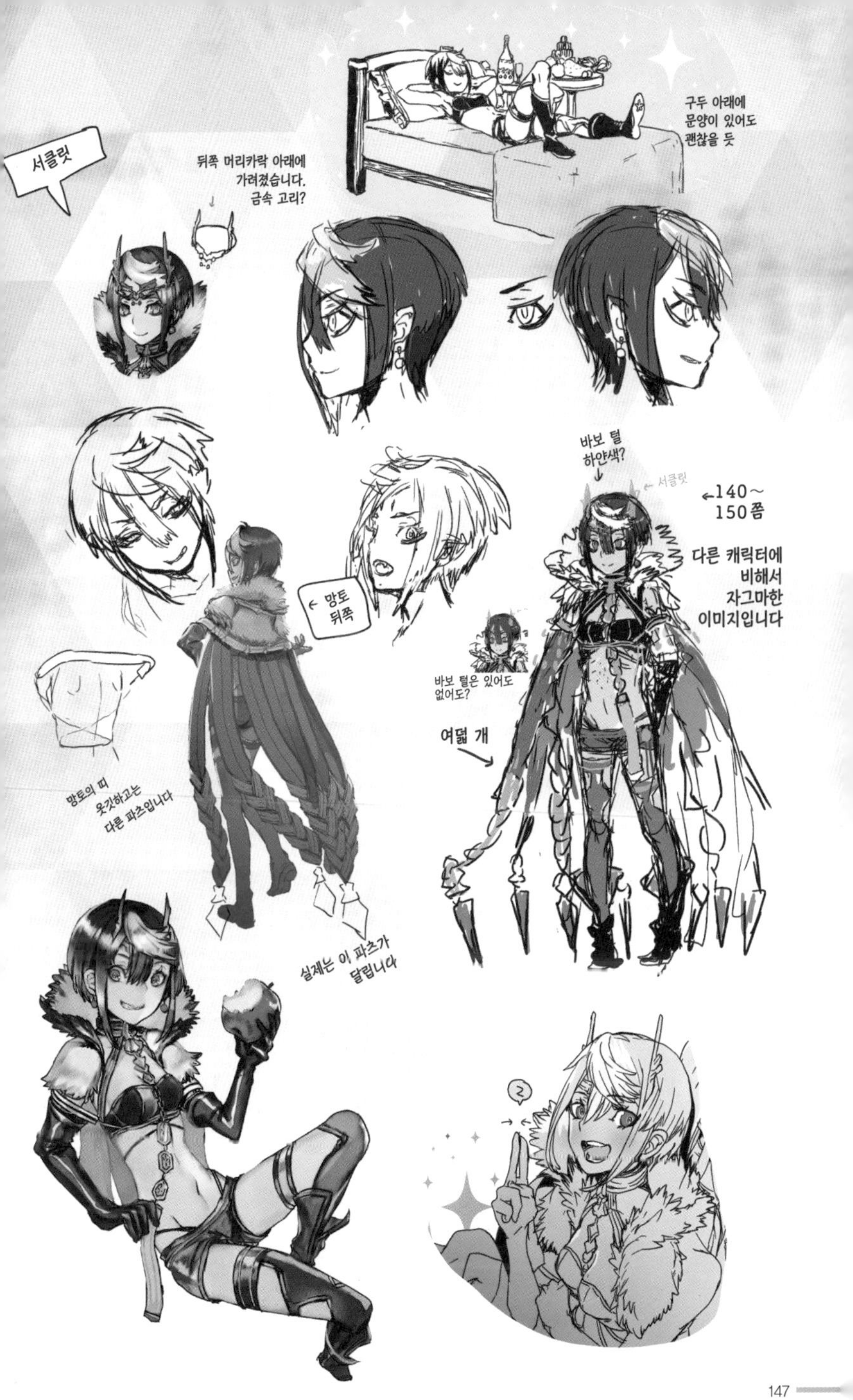
서클릿
뒤쪽 머리카락 아래에
가려졌습니다.
금속 고리?
구두 아래에
문양이 있어도
괜찮을 듯
← 망토
뒤쪽
바보 털
하얀색?
← 서클릿
←140~
150쯤
다른 캐릭터에
비해서
자그마한
이미지입니다
바보 털은 있어도
없어도?
여덟 개
망토의 띠
옷깃하고는
다른 파츠입니다
실제는 이 파츠가
달립니다

시라오리

(白織)

Shiraori

전생자, 이름 없는 거미가 다시 태어난 모습. 엘로 대미궁에서 퀸 타라텍트의 헤아릴 수 없는 새끼 중 한 마리로 태어났다. 최약의 마물에서 수많은 전투를 겪고 시스템의 틀을 초월하여 신의 경지에 올라섰다. D와의 해후를 겪어 자신이 D의 대역이었으며 본래는 보잘것없는 단순한 거미였다는 사실을 알게 된다. 아리엘을 비롯한 여러 사람들과 교류를 쌓아 세계를 구원하기 위한 행동을 개시. 세계를 구원하기 위해 수많은 사람을 희생시키는 사신이 되는 것을 결의했다. 온몸이 새하얀 외모를 가진 까닭으로 「시로(白)」라고 불리고 있다.

▶Personal Data

특기 기술	실, 공간 마술
좋아하는 것	먹는 것
싫어하는 것	「죽는다~!」라고 외치는 상황, D

고유 스킬 **위타천**

빨라진다. 유니크 스킬이 아니라 속도 관련의 능력치 성장 스킬의 최상위.

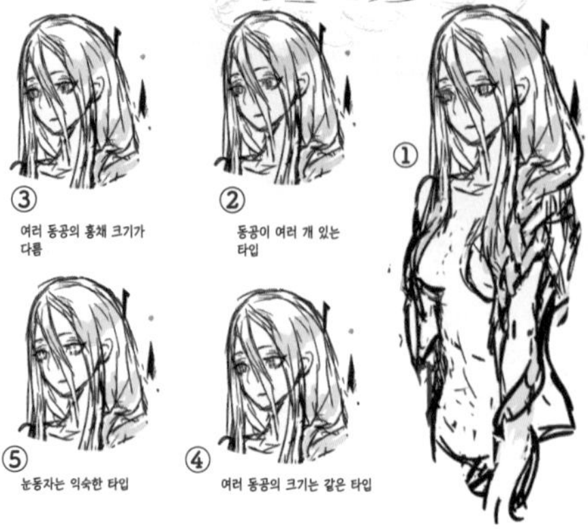

원 사이드
세 가닥 땋은
머리입니다

소피아

(소피아 케렌)

Sophia Keren

전생자 네기시 쇼코가 다시 태어난 모습. 사리엘라 국 케렌 령 영주의 외동딸. 흡혈귀 스킬을 날 때부터 보유했던 진조 흡혈귀. 신언교가 일으켰던 전쟁으로 고향을 잃었고 그 틈을 노린 포티머스의 손에 부모를 잃었다. 그 직후에 아리엘에게 거둬져서 마족 진영에 가담하게 된다. 종자 메라조피스에게 심상치 않은 집착심을 드러낸다. 질투 스킬의 보유자.

“왜냐면 이 녀석은 나를 무시했어. 그걸 용서할 수 있어? 아니 용서할 수 없지.”

▶Personal Data

전세의 이름	네기시 쇼코
특기 기술	흡혈귀 능력, 얼음 마법, 물 마법, 산 공격
좋아하는 것	메라조피스
싫어하는 것	포티머스, 타인의 행복

고유 스킬 ▶ 흡혈귀

흡혈귀가 된다.

흡혈귀가 되면 빠짐없이 따라오는 스킬이기 때문에 사실 유니크 스킬은 아니다. 다만 소피아 이외의 흡혈귀가 본편 개시 시점에서는 모조리 다 사냥당했던 터라 실질적으로 유니크라고 말할 수 있다. 즉 흡혈귀가 보이면 소피아와 관련된 인물이라는 의미가 된다.

의상 시안
콘셉트: 메이드 × 크리놀린 드레스
시로를 주인님이라고 불러서
흡혈귀 느낌
반쪽 망토
크리놀린 노출
하얀색에 가까운 배색
라스와 대비가 되는
색으로 생각했습니다
소피아 시안
처진 눈 + 졸린 눈,
표정으로 강한 척하는 아이

라스

Wrath

전생자 사사지마 쿄야가 다시 태어난 모습. 마의 산맥에 있는 고블린 마을에서 태어났다. 고블린의 삶을 받아서 고블린으로 유소년기를 보낸다. 그러나 뷔림스 휘하 제국군이 마을을 괴멸시켰고 본인도 뷔림스에게 사역당하는 처지가 되면서 분노 스킬을 각성. 뷔림스를 살해한 뒤 분노의 포로가 되어 수많은 사람들을 자기 손으로 해치는 오니가 되었다. 제정신을 차린 다음부터는 자신이 저질렀던 죄와 직면하며 세계를 구원한다는 목적을 가진 아리엘 및 시로에게 동조.

▶Personal Data

전세의 이름 ▶ 사사지마 쿄야

특기 기술 ▶ 마검

좋아하는 것 ▶ 사리에 맞는 것

싫어하는 것 ▶ 사리에 맞지 않는 것

고유 스킬 ▶ 무기 연성

MP를 소비해서 무기를 창조할 수 있는 스킬. 창조 가능한 무기의 질은 주입하는 MP의 양에 비례한다. 더욱이 추가로 MP를 소비함으로써 무기에 특수한 효과를 부여할 수도 있다. 아마도 본편에서 가장 맹위를 떨치고 있는 유니크 스킬.

"나는 이 손으로 쌓아 올린 죽음을 무위로 만들고 싶지 않아."

처진 눈이지만
동그란 모양
눈썹 짧음
요대를 묶어 올려주는 끈
이음매는
움직입니다
끈으로 당겨 놓았음
어깨띠에 가려져서
안 보입니다
하카마 뒤쪽
겹겹으로 풀칠한 끈에서
가는 끈으로
하마카 뒤쪽 방향의 끈,
앞쪽 파츠에 연결됩니다
요대 겸
검 벨트
각반의
끈 비슷한
장식
안쪽
단추는
찍찍이 방식
바지 형태
조금 더 아래까지
연결되어 있을지도?

메라조피스

Merazophis

케렌 가문의 집사. 본래는 소피아의 부모를 섬기던 종자였지만 그 두 사람이 타계함으로써 소피아의 종자가 된다. 그때 소피아에게 피를 빨려서 흡혈귀가 되었다. 소중한 주군을 잃은 슬픔, 흡혈귀가 되어버렸다는 번민, 여러 고뇌를 극복하고 소피아를 지켜 나가겠노라 결의한다. 본래 평범한 인간이었으며 특별한 재능 따위 가지고 있지 못했지만 지옥 같은 훈련을 되풀이하여 인내 스킬까지 습득했다.

▶Personal Data

특기 기술	흡혈귀 능력, 지구전
좋아하는 것	주인님, 사모님, 아가씨
싫어하는 것	약한 자신

"아가씨를 지키기 위해, 강해져야 한다."

퍼펫
타라텍트 시스터즈

Puppet Taratect Sisters

퍼펫 타라텍트. 소녀로 보이는 외모는 인형이고 본체는 작은 거미형의 마물. 인형 안에서 조종한다. 거미 마물이면서 인형을 부려 무기를 다룰 수 있는 아리엘 직속의 권속이자 비장의 전력. 「나」와 전투를 치르던 중 숫자가 줄어서 지금은 아엘, 사엘, 리엘, 피엘 이렇게 넷 밖에 남지 않았다. 야무지지만 깍쟁이 같은 아엘. 명령 이외에는 아무것도 못 하는 사엘. 수수께끼가 많은 리엘. 기운찬 아이 피엘.

▶Personal Data

특기 기술	실, 한손 검
좋아하는 것	멋 부리기
싫어하는 것	나설 기회가 없는 것

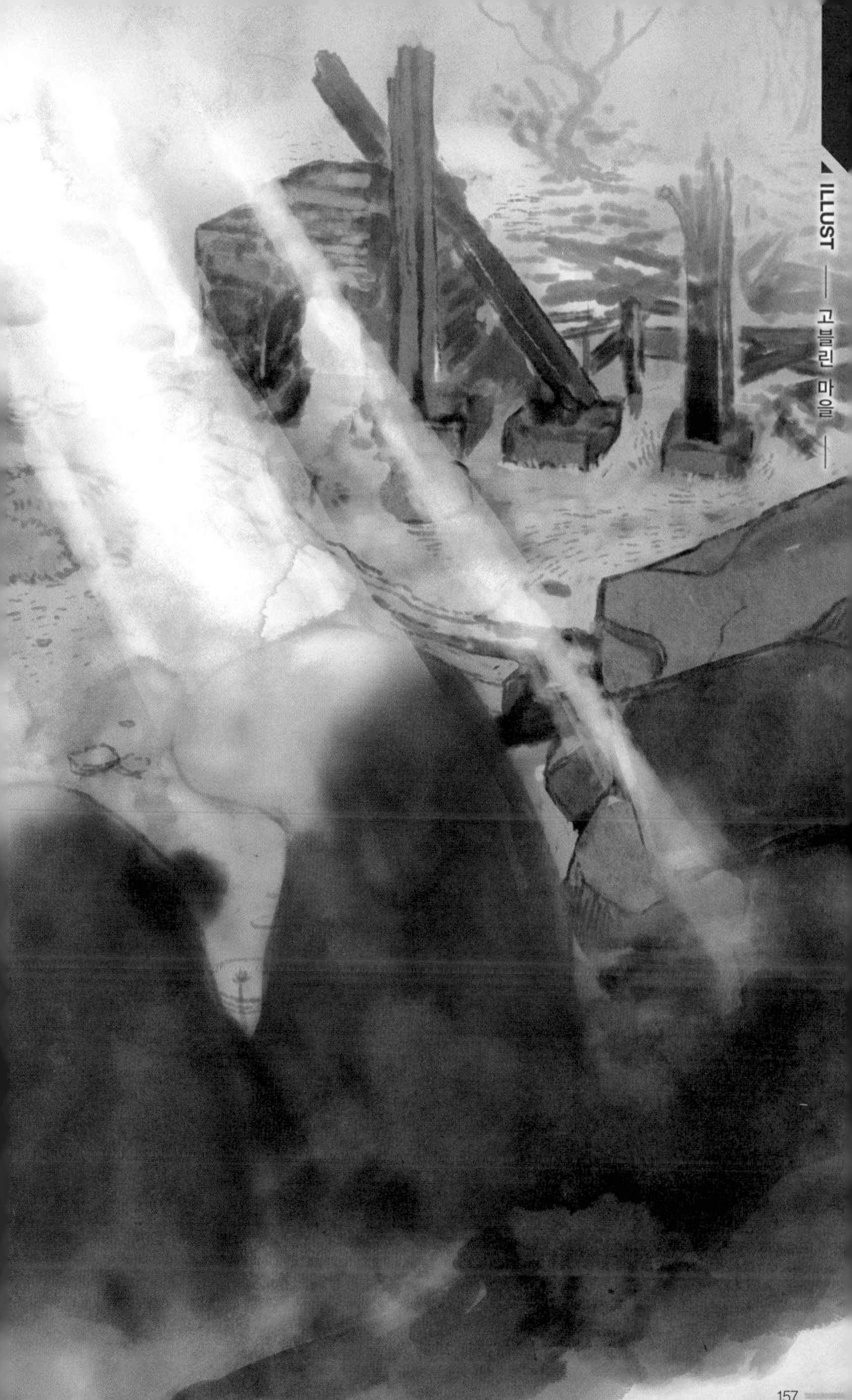

ILLUST — 흡혈귀 소피아 —

버릴 물건은 버려라

“이건 좀 정리할 필요가 있겠네.”

황야에 가득 쌓인 물건들의 산을 보고 무심코 신음한다.

“아리엘. 저것이 공간 수납으로 보관해 놓은 물건은 이게 전부다. 아마 빠뜨린 물건은 없겠지만 저것이 깨어나면 일단 확인해 둬라.”

“응. 고마워.”

큰일을 마친 규리에한테 답례의 말을 건넨다.

시로가 이공간에 보관해 놓은 수많은 물자를 규리에한테 부탁해서 막 회수를 한 참이다.

이게 다 시로가 신화하면서 스킬을 못 쓰게 되었다는 말을 규리에한테 들었기 때문이었다.

스킬을 못 쓰는 처지에서는 시로가 이공간에 보관해 놓은 물건을 다시 꺼낼 수 없다.

시로가 보관해 놓은 물건에는 여행에 빼먹을 수 없는 도구와 식량 따위가 잔뜩 있었다.

규리에가 내 부탁을 듣고 회수해주지 않았다면 제법 고생했을 거야.

그런데 회수를 마친 물건은 예상 이상으로 양이 많았다.

나는 공간 마법 스킬은 일단 갖고 있는데 공간 수납을 사용 가능한 레벨은 아니다.

이렇게 눈앞에 잔뜩 쌓인 물건들의 산을 옮기려면 마차가 몇 대나 필요하다.

최저한의 물자 운반을 위해 마차를 구입하는 것은 마땅히 필요한 일이겠지만 가능하면 한 대로 줄이고 싶다.

"어쩔 수 없네. 대충 버려야겠어."

그런고로 대정리 대회를 개최!

"제군들! 이 산을 무찌르기 위해 필요한 물건과 필요 없는 물건을 정리하자!"

시로가 눈을 뜰 때까지 기다리는 동안에 정리하기로 했다.

메라조피스 군은 근방의 도시에 보내 필요한 물자 매입을 맡겼으니까 나머지 멤버로 정리 정돈이다.

일단 식료품은 최우선으로 분류했다.

시로가 공간 수납으로 보관하면 오래 버텨주겠지만 바깥에다가 보관하면 금세 상해버린다.

빨리 상하는 종류부터 소비할 수밖에 없다.

다음은 여행에 꼭 필요한 도구류.

도저히 버릴 수 없는 물건들은 물론 확보를 한다.

여기까지는 순조롭게 작업이 진행됐다.

문제는 그다음이었다.

"소피아, 그 많은 기호품이 다 필요할까?"

"네? 당연하잖아요."

아주 당연하다는 듯이 책이며 무기며 부피도 큰 데다가 무거운 것을 필요한 물건으로 분류하는 소피아.

책은 지식을 길러주는 데 좋아서 조를 때마다 사줬고, 무기는 장래에 쓸 메인 무기를 선택하기 쉽게 이런저런 종류를 사줬다.

당연히 시로가 공간 수납으로 담아서 운반해주는 것을 전제로 샀기 때문에, 운송 수단이 사라진 지금은 가능한 한 부피가 큰 물건들을 버리고 싶다.

애당초 책은 전부 한 번씩 읽었고 무기는 한 번 쓰면 대체로 두 번은 쓰지 않았다.

소피아는 저것들은 관상용으로 챙겨 놓았을 뿐 실제로 사용하지 않는다.

그런데도 필요한 물건 취급을 하는 이유가 도대체 뭐지?

이래서 귀족님은 안 된다니까.

“피엘, 그 많은 옷가지가 다 필요할까?”

피엘이 내 질문에「무슨 소리야, 이 자식」같은 표정을 짓고 고개를 주억였다.

피엘이 필요한 물건으로 분류를 마친 수많은 의복들.

시로와 공동으로 시간을 아끼지 않고 마구 만들었던 옷이다.

저것만으로도 작은 마차의 짐칸이 가득 차는데 모조리 필요한 물건으로 분류해 놨다.

전원의 옷이라면 차라리 괜찮겠지만 저게 1인분이었다.

명백하게 허용량을 넘는 분량이잖아.

“리엘. 그 수수께끼 물체들은 뭐야?”

리엘의 앞에 쌓인 수많은 수수께끼 물체들은, 응, 진짜로 이게 뭐람?

뭐야? 이게 뭐야?

아무튼 이런 것들은 휙 던져버리렴. 휙.

“아엘. 몰래 숨겨 놔도 소용없거든?”

깍쟁이같이 자신의 것만 불필요한 물건을 숨겨 놓는 아엘에게 못을 박아 두었다.

아엘은 「들켰나」라는 표정을 짓고 슬그머니 눈을 돌렸다.

"사엘은, 응, 너는 괜찮아. 시로를 돌봐주렴. 일어나면 우리한테 와서 불러줘."

사엘은 필요한 물건, 불필요한 물건을 구별하지 못해서 바짝 얼어붙었기에 작업에서 제외했다.

그나저나, 으음.

결론, 이 녀석들은 정리를 못 한다.

어쩔 수 없네. 이번에는 강권을 발동하도록 하자.

"버릴 물건은 버려야지. 꼭 필요한 정리 정돈입니다."

"앗?! 이것도, 이것도 버리라고요?!"

소피아와 아이들이 필요하다며 분류해 놓은 물건을 내가 척척 선별한다.

소피아의 책이랑 무기는 팔아버리자.

책은 귀중품이라 비싸게 팔리기도 하고 무기는 필수품이니까 괜찮은 가격으로 팔린다.

의복도 대부분은 팔자.

최고급 신직사(神織絲)로 만든 옷이니까 본래는 터무니없는 가격이 나갈 테지만 아동복이고 수요가 적을 테니까 싼값에 팔아버려야지.

리엘이 가지고 있는 수수께끼 물체들은, 응, 내다 버리자.

울고불고하는 유녀 녀석들을 밀어내며 나는 척척 분류를 진행한다.

가끔은 단호하게 마음먹고 안 되는 일은 안 된다고 가르쳐줘야 하니까.

신낫

마검.

참으로 중2의 마음을 자극하는 멋진 단어라고 생각하지 않는가?

이 세계에도 사실은 마검이라는 물건이 존재한다.

이른바 특수한 효과를 가진 무기를 총칭해서 마검이라고 부른다.

또한 마검에는 크게 나눠서 두 종류가 있다.

첫 번째가 스킬의 힘으로 특별한 효과를 부여하는 것.

기능 부여라든가 마법 부여 같은 스킬에 의해 영구적으로 특수 효과가 부여된 무기를 마검이라고 부른다.

하지만 기능 부여와 마법 부여 스킬은 습득하는 게 엄청나게 어렵다.

따라서 사용 가능한 인물이 적고 이 방법으로 제작된 마검의 양도 적었다.

일반적으로 마검이라는 말에 떠올리는 대상은 다른 하나가 잘 들어맞는다.

강력한 마물의 소재를 써서 제작한 무기는 해당 마물의 생전 능력을 본뜬 힘이 발휘되는 경우가 있다.

그것이 바로 또 하나의 마검.

그리고 그런 분류로 말하자면 나도 마검을 가지고 있는 셈이다.

나의 반신과 같은 대낫이다.

이 녀석은 원래 아라크네 형태의 하반신에 달린 거미 몸뚱이에서 앞다리의 낫을 소재로 삼아 만든 물건.

즉 나 자신이라는 강력한 마물의 소재를 써서 제작한 무기였다.

마물에는 대강 위험도라는 개념이 설정되어 있는데 C랭크 이상의 마물 소재부터는 마검이 드문드문 만들어지기 시작하며, A랭크 이상의 마물 소재를 쓰면 거의 다 마검이 된다고 한다.

참고로 나의 랭크는 랭크 체계에서 벗어나는 신화급이라더라.

이러면 내 몸을 써서 제작한 대낫이 마검 취급을 못 받을 리 없겠지.

결과, 내 예상 이상으로 아찔한 물건이 된 대낫.

부식 속성이며 어둠 속성까지 들러붙었잖아.

하얀 외형과 달리 끔찍한 속성을 갖고 계셨어요.

왜 과거형이냐고 묻는다면 내가 신화할 때 이 대낫도 같이 휘말려서 변질되었기 때문이다.

현재 대낫은 감정 불가능.

즉 나와 똑같이 시스템의 적용 외 대상이 됐다.

마검이라는 물건은 시스템의 힘에 의하여 특수 효과를 발휘한다.

그러니까 시스템의 적용 외 대상이 된 마검은 특수 효과를 잃고 단순한 무기로 전락한다.

전락해야 할 텐데 말이지~.

손에 든 대낫은 하얗게 빛나는데, 그 우아함과는 정반대의 거무칙칙하며 섬뜩한 오라를 두르고 있다.

응. 절대로 평범하지가 않아!

평범하지 않다는 건 일목요연하지만 이 대낫에 어떤 능력이 있느냐는 불명.

시스템 안쪽 마검이라면 감정해서 어떤 능력이 부여됐나 알 수 있지만, 시스템 적용 대상에서 벗어나버린 지금은 감정해도 효과를 알 수가 없다.

그럼 실제로 써보면 되지 않냐는 생각도 하겠지. 그런데 그게 간단한 문제가 아니란 말이야~.

신화한 나는 자기 자신의 힘을 사용하는 방법조차 잘 모르니까.

그런 상태에서 내가 반신이라고 말할 수 있는 존재라지만 이미 분리되어버린 대낫의 힘을 끌어낼 있을까? 과연?

일단 허공에 휘두르기 같은 연습은 해봤는데 아무런 일도 안 일어났다.

기합을 넣어 휘두르든 뭔 짓을 하든 아무런 일도…….

단지 내가 지쳤을 뿐이다. 서글퍼라.

으음. 오라도 내가 손에 들었을 때 이외에는 안 나오니까 모종의 힘은 분명히 깃들었을 텐데…….

실험으로 다른 사람이 써보면 좀 달라질까 싶어서 말을 꺼냈다가 전원에게 전력으로 거부당했다.

"저주받을 것 같아서 싫어."

"뭐랄까, 위험 감지가 조심하라고 막 울리거든. 괜히 휘둘렀다간 농담이 아니라 죽을 것 같아."

흡혈 양은 피해 나니고 마왕은 진지한 얼굴로 저런 소리를 꺼내니까 도저히 강요할 수 없었다.

인형 거미들은 눈을 마주친 순간 동시에 고개를 휙휙 흔들기 시작했고…….

메라는 반대로 각오 완료라는 표정을 짓길래 관뒀다.

응. 뭐, 확실히 저주받을 것 같은 위험한 오라가 나오고 있지.

이 녀석을 메라의 손에 들려줬다가 진짜 죽어버리면 양심의 가책 수준의 소란이 아니라고.

하지만 어떤 힘이 있을지 궁금하기는 하다.

그러므로 심심하고 체력이 남아돌 때 가끔 휘둘러봤다.

결과, 어떤 효과가 있는지는 결국 알아내지 못했지만 힘이 있다는 사실만큼은 알았다.

무슨 일이 있었냐면 말이야, 힘의 한 자락을 목격할 수 있었거든.

휘두르기 도중 비틀비틀 넘어질 뻔할 때라든가 손에서 쏙 놓쳐 날아가버릴 때라든가.

넘어질 뻔할 때는 잡아당겨주는 것처럼 쓰러지는 몸을 받쳐주고 넘어지는 곳에 있었던 장해물이 싹 사라지기도 했다.

응. 넘어질 뻔했던 적이 한 번이나 두 번이 아니거든!

나의 못난 운동 신경을 얕보면 곤란하지!

쏙 놓쳐버렸을 때는 대체로 내가 아무것도 안 했는데도 돌아온다.

부메랑처럼 날아온다거나 전이해서 손에 쏙 돌아온다거나.

응. 쏙 놓쳐버렸던 적도 한 번이나 두 번이 아니거든!

뭐, 결론부터 말하면 특수한 힘이 있다는 것은 알았다.

그러나 발동은 내가 원하는 대로 못 하는 데다가 어떤 능력이 있는지 전체 내용도 잘 알지 못한다.

그리고 내 손에서 떨어지면 혼자 쓱 돌아오는 것 같아.

어딘가에 놔두고 오면 어떻게 될까 생각했는데, 그 생각을 한 순간에 화난 것처럼 오라의 양이 늘어나는 탓에 관두기로 했다.

농담이라니까. 반신을 놔두고 갈 리가 없잖아. 핫핫하.

양치질

흡혈귀는 치아가 생명.

괜히 양치질 광고의 선전 문구 같은 말이 떠오르는구나.

왜 불쑥 이런 생각을 하고 있냐면 소소하게나마 배신을 당했기 때문일까.

이게 사실은 시로한테 예전부터 신경 쓰였던 질문을 했었거든?

『있잖아, 양치질은 안 해?』라고 말이야.

시로는 내가 아는 한 양치질은 하지 않았어.

그런데 딱히 의문을 표시하는 사람은 없었고…….

왜냐면 이 세계에는 양치질이라는 개념이 애당초 없는걸.

나는 흡혈귀여서인지 젖니가 자라나는 시기가 빨랐다.

그때부터 양치질을 어떻게 할까 신경이 쓰였는데 아무도 양치질을 해주지 않았다.

나중에 메라조피스한테 양치질에 대해 물어봤더니 진지하게 「그게 무엇입니까?」라는 대답이 돌아왔지.

이 세계에는 양치질이라는 습관이 없었다.

그뿐 아니라 충치라는 증상 자체가 없는 것 같이.

전세의 텔레비전 방송에서 말하길 충치는 입속에 있는 충치균이 독소를 내보내서 생기는 증상이며 극히 드물게 충치균이 없는 사람이 있다더라고.

그런 사람은 충치에 안 걸린다나 봐요.

아마도 이 세계에는 충치균이 존재하지 않는다니까 충치에 걸리는 사람도 없는 셈이지.

충치에 안 걸린다면 양치질을 할 필요도 없다는 뜻이야.

그러니까 양치질이라는 습관이 없고…….

그래도 전세에서는 매일 빼먹지 않고 양치질을 했기 때문인지 안 하면 은근히 불편하다.

칫솔을 못 구하니까 할 방법도 없지만.

하다못해 식사를 마친 뒤 입속만 잘 헹구고 있어.

물 마법을 배웠으니까 헹굴 때 필요한 물은 만들어 낼 수 있다.

그러자 나를 옆에서 보던 메라조피스도 같이 따라 하게 됐거든.

"아가씨가 본래 계시던 세계에서는 그런 습관이 있었군요. 치아의 건강을 관리한다는 발상은 미처 떠올려본 적이 없었습니다."

이렇게 끄덕끄덕 감탄했었지.

그야 치아의 건강을 굳이 관리해줄 필요가 없는 이쪽 세계의 사람한테는 신선한 발상이겠죠.

게다가 만에 하나 치아가 병나도 치료 마법을 써서 원래대로 고칠 수 있단 말이야.

마법은 진짜 편리하다니까.

충치에 시달리지도 않고 부러지거나 깨져도 고칠 수 있다면, 양치질 같은 귀찮은 습관은 사라져도 어쩔 수 없는걸.

그런데 이미 버릇이 든 나는 오히려 안 하면 위화감이 느껴지거든.

이런 심정을 처음부터 이 세계의 주민이었던 메라조피스와 아리엘 씨에게 말해도 공감을 받진 못한다.

그래서 유일하게 내 말을 이해해줄 만한 시로에게 말을 건넸던 거야.

거미 마물이었던 시기라면 또 모를까, 아라크네가 된 시로도 이런 부분은 신경을 쓸 거 같아서…….

그런데 내 예상과는 반대로 시로는 진심 이상하다는 표정을 짓고 고개를 갸웃거렸어.

대답이 없는 반응은 평소와 똑같았지만 왜 이상하다는 표정이 나오는지 알 수 없어서 나도 비슷하게 고개를 갸웃거렸지.

"양치질, 한 적 없어."

그러자 한참 지나서 저런 대답이 돌아온 거야.

『응, 안 하더라. 하는 걸 본 적이 없는걸. 그래도 전세 때는 매일 같이 하지 않았어? 그러니까 안 하면 불편하잖아? 나도 식사 후 뭔가 빼먹은 기분이라서 좀 싫거든.』

웬일로 대답해주길래 나는 염화로 말을 이어 나갔지.

대부분은 시로가 무시하는 탓에 대화가 뚝 끊어지니까 아마 조금은 들떴던 것 같아.

드디어 이 위화감을 공유할 수 있다는 기쁨도 느껴졌고…….

그럼에도 불구하고 시로는 뭔가 고민하는 자세를 취한 뒤 고개를 옆으로 흔들었어.

『어, 왜 몰라? 양치질을 안 하면 입속이 찝찝하지 않아?』

얘기가 통할 줄 알았는데 저런 반응이잖아.

나도 상당히 낙담했었지.

『확실히 이 세계의 사람들은 충치가 안 생긴다지만, 그렇다고 양치질을 아예 안 해버리면 조금 불결하잖아? 치아에 찌꺼기가 낀 채로 방치한다는 게 도저히 안 믿기거든. 숨 쉴 때마다 냄새날 것 같아서 난 싫어.』

아무리 충치가 안 생기더라도 음식 찌꺼기 등은 입속에 남게 되잖아.

그래서 입속을 헹구기만 하는 게 아니라 사실은 양치질도 하고 싶었어.

그런 마음을 담아 불평했는데 시로는 고개를 옆으로 흔들 뿐.

『뭐야? 설마 양치질 안 하는 게 편하다는 거야?』

시로의 반응에 무심코 짜증이 나서 쏘아붙이는 말이 나왔다.

그 말을 들은 시로가 이번에는 손을 흔들었어.

"그런 게 아니야."

『그럼 도대체 뭔데?』

내 물음에 시로는 답을 헤매는 눈치로 침묵했다.

또 평소와 같은 패턴이구나, 기막힐 뻔한 순간에 겨우 결심을 마쳤는지 시로가 입을 열었다.

"나, 전세 때도 양치질한 적이 없어. 충치가 안 생기는 체질이었거든."

아마도 저 말을 들은 직후의 나는 입을 떡 벌리고 멍청한 표정을 지었을 거야.

응, 전세의 지구에도 극히 드물게 충치균이 없어서 충치가 안 생기는 사람은 있었잖아.

설마 시로가 당사자였다니.

모처럼 전세의 습관에 대해 추억을 공유할 수 있을 거라 생각했는데 설마 시로가 이쪽 세계의 주민과 가까웠다니. 좀 너무하지 않아?

배신당한 나는 그날 평소보다 더 정성 들여서 입을 헹궜다.

버섯 사냥

"시로야~, 사냥을 다녀오자꾸나."

마왕이 뭔가 이상한 말투로 사냥을 제안했다.

마왕은 가끔 이렇게 사냥을 다녀오자고 권하는 때가 있다.

그런 경우 보통은 해당 지방이 아니면 못 잡는 맛깔나는 마물이 표적이다.

따라서 나도 제안을 받아들이는 게 딱히 싫지는 않다.

싫진 않은데 마왕의 상태가 평소와 좀 달랐다.

말투라는 의미로도, 분위기의 측면으로도…….

평소에는 잠깐 놀러 갔다가 올까~ 요러한 느낌으로 하는 제안인데 이번에는 무척 진지하게 기합이 들어가 있는 태도였다.

"시로야, 오늘 사냥 목표는 평소보다 강적이야. 단단히 각오하는 게 좋겠어."

뭐라?

마왕이, 마왕이 강적이라고 말하는 마물?

내가 아는 한 마왕보다 센 녀석을 굳이 꼽자면 관리자 같은 규격외 존재뿐.

즉 마왕은 이 세계에서 거의 상한에 달한 무력을 자랑한다.

그런 마왕이 강적이라고 말하는 마물.

도대체 어떤 괴물이야?

전전긍긍하며 마왕을 따라가서 도착한 곳은 산이었다.

녹음이 우거져서 어딘가 한가로운 분위기가 감도는 산.

이 시점에서 이상하다.

응? 어디가? 라는 의문이 들 수는 있겠지만 이 세계에는 마물이 무진장 많다.

산으로 말하자면 마물의 보고.

산에는 항상 마물들의 기세가 가득 들어차 있고 한가로운 분위기는 절대로 말이 안 된다.

"후후후. 알아차렸구나. 이 산의 특이함을."

마왕이 대담하게 미소를 띠며 산을 주시했다.

"이 산에는 어떤 마물이 있어서, 이 시기에는 엄청 번식을 하며 일제히 활동을 개시하거든? 너무 위험한 마물이라 다른 마물은 버티질 못해. 그래서 이 산에는 평소에 마물이 없는 거야."

마왕은 설명해주며 산에 걸음을 들여놓았다.

즉시 피부에 소름 끼치는 감각이 들이닥쳤다.

"온다."

지면이 흔들린다.

도처의 땅이 부풀어 오르고 거기에서 마물이 모습을 드러냈다!

마물의 정체는…… 초록색 버섯?

"통칭 초록색 악마라고 불리며 두려움을 사는 버섯형 마물. 가을의 이 시기에 대량 번식해서 일제히 지상으로 모습을 드러내고, 산에 침입하는 생물에게 덤벼들어."

마왕이 해설을 시작하고 있는 동안에도 버섯이 쑥쑥 지면에서 잇따라 솟아난다.

그리고 쓱 미끄러지듯 이쪽을 향해 다가왔다.

어떻게 움직이는 거야, 재네들?

"이 초록색 악마의 무시무시한 점은 끈질긴 집념과 살상력에 있어. 한번 사냥감으로 점찍은 상대는 죽을 때까지 추적하는 집념. 그리고 이 버섯의 공격 방법은 접촉뿐이야. 참고로 닿으면 죽어."

어? 무슨 뜻이야?

"정확하게는 닿는 순간에 1천의 고정 대미지를 받는 탓인데, 평범한 인간이면 거의 첫 접촉에 즉사하겠네. 참고로 이 고정 대미지는 어떤 내성으로도 경감되지 않는 무시무시한 공격이야."

뭐야, 그거. 무서워.

닿기만 해도 1천의 대미지를 받는다는 게 진짜 무시무시하다.

그리고 그렇게 위험한 버섯이 대량으로 몰려든다.

마왕이 강적이라고 인정하는 이유를 알겠다.

"그러나, 저런 상대에게도 우리는 결국 도전해야 해! 왜냐하면 저 녀석들 엄청나게 맛있으니까!"

그 말을 빨리 듣고 싶었어!

잔뜩 몰려드는 버섯들에게 맞서는 나와 마왕의 전투가 불을 피워 올렸다.

그리고 현재 우리의 눈앞에는 버섯 풀코스가 쭉 놓여 있다.

버섯 수프에 버섯무침, 버섯 샐러드, 버섯 소테…….

또한 절정은 버섯 통구이.

나는 버섯을 가장 호화롭게 먹고 싶다면 날로 구워서 간장을 뿌려 먹는 게 최고라고 생각한다.

여기에 간장이 없다는 게 너무나 유감스럽다.

일본인은 이세계에 넘어가면 먼저 쌀과 간장이 있는 곳을 찾는다던데 그런 마음이 대단히 잘 이해된다.

간장은 수많은 조미료 중에서도 역시 최강이라고 생각하거든.

뭐, 없는 간장을 졸라도 안 나오니까.

그러면 버섯 풀코스를 직접 먹어보도록 합시다!

선명한 초록색이라 어떻게 생각해도 버섯에서 나올 색깔이 아닌 녀석을 입으로 가져간다.

독이 묻어날 것 같은 색깔이지만 야채도 선명한 초록색이잖아.

버섯이 초록색이면 안 될 이유는 어디에도 없다.

만약에 독이 있더라도 나한테 독이 통할 리 없고…….

작게 썬 버섯을 씹는다.

부드러움 안에 딱 알맞은 탄력이 있는 버섯 특유의 식감.

그리고 씹은 순간에 흘러넘치는 버섯의 풍미.

사람에 따라서는 이런 버섯의 풍미를 싫어하는 사람도 있지만 나는 좋아합니다.

맛나~.

색깔을 보면 독 넣었냐는 생각이 들 수도 있지만 아무렇지 않다.

독이 있다면 쓴맛이 날 텐데 특별히 걸리는 맛 없이 입속에 퍼져나가는 깊은 풍미가 좋다.

송이버섯이랑 비슷한 것 같기도 하다. 송이버섯을 먹어본 적은 없지만…….

"어때. 맛있지?"

식자재 조달 담당 겸 요리를 맡은 마왕이 가슴을 쭉 편다.

맛있습다. 마왕은 관둬버리고 요리사를 목표로 하는 게 좋지 않으려나?

그렇게 우리는 잔뜩 넘쳐나던 버섯 요리를 날름날름 먹어 치웠다.

다만 버섯은 아직도 대량으로 남아도는 상황이다.

왜냐면 버섯 하나가 사람 머리만 한 사이즈니까.

한 번에 다 먹을 양이 아니야.

이날부터 당분간 버섯 요리만 먹어야 했었는데 그럼에도 질리지 않고 끝까지 다 먹을 수 있었다.

재료와 요리 실력이 더해졌던 결과구나.

군것질

군것질이란 꿈과 희망으로 가득 넘치는 이벤트를 말한다!

간식을 사서 먹는다.

단어의 뜻처럼 정말로 멋진 표현이야.

나는 이제까지 도시에 발을 들여놓을 수 없었다.

왜냐면 거미였는걸.

아라크네로 진화하고도 하반신은 전부 거미였고…….

그런 녀석이 도시에 들어가면 엄청 소란스러울 게 뻔하지!

덕분에 마왕이랑 흡혈 양이랑 다들 도시에 장을 보러 간 동안에 나는 도시 바깥에 숨은 채 외톨이 대기.

기껏 이세계에 전생했는데 도시 관광도 못 하는 처지였다.

뭐, 만리안을 쓰면 도시의 안쪽 광경을 볼 수는 있었으니까 관광 비슷하게 구경은 가능했지만 말야.

그러나! 그것은 어디까지나 구~경~만~ 하~는~ 상태!

맛있어 보이는 음식이 있어도 맛볼 방법이 없단 말씀이야!

어? 마왕이 직접 만드는 요리를 맛볼 수 있으면 충분하지 않냐고?

쯧쯧쯧.

허술하군. 설탕 과자보다도 허술한 의견이다!

축제의 포장마차라든가 괜히 엄청나게 먹고 싶어지잖아?

분명히 저런 장사는 값이 비싼 편이고 스스로 만들어 먹으면 훨씬 싸다는 것은 잘 안다.

알면서도 사게 된다는 게 포장마차 효과.

심리적으로는 같은 이유야.

기왕이면 이세계 밥도 현지에서 직접 도시를 관광하며 먹고 싶잖아!

분위기나 상황이라는 게 엄연한 맛의 요소라고요!

마왕이랑 흡혈 양이 꺅꺅 떠들며 군것질하는 모습을 멀리서 묵묵하게 상상할 수밖에 없는 내 마음을 알겠는가?!

그러나, 잠깐! 더 이상 이렇게 분한 마음을 누를 필요도 없어졌다네!

신화해서 거의 인간과 같은 형태가 된 지금은 도시 안쪽으로도 당당하게 발을 들여놓을 수 있다!

즉 군것질이 가능하다!

이야호~!

그런고로 나는 거미생 첫 번째 이세계 관광을 맞이하여 한껏 멋을 부렸습니다.

동행은 마왕.

"그래서? 시로는 어디에 가고 싶은데?"

"군것질."

"아, 그래."

웬일로 내가 즉답해서인지 마왕이 뭔가 재미있다는 표정을 짓는다.

"으음. 군것질을 하고 싶구나. 시로가 원하는 대로 되지는 않겠지만. 일단 시장에 나가볼까?"

마왕이 제안하는 대로 따라서 우리는 도시의 시장에 왔다.

막 왔는데, 사람이 많아…….

전체적인 사람 숫자가 아주 많지는 않은데 길의 니비기 좁은 데다가 억지로 사람들이 비집고 돌아다니니까 결과적으로 인구 밀도가 엄청난 상황이다.

구획 정리가 되질 않았군요.

인파에 떠밀리다시피 우리는 시장을 걸어갔다.

느긋하게 군것질하면서 관광할 분위기가 아니야…….

아닌데, 이게 아닌데.

내가 원했던 건 이게 아니야!

애당초 이 시장에 나온 것들은 음식이 맞긴 맞지만 대부분이 재료잖아!

조리하지 않은 야채에 날고기만 잔뜩!

군것질을 할 데가 없어.

"그래서 말했잖아. 이렇게 자그마한 도시에는 군것질을 할 만한 포장마차가 없다고."

어이없어하는 마왕의 얼굴이 얄미웠다.

그랬다. 이곳은 이세계였다.

일본 기준으로 생각하면 역 근처 어디든 군것질이 가능한 가게가 있기 마련이지만 그런 상식이 이세계인 이곳에서는 통용되지 않는다.

군것질조차 마음대로 못 하는 이세계, 무서워라.

뭐랄까, 슬슬 걷다가 지치겠어.

게다가 인파 때문에 멀미가 살짝 나서 기분이 안 좋아.

내 육체의 연약함, 무서워라.

"대부분의 지역은 자기들끼리 생산하고 소비하니까, 시장이라면 이렇게 식자재를 내놓는 데가 대부분이야. 식당 같은 가게도 물론 있는데 군것질은 좀 어렵지. 접시도 공짜가 아니니까."

아, 그러고 보니 그렇구나.

일본에서는 대량 생산한 플라스틱 용기가 가득 넘쳐나니까 접시 문제는 신경 쓴 적이 없었는데 이쪽 세계에서는 접시 한 장 만드는 것도 큰일이구나.

군것질 장사에 접시를 붙여서 팔면 가격이 너무 비싸지니까 안 팔리고, 그렇다고 싼값으로 팔자니 손익이 안 맞는다.

그럼 군것질 문화가 안 생겨도 어쩔 수 없네.

“뭐, 아예 없지는 않지만 말야. 자.”

마왕이 노점에서 뭔가 사다가 내게 건네준다.

받아 들고 들여다보니 작은 과일이었다.

“달아서 맛있더라.”

마왕은 그렇게 말한 뒤 자기 몫 과일을 입속에 쏙 넣고는 씹어 먹었다.

나도 따라서 먹어봤다. 응, 맛있네.

상상했던 광경과 좀 달라도 이세계 군것질 투어는 제법 즐길 수 있었다.

아엘

인형 거미 중 하나, 아엘의 성격은 꽤나 야무지다.

아니, 다른 인형 거미 셋이 난감한 거야.

난감한 세 자매를 잘 돌봐주는 만큼 아엘이 상대적으로 야무진 아이처럼 보이기 마련이었다.

지금도 다른 세 명을 돌봐주느라 여념이 없다.

시각은 마침 식사 때.

마왕이 손수 만들어준 요리가 우리 눈앞에 놓여 있었다.

말만 요리일 뿐 기본적으로 야외에서 활동하는 우리가 먹는 음식은 상황에 맞게 야성미 가득 흘러넘치는 메뉴가 된다.

마물 통구이라든가 큰 냄비에다가 야채를 호쾌하게 볶는 음식이라든가.

제대로 된 요리 시설도 없는 관계로 모자란 점은 질보다 양으로 보충하는 느낌이 되어버리지만 어쩔 수 없다.

요리가 된 음식이라는 사실만으로도 너무 고마워서 눈물이 나올 정도니까 불만은 없다.

그렇게 마왕이 손수 만든 요리가 쭉 놓여 있는 식사 풍경 속, 인형 거미들은 무엇을 하느냐면 각각 자기들 성격대로 행동하고 있다.

먼저 사엘.

젓가락 빙글빙글 중.

우유부단하고 의지박약한 사엘은 무얼 먹을까 망설이고 망설이다가 망설인 끝에 결국은 못 정한 채 망설인다.

진짜로~.

그런 사엘에게 아엘이 적당히 요리를 접시에 담아 건네줬다.

이렇게 강제로 먹을거리를 골라주지 않으면 사엘은 마지막까지 아무것도 못 먹은 채 식사 자리가 끝나버리니까.

다음은 리엘.

리엘은 먹는 도중에 가끔 정지한다.

그때마다 아엘이 콕콕 찔러서 부활시키는데 멈추는 이유는 잘 모른다.

마왕이 말하기를 「리엘은 조금, 아니, 상당히 멍한 아이니까 어쩌면 직전에 뭘 하던 참이었나 잊어서 정지하는 거야, 아마도?」라고 한다.

진짜로~.

아엘이 살짝 간병인으로 보이는걸.

마지막은 피엘.

이 녀석은 현재 아엘한테 꽉 붙들려 있다.

왜냐?

너무 많이 먹는다.

촐싹데기에 생각이 없는 피엘은 저 모자란 머리 때문에 주위를 전혀 못 본다.

그리고 욕망에 충실.

결과, 요리가 눈에 보이면 다른 사람을 전혀 배려하지 못한 채 내키는 대로 먹으려고 든다.

그리고 거미계 마물은 대체로 과식 스킬을 가지고 있다.

과식 스킬을 갖고 있다는 말은 즉 겉모습 이상으로 많이 먹는다는 뜻.

그런 녀석이 내키는 대로 먹는다면 다른 사람의 몫은 당연히 없어지잖냐!

따라서 너무 과식하기 전에 아엘이 적당히 붙잡아 놓고 자제시키는 셈이다.

덧붙여서 아엘이 먼저 자제시키지 않을 경우는 빠짐없이 나의 진심 펀치가 작렬한다.

그에 비하면 아엘은 진짜 착한 아이야.

자매애구나.

자기가 미움받아도 괜찮으니까 떼쟁이 여동생의 목숨을 구해준다.

미담이구나~.

지나치게 많이 먹었을 경우에는 용서 안 하지만…….

어느 누구라도 내 식사에 손을 내미는 것은 용서할 수 없어.

그런 내 기백에 압도되었을까, 피엘이 꽁꽁 붙잡힌 채 움찔 몸을 떨었다.

아엘이 팔을 쓱 풀어주자 곧장 얌전하게 주저앉았다.

본능에 충실하게 살아가는 만큼 이런 눈치는 좋구나.

뭐, 이런 식으로 인형 거미 자매는 아엘 이외에는 문제아뿐이다.

필연적으로 멀쩡한 아엘이 장녀 비슷한 입장에 서서 다른 세 명을 이래저래 돌봐주는 구도가 만들어진 거야.

게다가 방향성이 다른 문제아들을 일일이 돌본다.

그게 얼마나 힘든지는 이 짧은 시간에 아엘이 움직인 양을 보면 잘 알 수 있구나.

아엘 유능해.

엄청 유능해.

다만 유능하다는 이유로, 일을 잘한다는 이유로 내 손이 멈추지는 않는다!

특히 식사 관련의 문제에서 내가 타협하는 일은 없단다!

피엘이 침묵한 지금 나의 라이벌은 없다!

나머지 요리를 전부 다 먹어 치워주마!

핫핫하!

자매를 돌봐주느라 바쁜 아엘의 몫까지 내가 쓱싹 먹어버릴 테다!

……어?

이상하네.

아까 본 접시 안에는 아직 고기가 분명히 남아 있었는데.

그 고기는 이번 요리의 메인 디시이고 개수는 한 사람당 하나씩 먹어도 분명히 조금 남는다는 계산이었는데.

어느 틈에 사라졌지?

퍼뜩 놀라서 아엘의 얼굴을 봤다.

아엘은 변함없이 웃는 얼굴로 슬쩍 눈을 피했다.

너였냐~?! 어느 틈에?!

인형 거미 자매의 장녀, 아엘은 야무진 아이다.

동시에 맛있는 것만 몰래 쏙 낚아채는 깍쟁이이기도 하다.

사엘

개성 넘치는 성격의 인형 거미들 중, 가장 눈에 안 띄는 성격인 주제에 자꾸만 눈에 띈다는 모순된 성질을 가진 녀석이 사엘이다.

심약해서 무얼 하든지 남의 판단에 따라서 항상 휩쓸리는 게 사엘.

이 말만 듣는다면 확실히 눈에 안 띄겠다는 느낌이다.

그런데 저게 전부는 아냐.

솔직하게 말해서 저 성격, 도가 지나치면 오히려 눈에 띈다.

자기주장이 약해서 항상 다른 사람이 지시를 안 해주면 못 움직인다.

무슨 뜻이냐면 즉 항상 다른 사람의 손을 귀찮게 만든다는 거야.

사엘은 너무 극단적이라서 인형 거미의 장녀 비슷한 입장에 있는 아엘이나 주인을 모시는 마왕이 일일이 손을 쓰게 만든다.

혼자 놔두면 아무것도 못 하니까.

진짜 아~무것도 못 한다, 할 수가 없다, 하려고 들지 않는다.

무엇을 하면 좋은지 모르겠나 봐.

평소에는 마왕과 다른 자매가 있어주니까 같이 행동을 맞춰준다.

그 덕분에 작은 위화감은 느껴져도 특별히 말을 할 만한 문제가 일어나지는 않아.

긴급 사태 땐 적을 해치우라는 큰 목표가 있으니까 역시 문제가 없다.

다만 자기 의사로 자유롭게 뭘 하든 괜찮아~ 라고 말해주면 곧장 아무것도 못 하게 된다.

그날 우리는 아름다운 강에 다다랐다.

산속의 한가로운 분위기가 있는 강에서 주변에 딱히 위험도 없는 듯하니 잠시 놀다 가자는 말이 나왔다.

줄곧 걷기만 하면 피곤하잖아.

가끔은 이렇게 숨 돌리는 시간도 가져줘야지.

그래서 각자 내키는 대로 놀이를 시작했거든.

피엘은 강의 물결을 거슬러서 헤엄치기 시작했고, 리엘은 강의 물결을 따라 떠내려가고, 떠내려간 리엘을 쫓아 아엘이 달려갔다.

흡혈 양은 강변에서 예쁜 돌멩이를 찾아 주웠고 메라도 옆을 따라다녔다.

나랑 마왕은 실을 드리우며 낚시에 힘을 쏟았답니다.

오늘 식사는 생선구이네!

그리고 문제가 되는 사엘은 뭘 했냐면 슬슬 눈치챘을 텐데 아무것도 하지 않았다.

무엇을 할까 고민하며 저쪽을 우왕좌왕, 이쪽을 우왕좌왕.

허둥지둥 왔다가 갔다가.

그 모습은, 뭐라고 할까, 응, 진짜 뭐랄까, 짜증 나.

놀아도 된다니까?!

놀아도 된다는 분부가 떨어졌는데 그냥 놀면 되잖아!

어째서 안 놀아?!

뭘 하려는 거야, 넌?!

너무나도 주체성 없는 모습에 울컥 짜증이 솟아버렸다.

왜냐면, 말이 안 되지 않아?

다른 사람이 시키는 대로 따르기만 하고 스스로 생각해서 움직이질 않는다는 게.

나는 이해할 수 없어.

그래도 이게 바꿔서 말하면 엄청 순종적이라는 뜻도 되니까 저런 태도를 좋아하는 남자에게는 잘 먹힐지도 몰라.

궁극의 예스 우먼이네.

마왕이랑 아엘도 손 많이 가는 아이라는 느낌의 반응일 뿐 싫어하지는 않는 눈치고.

아니, 나도 싫지는 않단 말이야?

싫진 않은데 가끔 짜증이 솟구치거든.

조금 더 빠릿하게 움직이라고…….

강변에 뭘 하면 좋을지 모르겠어서 우왕좌왕하는 겉모습 유녀.

그런데 정작 실체는 이 세계를 통틀어도 상당히 위험하고 극강한 마물이잖아?

뭔가 자기 실체에 걸맞게 당당한 자세를 보여달라는 마음이 드는데 잘못된 거야?

뭐, 이렇게 말을 꺼내면 다른 인형 거미들에게도 할 말이 없지는 않지만…….

그래도 역시 사엘의 태도는 좀 아니야.

다른 세 명도 위엄은 딱히 없는데 짜증까지 나진 않는걸.

이건, 그 뭐냐. 사엘의 자세가 나의 긍지에 위배되기 때문이네.

단지 살아가기만 해서는 의미가 없어.

긍지가 없다면 진짜 살아 있다는 말은 못 한다.

그런 점에서 사엘은 진짜 단순히 휩쓸려서 살아갈 뿐.

마왕이나 다른 자매의 말만 듣고 따를 뿐 자기 의사가 없다.

저런데도 과연 살아간다고 말할 수 있을까?

이대로 두면 사엘이라는 존재는 단지 사엘이라는 기호를 부여받은 단순한 인형이 아닐까?

안 돼. 안 된다!

그래서는 살아 있다고 말할 수 없는걸!

조금 더 자기 의사로 살아간다는 실감을 가져야 한다!

그러자면 뭐냐, 살아 있다는 사실을 강하게 실감할 수 있는 순간을 만들어주면 되지.

살아 있기를 잘했다는 생각이 들도록.

거기에 자기 선택이 동반되지 않는다면 더더욱 좋아.

그런고로 강 놀이를 한 다음날, 살짝 죽음의 위기를 경험시켜줬다.

죽은 물고기 같은 눈빛이 된 사엘이 여기에 있군.

이상한데? 살아갈 활력을 줄 계획이었는데 의사가 안 느껴지는 죽은 눈빛이 됐잖아?

웬일이람.

피엘

인형 거미는 각각 성격이 다르다.

이 녀석들은 말을 안 하고 염화도 못 쓰는데 제법 뚜렷하게 성격이 나뉜다.

평소 행동이라든가 몸짓이라든가.

개중에서도 특히 알기 쉬운 성격을 가진 녀석이 피엘이었다.

피엘의 성격을 한 마디로 표현하자면 꼬맹이다.

인형 거미의 외형은 유녀니까 꼬맹이 같은 성격이어도 위화감은 없다.

다만 알맹이는 능력치 1만을 넘는 괴물인 데다가 그에 걸맞은 오랜 세월을 살아왔잖아.

그런데도 피엘의 행동은 외모와 똑같이 완전 꼬맹이야.

게다가 굳이 꼽아서 말하자면 남자아이처럼 개구쟁이 쪽으로…….

일단 막 달려 다닌다.

아무것도 없는데 달린다.

무작정 달린다.

우리가 묵묵히 걸어가는 와중에 혼자만 까불까불 달려 다닌다.

응, 여기에서 이미 피엘이 평소부터 얼마나 촐랑거리는지 알 수 있겠네.

피엘은 일단 도저히 가만있질 못하거든.

좀이 쑤시는지 무작정 막 달려 다닌다.

그리고 관심을 받고 싶어 해.

마구 관심을 받고 싶어서 이 사람, 저 사람한테 집적거린다.
대체로 포옹이 많네.
하지만 피엘은 퀄리티가 좀 달라.
그냥 힘껏 달려들어서 껴안는 게 전부인데 솔직히 말하자면 돌진이랑 다를 게 없거든.
나랑 마왕은 막 받아줘도 버틸 수 있어.
같은 인형 거미는 체격이랑 능력치의 관계로 표적이 되면 휙 날아간다.
그래도 대미지는 적으니까 대충 괜찮아.
문제는 흡혈 양과 메라다.
"아, 아가씨~!!"
피엘의 포옹이라는 이름의 돌진에 당한 흡혈 양이 뽀각빠각뿌걱 인체에서 나면 안 되는 소리를 내며 날아간다.
메라의 비명도 분명 본인에게는 들리지 않았을 게 분명하다.
지금쯤 주마등을 보고 있지 않을까?
뭐, 흡혈 양은 불사체라고 하루에 딱 한 번 어떤 공격을 맞아도 살아남는다는 스킬을 갖고 있으니까 간신히 죽진 않는다.
당장 치료를 안 해주면 위험하겠지만…….
메라의 필사적인 치료와 본인의 높은 자기 회복 능력 덕택에 흡혈 양은 나중에 무사히 부활했다.
그동안 피엘은 무릎 꿇고 앉아서 마왕한테 잔소리를 들었고…….
인형 몸이라서 무릎 꿇려도 의미가 없는 것 같기는 한데…….
뭐, 육체에는 의미 없어도 가만히 앉혀 두고 잔소리를 하니까 정신적인 벌은 됐나 봐.

그 후 흡혈 양에게 포옹을 하는 일은 없었다.

메라?

물론 메라한테도 할 뻔했지.

다만 흡혈 양이 먼저 나서서 제지했다.

"어디, 해봐. 가만히 두나."

바짝 다가붙어서 피엘을 주시하며 살며시 속삭였던 흡혈 양.

그때 박력은 제법 훌륭했다는 말만 하겠다.

어쩐지 주위 온도도 내려갔다는 느낌이었다.

메라를 아주 좋아하는 흡혈 양은 다른 여자가 메라한테 안겨 들려는 행동을 용납하지 않았다.

능력치 등을 감안하면 흡혈 양이 피엘을 제압할 만한 가능성은 단 하나도 없지만, 그럼에도 기백에 위축돼서 피엘은 끄덕끄덕 고개를 움직일 수밖에 없었다는 게 굉장해.

사랑이 이루어 냈던 업적이네.

엄청 무거운 사랑.

……힘내라, 메라!

이런 과정을 거쳐 어찌어찌 흡혈 양 주종에게 피엘이 집적거리는 행동은 막을 수 있었다.

근데 또 어째서인지 다음 목표가 나로 바뀌었다.

하루에 한 번 정도의 빈도로 돌격을 개시한다.

쿵, 울리는 느낌으로.

그때마다 매번 받아줘야 하는 내 처지도 생각해줄래?

살짝 힘줘서 안 버티면 나도 휙 날아가는 데다가 HP까지 조금 줄어들거든?

그런데 아무도 말리지를 않아.

나라면 괜찮을 거라 생각하는 분위기가 있어서 아무도 피엘의 행동을 말려주지 않는단 말야!

오히려 다들 나한테 피엘을 떠넘긴다는 낌새까지 있거든!

특히 아엘!

인형 거미의 장녀 비슷한 입장에 있는 아엘이 자신의 부담을 줄이기 위해 나에게 다른 자매를 자꾸 떠넘긴다.

갓뎀!

왜 내가 말썽꾸러기를 전담해야 하는가!

게다가 나보다 나이도 많아!

그래, 이렇게 보여도 내 나이는 흡혈 양이랑 거의 똑같다.

이쪽 세계에서는 어린아이와 다를 바 없단 말이야.

반면에 피엘은 외형은 유녀라지만 정확한 나이는 몰라도 나보다 확실히 연장자야.

연소자가 연장자를 돌봐준다는 게 우습지 않아?

웬일이람.

리엘

인형 거미들 중 가장 이해 불가능한 녀석은 리엘이다.

아니, 진짜로 알 수가 없어.

이해 불가능, 어떤 의미로 UMA야, 쟤는…….

마왕은 리엘을 가리켜서 천연 푼수라고 평가하는데 그런 말 하나로 설명되지 않는 수수께끼가 너무 많다.

우선은 표정.

인형 거미의 표정은 인형을 조작해서 의도적으로 움직임으로써 변화한다.

인간처럼 감정 변화로 표정이 달라지지는 않아.

따라서 인형 거미들은 대체로 자신이 그때 품고 있는 감정을 상대에게 전하고 싶을 때만 표정을 변화시킨다.

평소에는 인형처럼 하나의 표정으로 고정되어 있고 말이야.

인형처럼? 뭐래, 진짜배기 인형이잖아.

그렇게 고정된 표정이 미소를 짓고 있거든.

응, 뭐, 그건 됐어.

아엘이나 피엘도 보통은 웃는 얼굴로 고정하니까.

그런데 뭐랄까, 리엘의 표정은 좀 무슨 생각을 하나 이해할 수가 없어서 살짝 섬뜩한 구석이 있단 말이지.

자매 중 가장 차분한 분위기의 용모이기 때문인지는 모르겠는데 뭐랄까, 감정을 못 읽게 막는 미소의 느낌이야.

그리고 그 표정에서 달라지는 경우가 거의 없다.

표정 변화가 없으면 그야 감정을 읽기 어려운 게 당연하지.

덕분에 나는 아직껏 리엘이 무슨 생각을 하고 있는지 알 수 없어.

다른 인형 거미들은 표정이 안 달라져도 그럭저럭 무슨 생각을 하는지 몸짓 같은 요소로 알 수 있는데 말야~.

표정 이외에도 리엘은 행동 자체가 너무 수수께끼라서 아리송하다.

아무것도 없는 곳에서 넘어진다.

능력치 1만을 넘는 괴물이 대체 왜 아무것도 없는 곳에서 넘어질까?

오히려 신기하다니까.

가끔 멈춘다.

불현듯 마치 일시 정지된 것처럼 뚝 움직임을 멈출 때가 있다.

시간 정지 공격에 당한 거야?

아무것도 없는 곳을 쳐다볼 때가 있다.

뭐가 나타났나~? 같이 살펴봐도 진짜 아무것도 없어.

눈에 보이지도 않고 탐지에 아무것도 걸리질 않아.

도대체 쟤는 뭘 보고 있는 거야?

귀신 보는 고양이 흉내인가?

이런 느낌으로 수수께끼가 수수께끼를 불러오는 리엘 양.

그래도 평소에 저런 수수께끼 행동이 사소하게 느껴질 만큼 좀 반응해주기 곤란했던 사건이 있었다.

어느 숲속을 나아가던 때의 일.

그 숲에서 가장 강한 녀석, 커다란 곰이 덤벼들었다.

일어섰을 때 몸길이가 8미터는 돼서 올려다봐야 할 만큼 커다란 곰이었다.

평범한 마물이었다면 마왕의 위압을 두려워해서 덤벼들지 않는다.

그런 위압의 공포를 극복하고 우리 앞쪽에 모습을 드러낸 곰은 상당히 훌륭하다.

똑똑하다는 말은 못 해주겠지만…….

그리고 곰 아저씨, 리엘에게 걷어차였다.

글자 그대로 턱에 멋진 발차기를 맞아서.

서머솔트 킥!

뭐, 훌륭하다거나 화려하다거나 멋진 느낌은 아니었지만…….

내 착각이 아니라면 저거 넘어진 게 맞지?

발을 디디려다가 성대하게 넘어져서 뭔가 서머솔트 비슷하게 움직였을 뿐이잖아?

어째서 그냥 넘어졌는데 8미터짜리 거구를 자랑하는 곰의 턱을 올려 찰 수 있는지 너무 수수께끼다.

얼마나 요란하게 넘어진 거야?

그게, 턱까지 거리가 지상에서 7미터는 여유롭게 될 텐데 저기에 닿았다니까?

이상하잖아.

게다가 그냥 넘어졌어도 명색이 능력치 1만을 넘는 리엘의 발차기 비슷한 무언가.

어지간한 마물이 버틸 도리가 없는 터라 곰은 승천해버렸다.

머리의 원형이 남아 있었다는 게 장하다고 말해 두겠어.

진짜로 날린 발차기였다면 머리가 폭발해서 날아갔을 테니까.

그런데 넘어졌던 게 부끄러웠는지 무슨 이유인지 리엘은 쓰러져 있는 곰의 머리를 퍽퍽 때렸다.

평소처럼 미소를 짓고…….

무섭거든!

질겁했거든!

겉은 유녀가 어느 날 숲속에서 곰 아저씨와 만났는데 곰 아저씨가 저승으로 떠나버렸어요!

이런 때 어떤 표정을 지으면 될까?

인형 거미들 중 가장 무서운 게 리엘이라는 생각이 들어.

무슨 짓을 저지를까 알 수가 없는 데다가 이해 불가능이고.

존재 자체가 살짝 호러잖아.

마왕 다음으로 적으로 만들고 싶지 않아.

같은 편이어도 뭔 짓을 벌일지 알 수 없어서 볼 때마다 조마조마하니까 심장에 나쁘지만…….

참고로 곰은 곰탕이 되었습니다.

맛있었습니다, 마침표.

어느 날 마족령

마족령은 대륙의 북부에 존재한다.

또한 인족령과 가까운 남쪽일수록 인구가 많다.

이게 어떠한 사정 때문인가, 무척 간단하며 이해하기 쉬운 이유가 둘 있단 말이지~.

싸늘한 바람이 나의 몸을 덮치기에 저절로 덜덜 떨었다.

추워서 곱은 손에 숨을 내불어봐도 싸늘하게 식은 손가락은 이런 정도로 녹아주지 않는다.

그래, 우선은 춥다.

마의 산맥만큼은 아니어도 북쪽에 가면 갈수록 평균 기온이 점점 떨어져서 살기 고단한 지역이 된다.

손을 마주 비볐다. 장갑이라도 가져오면 좋았을 텐데…….

흡혈 양이나 다른 아이들이 장갑을 안 끼니까 싹 잊고 있었네.

저 녀석들은 검을 다루는 데 걸리적거린다며 맨손이거든.

흡혈 양이 대검을 쥐고 가까이 다가드는 마물을 향해 휘둘렀다.

꽤 묵직해 보이는 대검이 가볍게 쭉 선을 긋자 마물이 깔끔하게 두 동강 났다.

신장 3미터는 될 커다란 마물도 흡혈 양한테 걸리면 일도양단이다.

데룸베이크라는 이 마물, 늑대랑 곰을 더해서 둘로 나눈 얼굴에 반인반수라고 말해야 하나. 이족 보행도 사족 보행도 가능한 복슬복슬한 몸을 가지고 있다.

마족령에서는 상당히 강한 부류의 마물이라던데 이 녀석이 한 마리만 나타나도 큰 소동이 벌어질 만큼 위험하다.

뭐, 물론 평범한 기준의 이야기이고 우리한테는 아무 위협도 아니다.

……우리한테는.

여기저기에서 들려오는 짐승의 포효.

주위를 둘러보면 두 손의 손가락으로 다 헤아리지 못할 데룸베이크 무리.

……응. 저런 게 우글우글 나타나는 곳에 사람이 어떻게 살아.

마족령의 북쪽은 이처럼 추위와 마물의 위협 때문에 사람이 정착해서 살 만한 지역이 아니랍니다.

뭐, 여기는 비교적 남쪽인데 아마도 저 데룸베이크 무리가 곧장 남진할 것 같아서 직접 구제하러 출동한 거예요.

멤버는 나, 흡혈 양, 메라, 오니 군.

추가로 마왕이랑 인형 거미들까지 심심하다면서 따라왔는데 마물은 쳐다보지도 않고 얼어붙은 연못에서 갑자기 웬 스케이트를 타고 있다.

일해라, 마왕님.

뭐, 솔직히 이런 수준의 마물이면 마왕이랑 다른 아이들이 없어도 괜찮지만 말이야.

흡혈 양, 메라, 오니 군, 셋만 나서도 손이 남을 테니까.

흡혈 양은 우뚝 서서 접근하는 데룸베이크를 닥치는 대로 일도양단하고 있다.

단순노동 작업이라는 느낌마저 있구나.

이런 상황에 질까 봐 걱정하는 게 되레 우습지.

부동의 흡혈 양과 다르게 메라는 열심히 달려 다닌다.

적에게 포위당하지 않게 수시로 위치를 바꿔 가면서 되도록 한 마리씩 상대하고 있다.

그리고 1대 1이어도 방심하지 않고 상대의 움직임을 철저하게 관찰하며 적절하게 물리친다.

와~ 견실하네.

구경하면 안심감이 느껴져.

그리고 마지막으로 오니 군은 어떤가, 얘는 꽤 고전하고 있다.

자칫 한 방 얻어맞을 뻔하거나 포위를 당할 뻔하거나.

응~?

그런데 살짝 위태로워도 여유가 엿보이는걸.

이거 고전하는 게 아니라 정확하게는 싸움 중 이것저것 시험하는 느낌인가?

힐끔힐끔 흡혈 양이랑 메라를 돌아보며 싸우고 있고…….

주로 메라를 위주로 보는구나.

혹시 메라의 움직임을 참고해서 따라 하려는 걸까?

흠~ 오호라. 싸우면서 수행하는 거야.

상승 의지가 제법 강하군요.

뭐~ 저기 세 명이면 마물 섬멸이야 여유롭게 가능하니까 여기에 마왕님 일행을 더해 봐야 오버킬이 되어버리겠네.

응? 나?

난, 지켜보는 게 임무랄까, 알잖아?

게다가 왔다가 갔다가 할 때는 내가 전이로 옮겨주거든.

데룸베이크 무리를 발견한 것도 나거든.

거든~ 거든~ 거든~.

응. 나는 일해요, 일해요. 엄청 일해요.

이의는 인정하지 않아.

꺅꺅 떠들며 스케이트를 타고 노는 녀석들이랑 비교하면 훨씬 많이 일했어.

저쪽을 보면 마왕이랑 다른 애들이 우아하게 얼음 위를 미끄러지고 있다.

마왕의 몸놀림은 무척 아름답다.

본래부터 신체 능력이 높기도 하고 마치 프로 스케이터같이 우아하다.

앗, 점프했다.

어림잡아 4회전.

지구였음 세계 선수권에 출전했겠네.

마왕의 점프를 본 피엘이 흉내 내면서 점프.

그런데 힘이 넘쳐서 좀 많이 돈다.

몇 회전이야, 이건?

세기 힘들 만큼 돌고 있다.

과하게 힘이 좋아서 착지한 순간 얼음이 깨져 산산조각 났잖아.

응. 우아함은 티끌만큼도 없어.

결론. 스케이터의 점프 회전수는 너무 많아도 안 돼.

오, 마왕이 이나바우어를 하네.

상반신을 뒤로 젖히며 미끄러지는 동작.

정식 명칭은 레이백 이나바우어라고 한다. 토막 지식이야.

어라? 리엘이 마왕을 흉내 내면서 이나바우어를……. 아니, 저게 이나바우어 맞아?

머리가 지면에 스칠락 말락 할 지경까지 젖혀졌고 손을 축 늘어뜨린 채 옆이 아니라 앞으로 미끄러지는데?

어? 어떻게 저 상태에서 앞으로 움직이는 거야?

이상하지 않아?

뭔가 이나 바우어가 아니라 브리지를 하면서 슉~ 앞으로 나아가는 살짝 섬뜩한 동작이 되어버렸는데?

누가 악마에 씌었냐고 말해도 납득이 되는 섬뜩함이야.

……못 봤다고 치고 넘어가자.

아엘은 한쪽에서 혼자 컬링에 열심이다.

적당한 돌을 골라서 얼음 위쪽에 그린 원 안에 그 돌이 멈추게 미끄러뜨리며 놀고 있었다.

제대로 선공 후공으로 나눠 번갈아 돌을 미끄러뜨리는 것 같은데 먼저 미끄러뜨렸던 돌이 원 중심에 있으면 다음번 투척 때는 저것을 튕겨 내도록 주의를 기울이고 있다.

1인 대전…….

1인 가위바위보처럼, 뭐랄까, 좀, 구경하다가 재는 친구가 없나 싶어서 살짝 슬퍼지는 광경.

그래도 평소에 손 많이 가는 다른 세 명을 온종일 돌봐줘야 하는 처지라서일까, 혼자서 놀이를 즐기는 아엘은 왠지 활기가 넘쳐 보였다.

아엘의 새로운 일면을 본 것 같았다.

마지막으로 한 명, 사엘은 뭘 하냐면…….

얼음 위에서 부들부들 떨고 있었다.

처음 스케이트를 타러 온 아이와 똑같은 느낌.

흐뭇하구나~.

설마 사엘을 보고 흐뭇해지는 날이 올 줄이야.

다른 세 녀석이 저런 꼴이니만큼 평범한 반응이라 무척 흐뭇하다.

그래그래. 이런 거야, 이런 거.

네 능력치로 어째서 못 하는 거야? 뭔가 의문이 들지만, 이렇게 평범한 아이 같은 반응도 괜찮구나.

또한 바로 옆쪽에서는 아직껏 마물 무리와 전투가 펼쳐지고 있다.

저쪽에는 흐뭇해지는 요소가 한 개도 없어!

그리고 저 살벌한 상황의 바로 곁에서 느긋하게 스케이트를 즐기는 녀석들이 있다는 것도 어떤 의미론 무섭구나.

……어쨌든 전원 숫자에 맞춰 스케이트 신발을 준비했으니까 마물 토벌이 끝나면 다 같이 스케이트나 탈까.

여기까지 메인 캐릭터로 꼽히는 인물들의 소개가 끝났습니다.
다음은 키류 선생님의 일러스트 코너와 본작 안에서 **1등, 2등을 다투는 중요한 전쟁『인마대전』**이야기입니다. **하지만 그 전에!**

바바 오키나 일문일답 인터뷰 3

WEB과 서적의 차이에 대해

담당: WEB 연재판과 서적판에서는 도중부터 흐름이 크게 달라졌잖아요? 바꾸려고 한 이유는 무엇이었죠?

바바: 바꾸자는 생각을 했던 게 아니라 바꿀 수밖에 없었네요. 4권부터 WEB과 서적에서 크게 내용이 달라졌는데요. 4권의 스토리에서 매듭이 안 지어졌던 거죠. 소피아와 사리엘라 국의 이런저런 사건을 풀어내려니까 한 권으로 끝내는 게 어려워져서 4권과 5권 두 권으로 이어서 쓰기로 했거든요. 그런데 이렇게 하려니까 또 WEB판 그대로면 4권이 거미 양의 바깥 세계 어슬렁만 나오는 이야기가 되어버려요. 그래서 마더 전투를 집어넣거나 마왕과의 불화를 묘사했습니다. 4권의 끝을 만들기 위해 무언가 굴곡을 만들 필요가 있어서 결과적으로 WEB판과는 내용이 달라졌습니다. 그리고 WEB판에서는 가독성을 중시했기 때문에 세계의 상황 설명을 다 못했던 부분이 있었습니다. 따라서 오우츠 국과 사리엘라 국의 관계성이라든지 신언교 및 포티머스의 속내라든지 그런 내용을 정성 들여 쓰고 싶었고, 자꾸 새롭게 추가하는 부분이 많아졌습니다.

담당: 연재와 서적은 전혀 방식이 다르니까요. 한 권의 책으로 만족도를 높이기 위해 필요한 변경이었다는 말씀이군요.

바바: 6권에서 새로 쓴 부분도 비슷한 의도로 늘어났습니다. 5권까지 등장했던 캐릭터인 아리엘, 소피아, 메라조피스 등의 심정을 일단 정리해주고 싶었고 자리를 만들어주고 싶었던 게 이유입니다. 각각의 캐릭터가 어떻게 생각해서 어떤 심정으로 나아가는가를 명확하게 하지 않으면 다음의 여행이 흐릿해져버릴 테니까요. 그런 느낌으로 한 권마다 테마와 결말, 보여드릴 만한 장면을 고민하는 동안에 더 이상 WEB의 흐름으로는 돌아올 수 없게 되어버렸습니다.(웃음)

담당: 퍼펫 타라텍트들도 WEB판에서는 이렇게까지 메인 캐릭터 역할을 하진 않았었죠.

바바: 다른 캐릭터가 정신적으로 고민하고 괴로워하는 동안에 숨을 돌릴 요소도 필요했으니까요. 이 아이들, 말을 안 하는 주제에 캐릭터성이 만들어져서……. 제멋대로 움직여버리는 부류의 캐릭터들입니다.

캐릭터 디자인에 대하여

담당: 일러스트를 담당해주고 계시는 키류 츠카사 선생님의 디자인 중 가장 「이게 좋아!」라고 생각하는 인물은 누구인가요?

바바 가장 느낌이 확 왔던 인물은 메라조피스입니다. 메라의 캐릭터 디자인을 5권 작업 중 봤을 때 「이 사람이 메라조피스다!!」라며 푹 빠져버렸죠. 그때까지는 제 마음속에서 비교적 단역에 가까웠달까요. 인상이 흐릿흐릿 둥실둥실했었는데 말이죠. 키류 선생님의 디자인을 봤을 때 철커덕 들어맞는 기분. 그 순간부터 메라의 배경이나 심정이 팍팍~ 선명하게 보이기 시작했습니다. 그 덕분에 6권에서 메라를 깊이 파고들 수 있었고요.

담당: 바바 선생님은 언제나 기본 디자인은 키류 선생님께 일임하고 계시니까요. 캐릭터의 설정은 무척 세세하게 만들어주십니다만 외모까지 결정하려는 마음은 안 드셨나요?

바바: 외모 부분은 일부러 과하게 결정을 짓지 않고 있습니다. 애당초 WEB 연재에서 일러스트가 아예 없기도 하고요. 읽는 분들이 자유롭게 모습을 상상해주기를 바라는 의도가 있습니다. 따라서 설정 관련으로 꼭 필요한 부분 이외에는 미리 결정해두지 않으려고 했죠. 슌 군은 처음 캐릭터 디자인이 왔을 때 비교적 눈초리가 올라간 인상이었는데요. 제 마음속에서는 조금 더 부드러운 이미지였던 터라 키류 선생님께서 봤을 때는 이러한 캐릭터로 보였구나, 라고 신선하게 느꼈던 적은 있습니다.

이상, 바바 선생님에게 묻는 질문 코너였습니다. 『거미입니다만, 문제라도?』의 설정에 관해 이런저런 말씀을 들었는데 어떠셨나요? 작품에 더욱 흥미를 가져주셨다면 무척 기쁘겠습니다.

So I'm a Spider, So What?

미입니다만, 문제라도?

I'm a Spider, So What?

tra

러 스 트 집

strations

Extra

ILLUST — 나리타 ANIME DECK 오픈 기념 일러스트 —

거미 양이 만들어질 때까지

얼굴 베리에이션

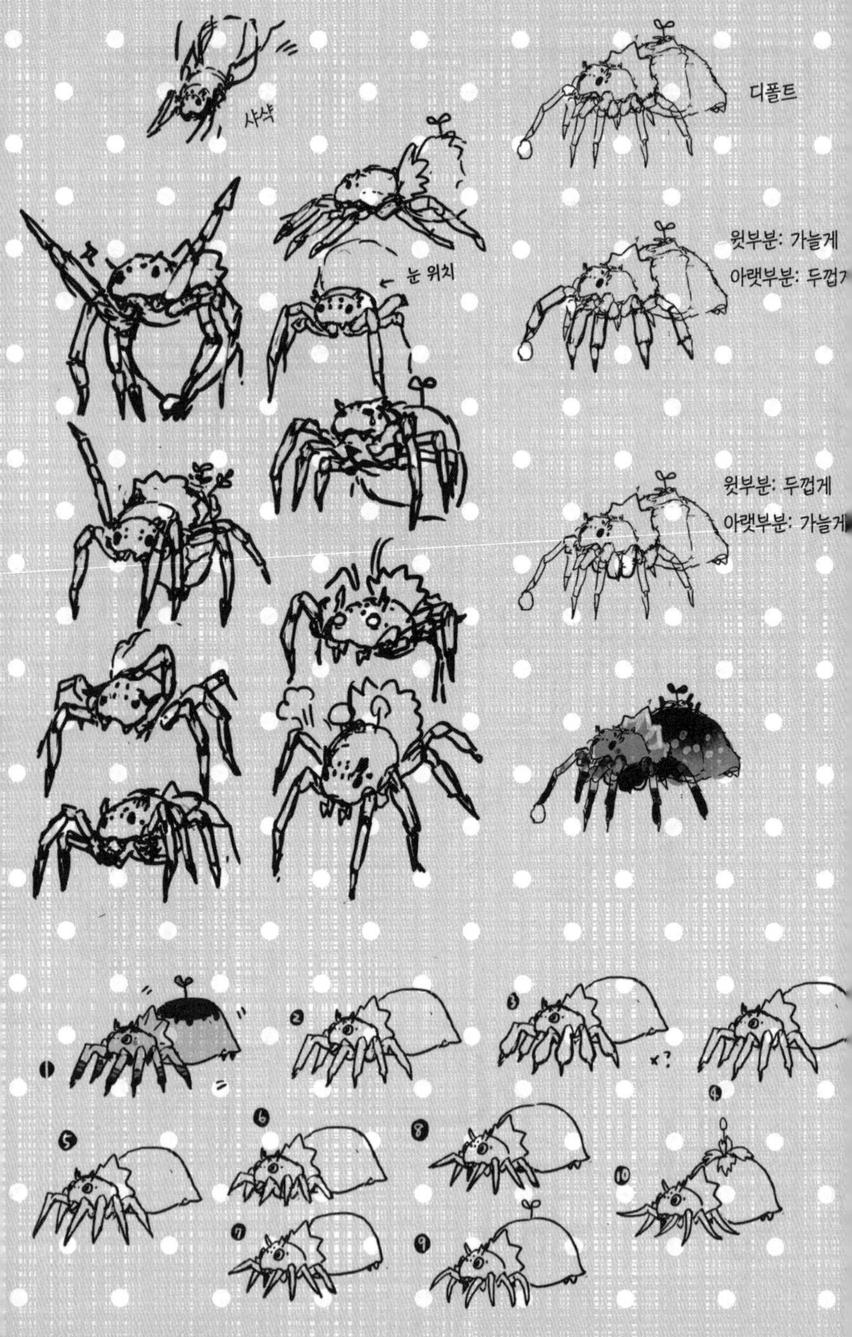
샤샥
디폴트
눈 위치
윗부분: 가늘게
아랫부분: 두껍
윗부분: 두껍게
아랫부분: 가늘
×?

☆ 표시를 한 시안이 좋을 듯합니다

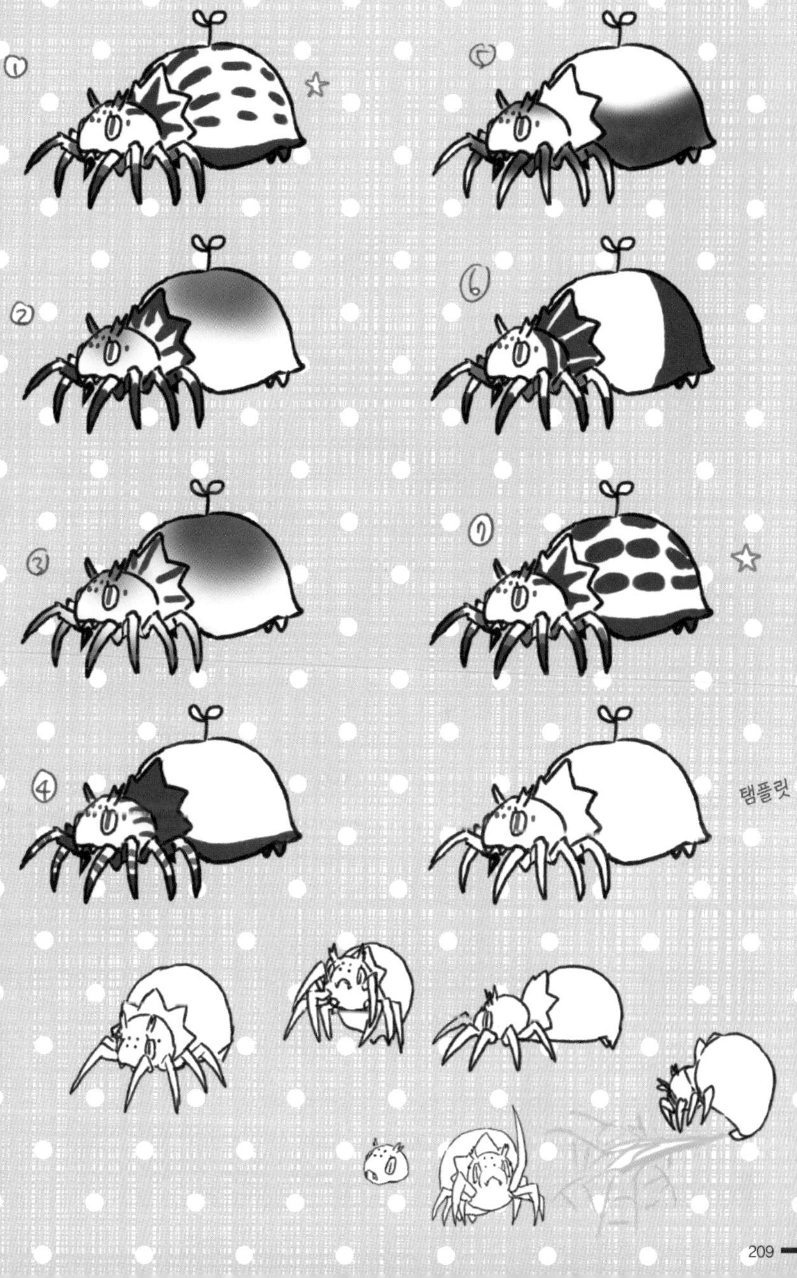

BOOK ILLUST — 거미입니다만, 문제라도? 8권 표지 —

◀ BOOK ILLUST — 거미입니다만, 문제라도? 10권 표지 —

TSukasa kiRYu @citrocube

So I'm a

Spider,

So What?

미입니다만, 문제라도?

I'm a Spider, So What?

tra

마 대 전

e Great Human–Demon War

Extra

마족령
마족군 제2군
사나트리아
마의 산맥
마족군 제8군
라스
마족군 제5군
다라드
마족군 제3군
코고우
오쿤 요새
뉴도즈

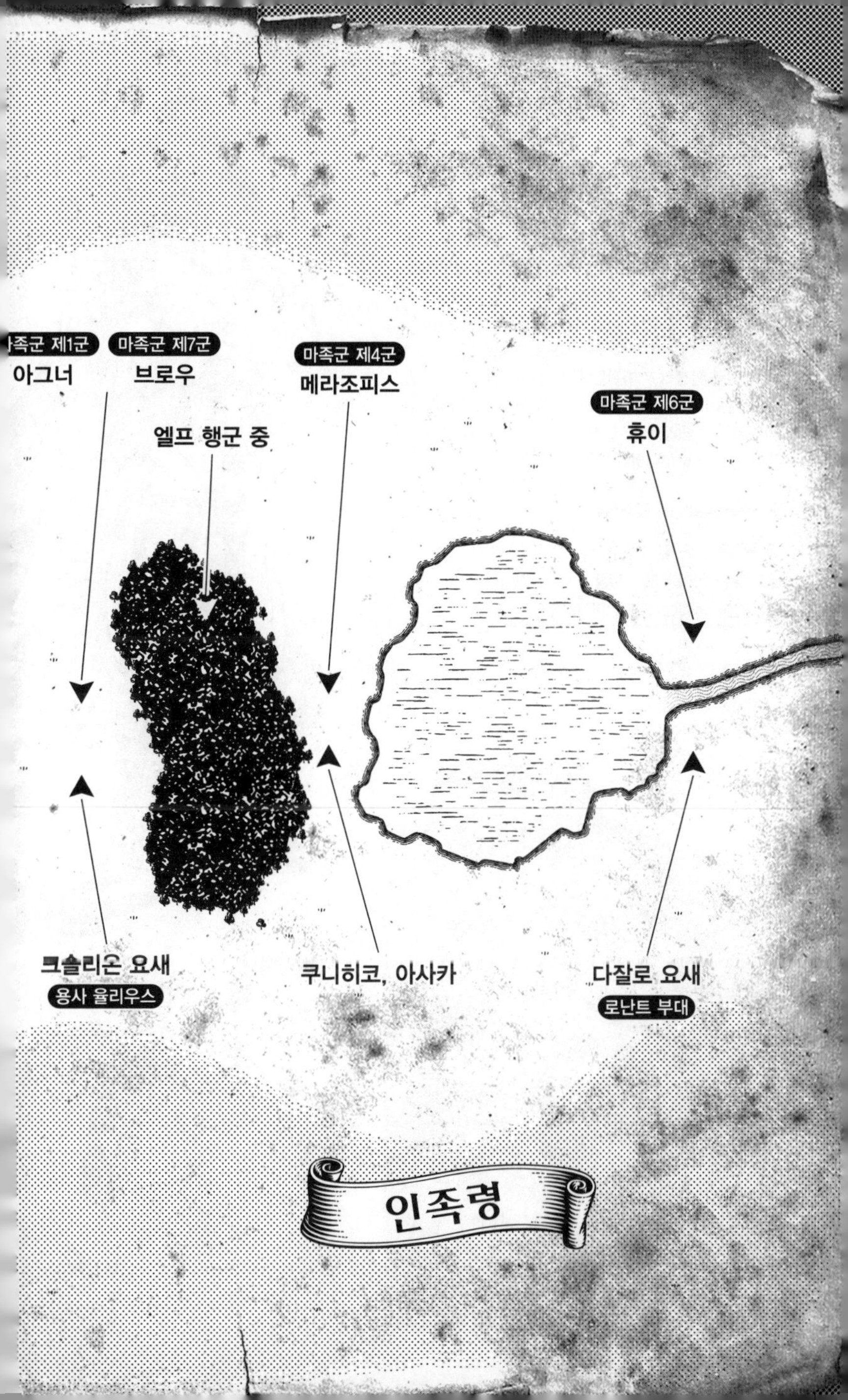

마족군 제1군
아그너
마족군 제7군
브로우
엘프 행군 중
마족군 제4군
메라조피스
마족군 제6군
휴이
크솔리온 요새
용사 율리우스
쿠니히코, 아사카
다잘로 요새
로난트 부대
인족령

아그너

(아그너 라이세프)

Agner Ricep

마족군 제1군 군단장. 마족의 영웅이라 불릴만한 인물로, 문무에 두루 뛰어난 명장. 마족의 존망을 첫 번째로 고심하며 그에 장해가 될 만한 대상이라면 마왕일지라도 배제하기를 주저하지 않는다. 하지만 갖은 책략을 동원해서 아리엘을 배제하고자 시도했음에도 실패. 자신의 패배를 인정하고 마족을 존속시키기 위해서는 마왕의 지휘하에 인족에게 승리하는 길밖에 없었던 터라 아리엘에게 순종의 뜻을 표했다. 율리우스가 빠진 용사 파티를 혼자 맞상대하다 격전의 끝에 전사했다.

▶Personal Data

특기 기술	한손 검, 어둠 마법
좋아하는 것	아이의 웃는 얼굴
싫어하는 것	마족에게 해를 끼치는 것

발트

(발트 피사로)

Balto Phthalo

마족령 피사로 공작. 전직 마족군 제4군단 군단장. 정무에 매달려야 하는 입장이라서 실제로 부대를 지휘한 인물은 동생 브로우였다. 정무에 전념하기 위해 군단장의 자리를 메라조피스에게 넘겨준 뒤 마왕 아리엘의 한쪽 팔로서 후방 업무를 담당한다. 인마대전은 전쟁 준비를 위해, 대전 이후는 전후 처리를 위해 변함없이 잠잘 시간도 아까워하며 줄곧 일하고 있다.

▶Personal Data

특기 기술	안 자고 안 쉬고 일하기
좋아하는 것	독서
싫어하는 것	과로

브로우

(브로우 피사로)

Bloe Phthalo

마족군 제7군 군단장. 전직 마족군 제4군 부군단장. 군단장으로 있던 형 발트를 대신해서 제4군을 실질적으로 지휘했다. 마왕 아리엘에 대한 불경한 태도를 이용당하여 반란을 일으켰던 제7군의 군단장으로 지목되면서 본의 아니게 마왕 반대파의 상징이 된다. 어떻게든 휘하 부대원들을 수습하여 반란을 일으키지 않고 인마대전에 참전하지만 용사 율리우스를 상대로 물러날 수 없는 대결을 강제 당했다. 용사 율리우스와 검을 겨루다가 전사.

▶Personal Data

특기 기술	양손 검
좋아하는 것	형님, 부하 녀석들, 시로
싫어하는 것	마왕

“대장이 제일 먼저 도망칠 순 없잖냐”

규리에

(규리에디스트디에스)

Güliedistodiez

진정한 용. 시스템의 관리자 중 한 사람. 최고 관리자 D는 절반쯤 자기 역할을 방치했고 또 한 사람의 관리자 사리엘은 자유 의지를 빼앗긴 채 시스템의 핵이 되었기 때문에, 실질적으로 유일한 관리자라고 말할 수 있겠다. 세계의 붕괴를 막기 위해 D에게 머리 숙이며 사정했다. 그 결과 만들어진 수단이 시스템이고 관리자로서 세계의 향방을 끝까지 지켜보아야 할 의무가 주어졌다.

▶Personal Data

특기 기술	진정한 용의 능력, 공간 마술
좋아하는 것	사리엘, 이 세계
싫어하는 것	포티머스

"나의 행동이 우스운 짓으로 보이는가?
이 세계의 주민에게는"

사나트리아

(사나트리아 필레비)

Thanatolia Pilevy

마족군 제2군 군단장. 음기(淫技) 스킬을 구사하여 적을 농락하는 서큐버스족이라고 불리는 일족의 수장. 반란군에 은근슬쩍 협력했던 군단장 중 한 사람. 그 이유는 인족과의 전쟁이 귀찮아서, 그런 사태가 벌어졌다가는 사치를 부릴 수 없기 때문이라는 속된 사정이었다. 그러나 반란은 실패로 끝났고 사나트리아의 관여가 들통나서 아리엘에게 협박을 당하게 된다. 목숨을 부지하기 위해 어떻게든 점수를 따고자 기를 쓰고 있다.

▶Personal Data

특기 기술	세뇌, 채찍, 독
좋아하는 것	사치
싫어하는 것	귀찮은 일

휴이

(휴이 기덱)

Huey Guidek

마족군 제6군 군단장. 마법을 특기로 하는 최연소의 군단장. 최연소라는 사실도 물론이거니와 소년과 같은 외모에도 열등감을 가지고 있다. 다른 군단장을 따라잡고자 너무 사력을 다한 나머지 선배 군단장의 이야기를 곧이곧대로 따르기 일쑤. 그 때문에 반란군에 가담하게 되었고 사나트리아와 함께 아리엘을 거역할 수 없는 처지가 된다. 숙청당하는 것을 두려워하여 급해진 마음 때문에 대전에서 물러날 때를 가늠하지 못하고 전사.

▶Personal Data

특기 기술	얼음 마법
좋아하는 것	마법, 마법서
싫어하는 것	육체 언어

"우리가 고통에 몸부림치며 죽어 가는 모습을 보면서 웃고 즐기는 괴물이다!"

페르미나

Phelmina

본래는 어엿한 귀족의 영애였지만 학원에서 소피아를 중심으로 한 말썽이 원인으로, 가문에서 의절당함에 따라 성씨를 버려야 했다. 아버지는 재무성의 수장이며 전직 마족군 제10군 군단장. 현재는 시라오리에게 제10군 군단장의 자리를 넘겨준 처지인지라 그쪽의 인연으로 딸 페르미나가 제10군에 입대하게 되었다. 시라오리의 휘하에서 지옥 훈련을 받아 암살자의 실력은 세계 최고 수준으로 성장. 정작 본인은 아무것도 나쁜 행동을 안 했는데 혼약 파기에 가문에서는 의절을 당한 뒤 지옥 훈련 중 생사의 경계를 헤맸고, 시라오리의 휘하에 있는 까닭에 몰랐으면 차라리 행복했을 이런저런 사실까지 알아버리는 등……. 여러모로 박복한 소녀.
소피아가 일으켰던 말썽이 흡혈귀의 특성에서 기인되었기에 소피아 본인이 딱히 나쁜 마음으로 한 짓은 아님은 알고 있지만, 애당초 성격이 안 맞는지라 충돌하기 일쑤.

“임무 완료했습니다. 주인님.”

▶Personal Data

특기 기술	차크람을 쓴 암살
좋아하는 것	평온
싫어하는 것	바보

율리우스

(율리우스 재건 애너레이트)

Julius Zagan Analeit

용사. 애너레이트 왕국의 제2왕자. 슌의 동복형제. 어릴 적 용사 칭호를 획득했고 그 이후 줄곧 용사로서 각지를 돌아다니며 곤경에 처한 사람들을 도왔다. 사람의 악의 및 도저히 해결할 수 없는 세상의 부조리함 따위를 알게 되지만, 그럼에도 자신이 용사로서 사람들에게 희망의 빛이 되어주겠다는 각오를 가슴에 품는다. 인마대전에서 갑작스럽게 나타난 퀸 타라텍트를 토벌하는 쾌거를 이룩했음에도 시라오리의 손에 의하여 전사.

“제가 사람들의 희망이 되고, 악은 제가 결국에 용서하지 않음을 쭉 보여주겠습니다.”

▶Personal Data

특기 기술	빛 마법, 양손 검
좋아하는 것	모두의 웃는 얼굴
싫어하는 것	불행, 싸움

야나

Yaana

본래는 고아였기 때문에 성씨가 없다. 율리우스와 같은 나이이며 표리가 없는 성격과 성실하다는 이유로 성녀가 되었다. 성녀 후보로서 성적은 상위권 중하쯤 되는 위치였고, 나이를 감안하면 우수했지만 특별히 눈에 띄는 존재는 아니었다. 그 때문에 성녀라는 위치에 걸맞은 사람이 되고자 스스로를 다그치며 압박감을 느끼고 있다. 그런 심정이 헛발질을 하는 경우도 종종 생긴다. 율리우스에게는 용사이고 왕자라는 동경심과, 자신과 마찬가지로 압박감에 견디고 있다는 동족 의식 말고도, 한눈에 반한 감정과 가까운 호의를 처음부터 갖고 있었고 그것이 연심이 되는 데 많은 시간이 걸리지 않았다. 인마대전의 전장에서 퀸 타라텍트의 공격으로부터 율리우스를 지키고 사망.

▶Personal Data

특기 기술	치료 마법, 지원 마법
좋아하는 것	율리우스, 올바른 행동
싫어하는 것	경박한 언동, 악

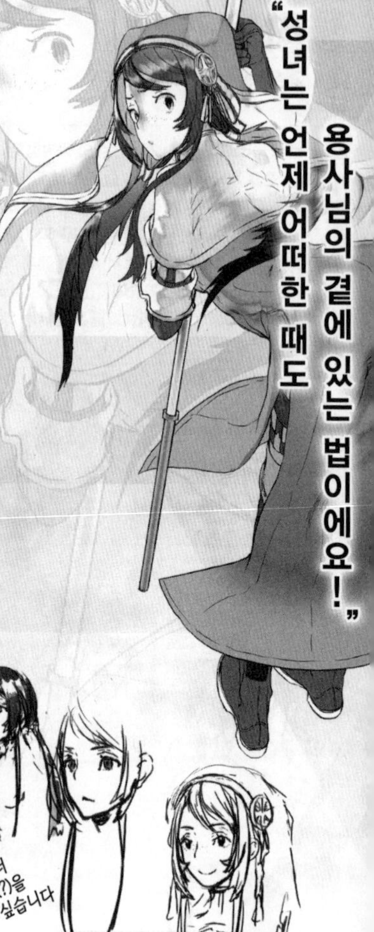

하이린스

(하이린스 쿼트)

Hyrince Quarto

애너레이트 왕국 쿼트 공작가의 차남. 율리우스의 소꿉친구이며 그런 관계에서 용사 일행의 방패수가 되어 파티에 참가했다. 꾸밈없이 직설적인 성격, 이렇게 연출할 뿐 실제는 사려가 깊고 어딘가 노숙한 구석이 있다. 이따금 율리우스에게 시의적절한 조언을 들려준다. 율리우스 사망 후에는 슌의 파티에 참가해서 맏형의 역할을 맡아 슌과 파티원들을 인솔해주고 있다. 진짜 정체는 귀리에디스트디에스의 분체.

▶Personal Data

특기 기술	방패, 투척
좋아하는 것	열심히 사는 사람
싫어하는 것	노력하지 않는 인간

"바보야! 너를 놔두고 도망칠 수 있겠냐!"

— 하이린스 쿼트 —

지스칸

Jeskan

용사 파티의 전사. 전직 A랭크라는 뛰어난 실력을 지닌 모험가. 태어난 고향 마을을 뛰쳐나와서 한 푼도 없는 상태로 A랭크까지 치고 올라온 실적이 있다. 복수의 무기를 능란하게 다루는 독특한 전법은 몹시 가난했던 무렵부터 폐기 처분 직전의 무기를 닥치는 대로 주워서 쓴 까닭에 습득한 기술. 인마대전에서 아그너와 동귀어진의 형태로 전사.

▶Personal Data

특기 기술	여러 가지 무기술
좋아하는 것	돈, 안정된 생활
싫어하는 것	불량품 무기, 극성맞은 상인

"우리와 관계가 깊은 녀석들은 다들 네 활약을 알아주니까 가슴을 펴라."

호킨

Hawkin

용사 파티의 잡무 담당. 본래는 괴도 천본 나이프라고 불렸던 유명한 의적. 전투 능력은 용사 파티 중 최약이지만 후방에서 율리우스와 일행의 활동을 지원해준 숨은 공로자. 지스칸에게서 율리우스 다음으로 죽으면 안 되는 인물이라는 평을 받았다. 인마대전에서 지스칸과 함께 아그너와 동귀어진의 형태로 전사.

▶Personal Data

특기 기술 ▶ 마도구, 투척

좋아하는 것 ▶ 아이들

싫어하는 것 ▶ 부패

"저의 약했던 부분까지 다 뭉뚱그려서 젊었었단 말씀을 드린 겁니다."

호킨(시안)
살짝 둥글하게 붙임성이
좋아 보이는 이미지

로난트

(로난트 오르조이)

Ronandt Orozoi

렝잔드 제국 필두 궁정 마도사. 검술의 선대 검제와 마법의 로난트라고 찬사를 받는 인족 최강의 마법사. 『미궁의 악몽』과의 해후를 계기로 자신의 나약함을 자각. 그날 이후로 더욱 수행을 거듭하여 늙은 몸인데도 더 강력한 힘을 쌓았다. 그럼에도 진정한 강자는 감당할 수 없다며 스스로의 한계를 깨닫고, 누군가에게 후사를 맡기자는 생각에 제자 육성에 힘을 쏟고 있다. 하지만 아직껏 제자 중 자신을 뛰어넘는 인물이 없다는 것이 당면한 고민.

▶Personal Data

특기 기술	다속성 마법, 공간 마법
좋아하는 것	마법
싫어하는 것	일찍 죽는 녀석들

“자신의 약함을 자각해라. 용사라 할지라도 사람으로서 감당할 수 없는 존재가 있음을 알거라!

오렐

(오렐 슈태트)

Aurel Stadt

렝잔드 제국의 가난한 시골 귀족의 막내딸. 렝잔드 제국 궁정 마도사. 로난트의 제자 2호. 분명히 로난트의 시중 담당으로 고용된 처지였는데 어째서인지 마법 재능을 눈여겨본 로난트의 제자가 됐다. 게다가 문득 깨달았을 때는 궁정 마도사가 되기까지. 또 문득 깨달았을 때는 혼기를 놓친 나이였다. 어째서 이렇게 됐나 머리를 감싸쥐는 여러모로 유감스러운 여성. 그러나 마법 실력은 초일류이며 로난트 다음가는 실력의 소유자.

▶Personal Data

특기 기술	다속성 마법
좋아하는 것	아직 만나지 못한 미래의 서방님
싫어하는 것	망할 스승님, 망할 동료 녀석들

쿠니히코

Kunihiko

전생자 타가와 쿠니히코가 다시 태어난 모습. 마족령과 인족령의 경계선, 통칭 인마 완충 지대의 부족 출신. 아사카와는 전생 전에도 소꿉친구였지만 다시 태어나고도 같은 부족에서 소꿉친구로 자랐다. 부족은 마족령에서 인족령으로 침입하는 인물을 막는 역할을 담당했고, 경계선에 나타나는 낯선 인물에게는 가차 없이 공격을 가한다. 그런 성질상 낯익은 사람에게는 친절하나 그 이외에는 철저하게 배타적. 쿠니히코는 마족과 싸우는 전사들에게 동경심을 가졌지만 메라조피스의 급습에 의해 부족은 괴멸. 살아남은 아사카와 함께 모험가로서 세계 각지를 여행한다. 아마도 아사카가 없으면 살지 못할 만큼 아사카를 좋아한다. 부족의 원수 메라조피스를 처단하고 싶다는 생각을 갖고 있으나 아사카를 거기에 끌어들이는 데 거부감을 느끼고 있다. 그래도 옆에 있어주기를 바라기 때문에 모순된 심정으로 갈등 중.

“헹! 나랑 아사카라면 숫자가 얼마나 많든 다 처리할 수 있다니까.”

▶Personal Data

전세의 이름 타가와 쿠니히코

특기 기술 마검을 쓰는 검술

좋아하는 것 아사카, 모험, 멋있는 행동

싫어하는 것 마족, 멋없는 행동

고유 스킬 모험가

모험가에게 편리한 효과를 다수 집어넣은 스킬. 몸을 청결하게 유지해주는 클린, 물건을 이공간에 넣어서 운반할 수 있는 아이템 박스, 자신의 스테이터스를 열람할 수 있는 스테이터스 오픈 등등.

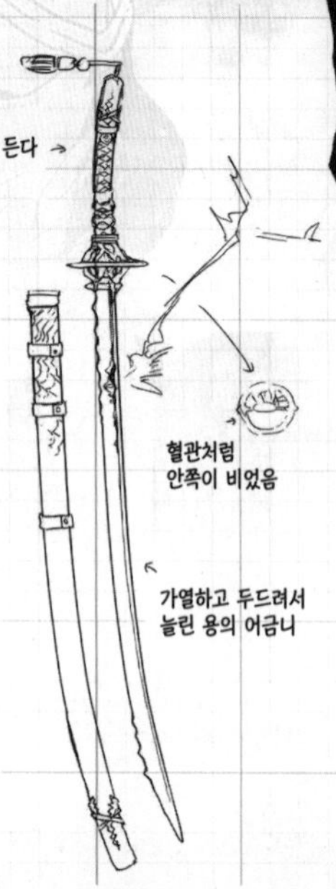

아사카

Asaka

전생자 쿠시타니 아사카가 다시 태어난 모습. 쿠니히코와 마찬가지로 인마 완충 지대의 부족에서 태어나 자랐다. 전생 전에도 신중파였고 풍파가 일어나지 않는 생활을 바랐던 소녀는 다시 태어난 이후에도 사고방식이 달라지지 않았다. 부족을 멸망시켰던 메라조피스를 처단하고 싶다는 마음이 없진 않지만, 일단 복수보다는 쿠니히코와의 조용하고 행복한 생활을 바라고 있다. 다만 쿠니히코가 모험을 좋아하는지라 어쩔 수 없다고 생각하며 함께 모험가로서 여행하는 동안에 어느 사이인가 유명한 고랭크 모험가가 되었다.

▶Personal Data

전세의 이름 쿠시타니 아사카

특기 기술 바람 마법, 원거리 마법

좋아하는 것 쿠니히코, 조용하고 안정된 생활

싫어하는 것 위험한 일, 예상 밖의 전개

고유 스킬 게으름뱅이 효율가

스킬 전반의 숙련도 상승치가 약간 올라간다. 또한 확률 보정 등 스킬에 따른 판정의 성공률이 약간 올라간다.

"쿠니히코, 우쭐거리지 마."

동생님 응원 부대

네! 저는 피사로 공작가에서 시녀로 일하는 사람이랍니다!

놀랍게도 얼마 전 동생님이 사랑에 빠지셨습니다!

놀랐습니다!

동생님, 즉 브로우 님은 분명하게 말해서 여심을 알지 못하는 둔탱이입니다!

원래부터 여자들과 안 만나는 생활을 했던 데다가 둔탱이라서 여자분들이 애당초 접근을 하지 않으셨어요!

지위만 보면 괜찮은 신랑감인데 그럼에도 여자분들이 접근하지 않을 만큼 심각한 둔탱이입니다!

지금까지는 이렇게 살아도 문제없었습니다!

동생님은 여성에게 관심이 없는 둔탱이였거든요!

그러나, 그런 동생님이 사랑에 빠졌다!

이대로 아무것도 안 한다면 동생님은 둔탱이의 실력을 발휘해서 금세 상대에게 밉상이라는 인상만 박힐 거예요!

"그런 사태를 저지하기 위해서라도 저희들 종자 일동이 동생님을 서포트해야 합니다!"

"어, 자네. 고용주의 동생을 너무 심하게 험담하는 것은 안 좋은 태도 같습니다만?"

집사장이 무언가 말씀하시든 말든 무시합니다!

집사장도 속으로는 분명히 동생님을 잔뜩 험담했을 테니까요!

"험한 언동에 어울리지 않게 강직한 동생님이 사랑에 빠졌다니까요?! 이런 때 응원하지 않고 가만있을 순 없단 말이에요!"

"그래, 본심은?"

"빨리 가정을 꾸려 이 저택에서 나가라!"

"자네, 목이 날아가고 싶은 겁니까?"

집사장은 몹시 묵직하게 한숨을 내뱉지만 다른 시녀들은 응응 고개를 끄덕거리며 동의해주잖아요!

"후유. 어째서 도련님은 이리도 여성에게 미움을 받으시는가."

"눈치도 없고 괄괄하니까요!"

단언합니다!

근본은 좋은 사람이라는 걸 알아요!

아는데 말이죠, 평소부터 눈치 없이 괄괄한 언동을 되풀이하는 탓에 좋아하는지 싫어하는지 꼭 대답해야 한다면 싫어하는 쪽으로 분류되어버립니다!

집사장이 막막한 눈빛으로 다시 깊숙이 한숨을 내뱉습니다만 이것만큼은 어쩔 수 없는 문제랍니다!

"이제 본론으로 들어가죠! 동생님이 시로 님의 마음을 낚아채려면 어떻게 해야 하는가! 여러분, 의견을 말씀해주세요!"

제가 발안했으나 다들 하나같이 입을 꾹 다뭅니다!

그럼요, 이렇게 되지 않을까 저도 예상했답니다!

동생님은 둔탱이인 데다가 공략 대상인 시로 님이 너무 수수께끼라는 게 문제예요!

이곳 공작가 저택에 현재 손님으로 머무르고 있는 시로 님이 동생님이 반한 상대인데요, 그분은 수수께끼 생명체입니다!

아마 인간이 아니라는 의심이 들어요!

그만큼 수수께끼입니다!

뭘 어떻게 해야 기뻐하는지 표정에 거의 움직임이 없는 분이라서 판단을 할 근거가 없습니다!

"그나저나 제가요, 동생님이 한눈에 반한 현장에 같이 있었는데요. 그런 방식의 만남이면 꼭 시로 님이 아니더라도 좋은 감정을 갖기는 무리 아닐까요?"

머뭇머뭇 발언한 분은 동생님과 시로 님이 만났던 현장을 직접 지켜봤던 시녀!

어떤 만남이었냐면 동생님이 버럭 고함을 질러 대면서 시로 님이 계시는 방에다가 불을 질렀다는, 무슨 짓이었냐고 묻고 싶어지는 참상입니다!

네! 좋은 감정은커녕 명백하게 호감도 마이너스 스타트입니다!

게다가 제아무리 용을 써도 돌이킬 방법이 없는 느낌으로요!

"호감도 마이너스에서 하다못해 플러스마이너스 제로까지 회복시키는 게 먼저군요!"

"후유. 일단은 선물이라도 해서 잃어버린 신뢰를 조금씩 되찾는 방법이 좋지 않겠습니까?"

집사장의 제안을 채용!

그 이후로 동생님은 우리의 조언을 따라 시로 님에게 선물 공세를 펼쳤습니다. 그러나 성과는 별로입니다! 선물 고르는 눈이 안 좋았다는 게 원인입니다!

그러나! 저희는 포기하지 않고 동생님을 앞으로도 서포트할 겁니다!

빵이 없다면 과자를 먹으란 말야

공작가 저택에 도착한 이후 쭉 나는 나태한 생활에 빠져 있다.

그것은 식생활을 두고도 할 수 있는 말이다.

과연 공작가다워. 요리의 질이 높아.

이 세계, 문명 발전은 늦어도 요리의 질은 썩 나쁘지 않다.

그뿐 아니라 공작이라는 대귀족의 저택에서 제공해주는 식사.

윤택한 자금으로 모아들인 고급 재료를 전속 요리사가 정성껏 요리해준다!

이렇게 사치스러울 수가!

……이게 진짜로 진지하게 엄청 사치스러운 생활이야.

왜냐하면 마족령은 식량 부족 때문에 허덕이는 곳이거든요, 사실.

마족은 인족보다 수명이 긴 반면에 출생률이 낮다.

그 때문에 전체 숫자로 보면 마족은 인족보다 숫자가 압도적으로 적었다. 즉 노동력이 적다는 의미이기도 하다.

아무리 능력치가 인족보다 뛰어나다고 자부해도 인원수의 차이를 외면할 수는 없거든.

숫자는 힘이라네!

게다가 마족은 고작 나라 하나에서 식량 자급자족 100퍼센트를 달성해야 하는 입장이잖아.

마물이 아무렇지도 않게 나다니고, 게다가 문명 발전이 지체된 이 세계에서 농업의 고됨 정도는 지구와 비교도 되지 않는다.

그야 엄청나게 힘들겠지요.

그런 와중에 세 끼를 간식까지 받아먹으며 우아하게 생활하는 나.

이렇게 사치스러울 수가!

세상 상황에 따라서 농민들이 봉기를 일으킨다면 1등짜리 처단 목표랍니다!

혁명이 일어나면 길로틴에 처형되어버려!

뭐, 저렇게 될까 봐 무서워서 식사를 줄일 내가 아니지만.

애당초 신화한 이후 나의 위장은 예전처럼 제한 없이 다 들어가는 상태가 아니게 됐고……. 밉다! 나의 소식가 위장이 밉다!

따라서 사치를 부린다고 말해도 무척 알뜰하답니다.

그러니까 봉기도 혁명도 할 필요 없어. 오지 마, 오지 마라?

이렇게 먹는 양은 상식의 범위 안쪽으로 줄었는데 반면에 질은 꽤 굉장하다.

아까 말했지만 이 세계의 요리 수준은 제법 높아.

전생자 중 요리가 특기인 녀석이 혹시 있더라도 마시쪄어어어어! 반응은 불가능하겠네.

애당초 음식 재료가 지구랑 완전 다르니까.

사과 비슷한 과일은 있어도 진짜 사과는 없고 식생이라든가 다른 부분이 애당초 달라.

다른 세계이니까 당연하다면 당연한 결과지만…….

그리고 이 세계의 요리는 이 세계의 식자재에 맞는 발전을 이룩해 왔다.

어떤 재료를 어떻게 조리하면 되는지 잘 이해하고 있는 현지인에게 임기응변으로 때워야 하는 전생자가 당할 방법은 없단 뜻이다.

뭐, 조미료 종류가 적은 탓에 소재의 맛을 끌어내는 방면에 특화됐다는 느낌은 있으니까 복수의 조미료를 조합해서 승부하면 기회는 한 번 정도 있겠지만 말이야.

나는 간식으로 나온 쿠키 유사품을 먹으며 그런 생각을 진지하게 떠올렸다.

맛이나 겉모양은 완전히 쿠키가 맞는데 어디까지나 유사품.

재료가 일단 다르다.

놀랍게도 이 쿠키 유사품, 어느 과일을 감자 비슷한 야채와 섞어 구워서 만드는 음식이다. 아마 과일이 설탕 역할을 맡아주고 감자 비슷한 야채가 밀가루 대신일 거야.

과일과 감자를 같이 섞어준다는 발상은 일본인이라면 절대 못 떠올리겠지만.

응. 요리로 지식 치트는 무리겠네!

뭐랄까, 지구에서도 지역이랑 인종에 따라 미각의 차이가 뚜렷하니까 일본식을 똑같이 가져와 봤자 돈벌이가 될지는 알 수 없거든. 나는 기쁘겠지만.

이 과일과 감자, 마족령에서는 제법 일반적인 식자재라서 단맛이 나는데도 불구하고 싼값에 구입할 수 있다.

서민 사이에서는 식사 대용으로 이 쿠키 유사품을 먹는 경우도 있다고 한다.

빵이 없다면 과자를 먹었던 거야, 마족들…….

세계가 다르면 상식도 달라진다.

오늘도 나는 살짝 똑똑해졌습니다.

인마대전, 다라드

"전진, 전진!"

"어서 떼어 내라!"

노호가 울려 퍼진다.

그중 몇몇은 나 자신의 입에서 나온 소리였다.

내가 지휘하는 마족군 제5군단은 인족의 요새 중 하나를 공격 중이다.

오늘로 이 전투도 3일째에 들어선다.

요새 공략은 긴 시간이 걸린다.

10일, 20일, 어쩌면 더욱 긴 시간이.

오랜 세월 마족의 침공을 막아왔던 인족의 요새를 함락시키려면 연 단위의 기간이 걸린들 이상하지 않다.

그러나 차마 믿기지 않지만 다른 군단은 벌써 승패를 결정지었다고 한다.

제2, 제3, 제8군단은 승리.

제4, 제6은 패배.

그리고 제1과 제7의 혼성군은 두 명의 장군을 잃었을지언정 용사를 무찌르는 데 성공했다던가.

도대체 어떤 기책을 동원하였기에 저런 쾌거를 올린 걸까.

나는 상상도 하지 못하겠군.

나는 스스로를 평범하다고 여기지는 않으나 마족의 장군 중 가장 우수하다고도 자만하진 않는다.

내가 인정하는 가장 우수한 장군, 아그너 공은 결국 완수했다.

그런 아그너 공도 용사가 상대여서는 동사(同死)가 한계였다.

역시 세계는 넓다.

나도 마음을 다잡아야겠지.

전황은 유감스럽게도 우리 군단이 불리하다.

적은 지리적 이점에 더하여 수가 많았다.

아군은 소모를 억제하지 못하면 수의 차이에 압도당한다.

신중한 지휘가 요구된다.

다만 전투가 지연되면 병참의 차이 때문에 더욱 불리해진다.

아군은 이미 더 이상 동원할 만한 물자가 없는데 인족에게는 아직 여유가 있다.

오래 지연되면 불리.

그러나 단숨에 공성을 마칠 방법도 없다.

따라서 승리의 기회는 지금뿐이었다.

용사의 죽음, 인족의 사기를 꺾을 정보가 퍼져 나간 이때밖에!

"용사는 죽었다! 인족의 패배다! 지금이야말로 몰아칠 때! 전진!"

소리 높여 외치며 아군을 고무하고 적을 위축시킨다.

용사가 죽었다는 정보를 마구 퍼뜨렸다.

처음에는 적대 관계에 있는 우리의 말을 믿는 인물이 적었지만 거듭 말을 되풀이하면 「설마?」라는 의문이 터져 나온다.

그리고 진짜 사실임이 확인되면 적의 사기는 단번에 허물어진다.

용사, 인족에게는 달리 비교할 수 없는 중요한 존재.

우리 마족에게 마왕님이 절대적이듯…….

"비행 부대!"

나의 호령에 따라 조류형 마물에 올라탄 비행 부대가 날아올랐다.

비행 부대는 요새의 성벽을 날아 넘어가 적의 머리 위에서 공격을 가했다.

그 혼란을 틈타 사다리를 걸치고 적진에 돌입하는 병사들.

방어를 위해 성벽 위에서 액체를 쏟아붓는 적병.

그 액체를 뒤집어쓴 병사가 절규하며 사다리에서 떨어진다.

산 종류의 무엇인가.

한 방 먹었구나!

다시 한 번 통을 든 적병이 성벽에 얼굴을 내민다.

똑같은 수법에 거듭 당해주기를 바라는 건가!

나 자신도 도약하여 성벽을 뛰어넘었다.

그리고 통을 든 적병을 걷어차 날려버렸다.

적병은 직접 준비했을 산 종류의 액체를 뒤집어쓰며 엎어졌다.

제3군 군단장 코고우 공은 몸소 괴력을 발휘하여 성벽을 파괴했다던데 내게는 그런 힘이 없었다.

그러나 이렇듯 한 번의 도약으로 성벽을 넘는 정도는 가능하다.

"나의 이름은 다라드! 마족군 제5군 군단장이다!"

드높이 이름을 외친 뒤 마검을 뽑아 들었다.

마왕님께 하사받은 이 마검.

카타나라는 외날의 아름다운 마검인데 마치 오래도록 애용한 무기처럼 손에 딱 들어맞았다.

"오라!"

그 마검으로 적병을 베어 갈랐다.

인간의 몸이 마치 종잇장처럼 단번에 양단된다.

어찌 이리도 예리하단 말인가!

이토록 귀한 마검을 내게 하사해주시다니!

마왕님께 감사드릴 따름이다!

적도 이 검의 예리함에 두려움을 내비치는구나!

가능하다!

"내 검의 녹이 되어라!"

나는 곧바로 적진 깊숙이 뛰어들었다.

해가 저문다.

해가 기울어지기 시작했을 때 나는 전군에 철수 신호를 보냈다.

"……끝내 무너뜨리지 못하였다."

결국 이날의 전투는 줄곧 우위를 점한 채 이루어졌을지언정 요새의 함락으로 이어지지는 못했다.

"우리 부대의 피해는?"

"지금 확인 중이오나 대략 4할로 예상됩니다……."

"……많군."

예상 이상으로 피해가 컸다.

적의 사기가 한껏 약해졌는데도 역시 역력한 전력 차이를 뒤집는 것은 너무나 어렵다.

군막의 안쪽 의자에 앉는다.

곧장 피로가 밀려들었다.

몸에 착용한 갑옷이 무거웠다.

벗으려는데 손가락도 갑옷도 적의 피가 묻어서 굳어버린 터라 뜻대로 되질 않는군.

보다 못한 부하에게 도움을 받아 간신히 갑옷을 벗을 수 있었다.

"으음."

무의식중에 침음했다.

오늘 최전선에서 종일 싸웠던 나의 피로가 심대한 것은 당연하지만 병사들도 사흘을 밤낮으로 싸워왔다.

교대로 잠들 시간을 마련해주는 건 가능하지만 야습을 경계하는 까닭에 숙면하기는 어려웠다.

오늘은 상대의 피해가 큰 이유도 있어 야습은 없을 거라 생각해도 절대 단언은 못 하는 이상 안심하고 잠들 순 없다.

병사들의 피로가 축적되고 있다.

그에 더하여 피해도 크다.

오늘 공성은 끝내 좌절되었다.

그럼 내일은 어떠한가?

……어렵군.

"비행 부대는?"

"거의 다 격추되고 말았습니다."

"그랬을, 테지."

비행 부대는 적의 성벽을 무시해서 치고 들어갈 수 있다.

적도 위험성을 잘 파악하고 있기 때문에 우선해서 저격한다.

거점 방어의 측면에서 대공 수단을 얼마나 갖춰 놓느냐가 해당 거점의 방어 능력에 직결된다.

인족의 최전선에 있는 요새이니만큼 대공 능력이 부족할 리 없었다.

아군의 비행 부대가 괴멸된 것은 뼈아프다.

“굴삭 부대의 진척은?”

“순조롭지 못합니다.”

흙 마법을 사용 가능한 인원을 중심으로 편성한 굴삭 부대.

적진을 목표로 굴을 파서 요새의 내부와 연결되는 지름길을 건설하거나 요새의 지주를 파괴하여 성벽을 함몰시키는 등의 활약을 기대하고 있다.

그러나 성공하면 다대한 전과를 거둘 수 있는 굴삭 부대인 만큼 적 역시 경계를 늦추지 않는다.

마법을 사용하면 굴삭 작업은 수월해지지만 적에게 감지당할 우려도 높아졌다.

방어 목적의 흙 마법에 생매장되는 경우도 있다.

이번에는 요란하게 흙 마법을 써서 굴삭 속도를 중시하는 부대와 감지당하지 않게 마법을 사용하지 않고 수작업으로 굴삭을 하는 부대까지 다수의 조를 운용하고 있다.

요란하게 굴삭하는 조는 양동 부대다.

어차피 발각당할 터이나 대처에 나설 적을 유인하는 것이 목적이다.

그리고 적이 양동 부대를 처리한 뒤 방심하고 있을 때 진짜 주력인 수작업 부대가 숨어든다.

그렇게 잘 진행된다면 좋았을 텐데 역시나 순조롭지 않은가 보다.

유례가 없도록 큰 전쟁.

휘하에 있는 군단의 규모는 과거에 예를 찾아볼 수 없기에 동원 가능한 수단도 많았다.

다만 이렇듯 많은 수단을 사용하고도 인족의 대응력을 미처 넘어서지 못하는구나.

단순하게 인원수의 차이를 감당할 수 없다.

아군이 열의 책략을 준비한들 상대는 스물, 서른의 대응 부대를 편성할 수 있다.

몇몇 부대가 허탕을 치더라도 아군의 작전을 막아 내기에는 충분하니…….

섣부른 책략으로 소수 인원을 움직인들 저지당하고 끝날 테지.

개개인의 전투력에서는 아군이 앞선다.

다만 우월한 전투력도 작게 나눠버리면 각개 격파에 좋은 표적이 잖은가.

……역시 정면으로 부딪칠 수밖에 없다.

유일하다고 말할 수 있는 아군의 이점은 마족의 전투력, 그 강점을 온전하게 발휘하려면 정면 격돌밖에 없겠다.

그러나 몇 번을 검토해봐도 정면으로 싸워 승리할 가망이, 없다.

그래서 애써 타개책을 찾아내기 위해 이런저런 수단을 모색했었지만, 결국 정면에서 싸우는 것 이외에는 전부 다 각개 격파를 당해 오히려 전력이 깎여 나갈 뿐이라는 결론이 나왔다.

팔짱을 끼고 침음한다.

그러나 아무리 침음한들 없는 것은 없다.

내 머릿속에서 역전의 한 수가 번뜩여주지는 않았다.

"흐아아아."

길고 긴 한숨을 토한 뒤 나는 품에서 얇은 판을 꺼내 들었다.

스마트폰 유사품이라는 마도구.

그것을 익숙지 않은 손길로 조작했다.

부르르르! 소리가 나는지라 놀라서 하마터면 스마트폰 유사품을 떨어뜨릴 뻔했다.

다음은 귀에 가져다 대면 되었던가?

『다라드인가?』

"음?! 오오! 맞소."

갑자기 들려오는 발트 공의 목소리에 놀라 감동한 터라 필요 이상으로 목소리를 높이고 말았다.

허허, 이러한 마도구를 몸소 제작하셨단 말인가. 마왕님은 나의 상식을 뒤집는 분이시군.

『……전황은 이쪽에서도 확인했네.』

발트 공의 가라앉은 목소리.

……브로우의 죽음을 한탄하는 까닭이구나.

브로우는 발트 공의 친동생.

나는 좋아할 수 없는 사내였다만 농포의 죽음을 한탄하는 마음은 있다.

"브로우의 소식은, 애도의 말을 전하오."

『아니, 되었네. 이 전쟁에서 수많은 목숨이 스러졌지. 브로우도, 그중 한 사람이었을 뿐. 단지 그뿐이 아니겠나.』

말은 담담히 꺼낼지언정 떨쳐 내기는 어려울 테지.

목소리에서 감정이 배어나고 있다.

『그래, 이쪽으로 연락을 한 까닭은 추후 방침 때문인가?』

"맞소."

어떠한 수단을 사용했는지는 알지 못하나 발트 공도 이쪽의 전황을 확인할 수 있다고 했다.

그렇다면 나의 고민도 짐작할 테지.

"물러나야 하나, 몰아쳐야 하나. 마왕님께 지시를 받고 싶군."

물러나야 하나, 몰아쳐야 하나.

물러난다는 선택지가 앞에 나왔다는 것이 나의 심정을 대변해준다.

꾸미지 않고 말하자면 이 전투는 아군의 패배다.

지금이 물러날 때다.

오늘 공세에서 함락시키지 못한 시점에 내일 이후의 승률은 사실상 없어졌다.

아군의 전력은 대폭 줄어들었다.

상대도 제법 큰 피해가 발생했으나 기세에 의지해서 몰아칠 만한 상황은 아니었다.

그리고 시간은 저쪽의 편을 들어주리라.

시간이 더 걸리면 적에게는 증원 부대가 오고, 아군에는 오지 않는다.

그리고 식량 및 무기의 비축 따위는 마족보다 인족이 훨씬 압도적으로 우위에 있다.

이대로 전투를 이어 나가면 패배는 필연적이었다.

이런 명백한 상황하에 마왕님께서는 어떤 지시를 아군에게 내릴 것인가.

마왕님께서 공격하라 말씀하신다면 어쩔 수 없다.

이 목숨이 다할 때까지 계속 몰아칠 뿐.

『마왕님을 바꿔드리지.』

발트 공이 그렇게 말한 뒤 스마트폰 유사품에서 목소리가 잠시 멎었다.

『안녕~?』

잠시 후 마왕님 본인의 목소리가 스마트폰 유사품에서 들렸다.

"마왕님의 귀한 목소리를 몸소 듣게 되다니 황공무지합니다."

『아~ 아~. 됐어, 됐어. 괜히 격식 차리면 얘기가 안 되니까 괜찮아.』

"넵! 마왕님께서 그리 말씀하신다면 최대한 간결하게 말씀을 올리도록 하겠나이다!"

『아, 얘는 뭐라고 말해도 안 되는 녀석이네. 그래, 알았어. 내가 혼자서 얘기할게.』

어, 어이없어하시는 반응이라니!

이런 불찰이 있나!

『뭐, 해줄 이야기가 딱히 많은 건 아냐. 당장 철수해도 좋아~.』

마왕님의 어이없어하시는 반응에 후회하던 중 철수 지시가 떨어졌다.

바라 마지않던 말씀이지만 너무나 선뜻 철수해도 된다는 지시를 내려주시는 터라 대답이 한순간 늦고 말았다.

『용사가 죽었고 목표치도 달성했어. 너 이상 싸워도 큰 변동은 없을 거야. 괜히 질질 끌었다간 다음 작전이 지체될 테고.』

다음, 작전이라 함은?

그 말씀은, 즉 마왕님은 이번 대전의 다음 계획을 이미 마련해 두고 계신다는 뜻인가?

마족과 인족의 향방을 결정하게 될 대전 이후까지.

"다음이라, 하심은?"

무의식중에 묻고 말았다.

신하가 허가를 얻지도 않고 주군께 의문을 표시한단 말인가. 이리도 무례할 수가!

『아직 내용은 말을 못 해주겠네. 어디에 귀가 숨어 있을지 모르니까.』

다만 마왕님은 나의 무례를 딱히 책망하지 않은 채 진지하게 대답해주셨다.

"대답을 들려주셔서 감사드립니다. 불쑥 질문의 말을 꺼내버린 무례함을 진심으로 사죄드리고 싶습니다."

『에이, 됐다니까.』

이리도 도량이 넓으시다니!

과연 마왕님이시다!

『그런고로 오히려 최대한 빨리 철수해서 돌아와주면 좋겠네. 가능할까?』

"맡겨주십시오."

마왕님께서 바라신다면 지금 당장에 철수 준비를 시작해야 하지 않겠는가.

부하에게 수신호로 철수 준비에 임하도록 명했다.

불의의 사태에 대비하여 말 이외의 명령 전달 방법도 몇 가지 준비했었는데 이런 상황에서 쓰게 될 줄은 몰랐군.

언제 어느 때 무엇이 도움이 될지 모르는 법이구나.

『그래그래. 다음 작전에 대해 자세하게 말은 못 하는데 말야.』

여기에서 마왕님이 일단 말을 멈췄다.

『이 전쟁은 시작에 불과하다는, 그 한마디만 해 둘게.』

그 말씀에 등줄기가 얼어붙었다.

시작……?

이토록 큰 규모의 전쟁마저 시작에 불과하다고?

『더 한참 전쟁이 이어질 거야. 그러니까 마음 단단히 먹어.』

그 말씀을 끝으로 스마트폰 유사품에서 소리가 끊어졌다.

잠시간 처음 자세에서 굳어 있는다.

스마트폰 유사품에서 다시 소리가 나진 않았다.

나는 선대 마왕님의 시대에 태어났다.

선선대 마왕님의 시대와 달리 선대 마왕님이 행방을 감춘 까닭에 인족과의 전쟁이 없었던 시대.

마왕님께 절대적인 충성을 맹세하며 그분의 제일가는 검이 되도록 가르침을 받는 가문에 태어나고도, 나는 섬겨야 할 마왕님이 부재한 채 사라났다.

그리고 큰 전투를 경험할 기회도 없이 자랐다.

나에게 이번 전쟁은 인생의 첫 대전.

그런 자리에 장군 중 한 사람으로서 참전할 수 있다는 것이 명예로워서 몸이 떨렸다.

패배를 감수해야 함은 분할지언정 그럼에도, 아무렴, 그럼에도!

이것은 아직 시작에 불과하잖은가!

"아직, 오명을 씻을 기회가 있다!"

다만 동시에 불안도 있었다.

금번의 전쟁에서도 패배를 감수해야 했던 나에게 추후 맞이하게 될 전투를 버틸 무력이 있는가?

마왕님의 검이 되어서 도움이 되어드릴 수 있는가?

"마음을 단단히 먹어야겠군."

마왕님의 말씀대로 마음을 단단히 먹어야 한다.

스마트폰 유사품을 품에 집어넣고 한 차례 하늘을 우러러봤다.

해가 떨어진 암흑 속에서 별이 반짝인다.

당장에라도 밤의 어둠에 사라져버릴 것 같은 별빛.

"철수한다!"

미약한 별의 빛에서 눈을 돌리며 목소리를 높였다.

별빛은 비록 미약할지언정 결단코 사라지지는 않는다.

나 또한 저러한 존재이고 싶다.

어디, 마음껏 반짝여 보이자꾸나.

이 난세에서!

So I'm a Spider, So What?

미입니다만, 문제라도?

I'm a Spider, So What?

tra

른 전생자들

e Reincarnations

Extra

아이카와 렌 AIKAWA REN

PROFILE

이름과 달리 여자 친구 없는 경력이 이번 삶, 저번 삶을 더한 나이가 되는 서글픈 남자. 전세 때는 책을 각별히 사랑하는 문학소년, 의 가죽을 뒤집어쓴 야한책 수집가. 음침 캐릭터인 듯 행세하면서도 에로에 대한 정열이 대단했던지라 나츠메 등 명랑 캐릭터 그룹과 제법 깊은 교류가 있었다. 요컨대 서로 야한책을 빌려서 보는 사이였다. 전생 후에는 3차원 여자 무섭다는 생각이 가득하다. 그래서 여자 친구가 안 생기는 거야…….

[고유 스킬] 책이 연인

읽었던 책을 마도서 대신 사용해서 마법을 발동할 수 있는 스킬. 발동되는 마법은 기존의 마법이 아닌 해당 책의 내용에 관련되는 오리지널의 효과를 발휘한다. 어떤 마법이 나타날지는 실제 사용해보지 않으면 알 수가 없다. 다만 대체로 높은 효과를 발휘한다, 아마도.

{D의 한마디}

고전 문학부터 라이트 노벨, 온갖 장르의 책을 즐기는 당신에게는 딱 맞는 스킬이겠죠. 아, 그래도 당신이 가장 좋아하는 관능 소설로 발동하는 건 추천하지 않는답니다?

오오시마 카나타 OOSHIMA KANATA

PROFILE

전생 전에는 슌과 쿄야의 절친이었던 소년. 집 안에서 호랑이 노릇을 하는 외모가 괜찮은 누나 두 사람에게 잔뜩 부려 먹혔던 반동 때문에 살짝 여성 불신이 있었다. 유소년기는 누나 두 사람에게 물려받은 소녀 만화만 읽었던 터라 사랑에 환상을 가지는 소녀틱한 부분도 있다. 이렇듯 모순된 내면이 점점 악화되어 본인도 자기 자신의 성격에 찜찜함을 느껴왔다. 전생해서 여성으로 다시 태어난 이후 여차저차하다가 슌에게 반하게 된다. 이런 상태에 대해 본인은 깨끗하게 결론을 냈고 올바른 형태가 되었다는 생각을 가지고 있다.

[고유 스킬] 전환

스킬을 포인트로 되돌릴 수 있는 스킬. 이른바 스킬 리셋이 가능. 다만 포인트 환원율은 100퍼센트가 아니기 때문에 쓰면 쓸수록 손해를 본다. 카티아는 이런 문제를 알아서 한 번도 스킬을 쓰지 않았다.

{D의 한마디}

바뀌고 싶어. 다시 시작하고 싶어. 그런 바람이 강한 당신에게는 이 스킬을. 한 걸음 내디딜 용기가 없는 당신이 이 스킬을 쓸 수 있을까요? 과연?

오기와라 켄이치 OGIWARA KENICHI

PROFILE

전생 전에는 친구가 많은 전형적인 명랑 캐릭터 소년. 축구부 소속에 교우 관계가 무척 넓었고 같은 반은 물론 온 학교의 학생들과 남녀를 가리지 않고 친하게 지냈다. 스마트폰에는 친구의 이름이 쭉 쭉 등록되어 있고 심심할 때는 온종일 누군가와 통화나 채팅으로 대화를 주고받을 정도. 「외로우면 죽어버리니까」가 본인의 변명. 전생 후에는 신언교의 스파이가 되어 엘프의 마을에 잠입했다.

[고유 스킬] 무한 통화

염화의 상위 호환 스킬. 언제 어디에서든 누구와도 염화를 쓴 통화가 가능. 다만 통화 상대는 꼭 본인과 면식이 있는 상대여야 한다. 이러한 제약 때문에 교황과 남몰래 만난 경험이 있다. 시로조차 불가능한데 아무런 티가 안 나게 엘프의 결계를 관통해서 바깥에 정보를 전해주는 수수하지만 고성능 스킬.

{D의 한마디}

누군가의 존재를 항상 가까이 느끼고 싶어, 그렇게 외로움이 많은 당신에게는 이 스킬을. 하지만 수다는 적당히 하지 않으면 미움받는답니다?

쿠사마 시노부 KUSAMA SHINOBU

PROFILE

전생 전에는 항상 가볍게 행동하던 촐싹데기 소년. 나츠메에게 곧잘 심부름꾼 취급을 당했다. 매사를 깊이 생각하지 않으며 힘이 센 녀석에게 적당히 붙어 다니자는 유들유들한 정신을 갖고 있었다. 항상 긍정적인 사고를 하며 심부름꾼 취급에도 개의치 않는다. 이러니저러니 해도 분위기 메이커라서 사랑받고 들볶임을 받는 캐릭터. 전생 후에는 신언교의 심부름꾼이 됐다.

[고유 스킬] 닌자

특수한 인술이 사용 가능하다. 사용 가능한 인술은 매미 껍질의 술법, 분신의 술법, 화둔술 등 다양하다. 그 이외에도 은밀계 스킬 숙련도가 빨리 올라가는 혜택이 있다. 전세의 이름이 시노부(忍)였다는 맥 빠지는 이유로 받게 된 스킬치고는 범용성이 높고 고성능이다.

{D의 한마디}

이름이 시노부니까 닌자면 되겠네요. 그럼요, 닌자는 결국 대영주의 심부름꾼이잖아요? 심부름꾼인 당신에게 딱 맞아요.

코구레 나오후미 KOGURE NAOFUMI

PROFILE

전생 전에는 고등학생의 나이에 울보였던 살짝 못 미더운 소년. 무슨 일이 있을 때마다 눈물을 흘리는 탓에 반 학생들은 「또 울어……」라며 어이없어했다. 그러나 정서 불안정이냐고 묻는다면 꼭 그렇지는 않아서, 울음은 스트레스 발산을 위한 방법이고 눈물을 다 흘린 다음에는 펄펄 기운이 난다. 평소에는 제법 싹싹해서 슌이나 다른 친구들과도 사이가 좋았다. 전생 후에는 서방 카쿠라 대삼림의 어느 마을에서 태어났지만 운 나쁘게도 마물의 습격에 당하여 사망. 여담이지만 이 소년을 살해했던 마물은 돌연변이 진화를 이룬 뒤 추후에 용사 율리우스에게 토벌당한다.

[고유 스킬] 흘린 눈물 만큼

흘린 눈물이 결정이 되어 남고, 그 결정을 소비함으로써 다양한 효과를 발휘할 수 있는 스킬. 사용의 예를 들자면 일시적으로 능력치가 올라간다, 빔 비슷한 마법을 발사할 수 있다, HP 및 MP를 회복할 수 있다 등등. 갓난아이 시절에 마구 울어서 만들어졌던 결정은 부모가 신기하게 생각하며 보관해 놓았지만 사용하기 전 마물의 습격을 받고 말았다.

{D의 한마디}

울보인 당신에게는 흘린 눈물 만큼 강해지는 이 스킬을. ……하지만 운이 없었군요.

사쿠라자키 잇세이 SAKURAZAKI ISSEI

PROFILE

전생 전에는 나츠메의 절친이자 좋은 이해자. 나츠메가 바보짓을 저지르면 뒷수습을 하거나 그 후에 「이 바보 자식아!」라고 혼내는 것은 매번 이 소년의 역할이었다. 강인하게 주위 사람들을 쭉쭉 끌어 나가는 나츠메와 옆에서 적절하게 제지해주는 사쿠라자키는 두 명이 세트로 취급받는 경우가 많았다. 전생 후에는 나츠메와 같이 렌잔드 제국에 태어났고 부모의 입장이 가까워서 왕자인 나츠메와 소꿉친구의 관계가 될 예정이었다. 사실은 전생자 중 가장 좋은 스펙의 소유자였고 유니크 스킬도 강력했다. 그것이 안 좋게 작용하여 위험하다고 판단한 포티머스에게 살해당했다.

[고유 스킬] 미궁 창조

던전 크리에이터. MP를 소비하여 던전을 제작, 확장, 더 나아가서 마물을 창조할 수 있는 스킬. 포티머스조차 가만히 방치하면 감당할 수 없다고 판단하게 만든 위험한 스킬. 그렇다 해도 MP의 소비가 심하기 때문에 시간을 들여 차근차근 미궁 확장에 임하지 않는 한 마냥 터무니없는 위력을 발휘하지는 못한다. 반대로 말해서 시간만 잘 들인다면 터무니없는 위력을 발휘할 수 있다.

{D의 한마디}

과거에 이쪽 세계에서 터무니없는 사태를 일으켰던 이 스킬. 당신에게는 기대를 많이 갖고 있어서 일부러 이 스킬을 골랐습니다만, 유감이에요.

사사지마 쿄야 SASAJIMA KYOUYA

PROFILE

전세 때는 슌의 절친 중 한 명. 잘못된 일을 싫어하는 정의감의 소유주. 신장은 작은 편이었으나 일단 틀렸다고 생각되면 아무리 강한 상대에게도 맞서 싸우는 큰 용기의 소유주였다. 그러나 모르는 사람들은 싸움에 정신이 팔린 말썽꾼으로 보았던 터라 두려움을 담아 지어진 별명은 소귀. 명예롭지 못한 별명과 작별하기 위해 고등학교 진학을 계기로 싸움은 그만뒀다. 이 때문에 슌과 카나타는 쿄야를 조금 완고해도 마음씨 착한 소년이라고 생각하고 있다. 전생 후에는 고블린이 되어 가족과 행복하게 살았었다. 그러나 뷔림스 휘하의 제국군에게 습격을 받아 모든 것을 잃어버린다.

[고유 스킬] 무기 연성

MP를 소비해서 무기를 창조할 수 있는 스킬. 창조 가능한 무기의 질은 주입하는 MP의 양에 비례한다. 더욱이 추가로 MP를 소비함으로써 무기에 특수한 효과를 부여할 수도 있다. 아마도 본편에서 가장 맹위를 떨치고 있는 유니크 스킬.

{D의 한마디}

예리하게 연마된 칼날 같은 당신에게는 이 스킬을. 무기를 만든다. 그 결과 어떻게 될 것인가. 그리고 어떻게 하고 싶은가. 분명 당신이라면 망설이지 않겠죠.

타가와 쿠니히코 TAGAWA KUNIHIKO

PROFILE

전세 때는 악연의 소꿉친구였던 아사카와 미묘한 관계를 유지하는 걸 제외하면 극히 평범한 남자 고등학생. 전생하고 악연의 소꿉친구와 가까운 관계가 된 것은 어떤 의미로 운명. 본가는 개인 경영의 선술집. 지역 주민들이 자주 방문하는 친근한 가게라서 아사카의 가족도 자주 출입했었다. 장래에는 이 가게를 이어받게 될 거라는 기정사실에 불만은 없었지만 약간 답답함을 느꼈다. 전생 후에는 마족령과 경계에 있는 용병 집단 마을에서 태어나 자랐다. 마족군 간부에게 마을이 괴멸된 뒤 모험가가 된다.

[고유 스킬] 모험가

모험가에게 편리한 효과를 다수 집어넣은 스킬. 몸을 청결하게 유지해주는 클린, 물건을 이공간에 넣어서 운반할 수 있는 아이템 박스, 자신의 스테이터스를 열람할 수 있는 스테이터스 오픈 등등. 다만 각각의 능력은 빛 마법의 정화나 공간 마법의 공간 수납, 스킬 감정 등등과 비교하여 효과가 떨어진다. 기존 스킬의 열화판 종합 세트.

{D의 한마디}

모험가에게 동경을 품은 당신에게는 이 스킬을. 편리한 정도의 효과만 잔뜩이지만 비일상에 동경을 갖는 평범한 소년이었던 당신에게는 잘 어울리겠죠.

츠시마 마사루 TSUSHIMA MASARU

PROFILE

전세 때는 극히 평범한 소년. 너무 평범해서 장래에 무엇을 하고 싶은가 스스로도 알 수 없었던 터라, 그 모색을 위해 갖가지 분야에 손을 내밀었다가 금방 내던지는 작심삼일이었다. 고등학교에 입학한 이후 축구부에 소속되었지만 유감스럽게도 보결이라서 슬슬 유령 부원이 되려던 참이었다. 전생 후에는 빠른 단계에서 엘프에게 보호라는 명목의 납치를 당해, 엘프의 마을에서 연금 생활을 보내고 있으므로 전혀 활약할 기회가 없었다.

[고유 스킬] 조숙

스킬 레벨이 낮은 스킬일수록 숙련도가 빨리 올라가는 스킬. 또한 습득하지 않은 스킬의 숙련도 상승 속도가 무척 빨라지며, 스킬 포인트를 사용해서 습득할 때도 적은 포인트로 습득할 수 있다.

{D의 한마디}

작심삼일이라 곧잘 싫증을 내는 주제에 흥미를 가진 대상에 닥치는 대로 손을 내미는 당신에게는 이 스킬을. 궁극의 잔재주꾼을 목표로 노력해주세요.

나츠메 켄고 NATSUME KENGO

PROFILE

다소 거만하며 본심을 숨김없이 말해버리는 타입이라 미움받는 경우도 많지만, 그 이상으로 거리낌없는 태도에 이끌리는 사람도 많았다. 슌과 상성이 좋지 않아서 유난히 안 좋은 관계였지만 남학생들의 중심인물이 될 정도로 괜찮은 녀석. 사쿠라자키와 절친이며 진심으로 신뢰하는 단짝이었다. 렝잔드 제국의 왕태자로 전생했으나 주위에 같은 환경의 이해자도 없고, 또한 본래 세계에서 아무 불만도 없이 생활했었던 까닭도 있어 비뚤어졌다. 학원에서 슌을 비롯한 같은 반 학생들과 재회한 이후에도 마음을 열 친구는 사귀지 못했던 탓에 어두운 방면으로 추락했다.

[고유 스킬] 제왕

스킬의 효과를 높인다. 또한 위압을 가해서 상대에게 외도 속성(공포)의 효과를 부여한다.

{D의 한마디}

제국의 왕자님에게 잘 어울리는 스킬이죠. 스킬에 의한 위압이 아닌 진실된 왕으로서 위압이 갖춰지느냐는 당신에게 달렸습니다.

하야시 코타 HAYASHI KOUTA

PROFILE

전생 전에는 반 학생들과 잘 어울리지 못했던 얌전한 소년. 다만 탁구 라켓을 손에 들면 사람이 바뀐 것처럼 예리한 안광을 발했다. 탁구부 소속이며 실력은 전국 수준. 약체인 헤이신 고등학교 탁구부의 에이스. 하지만 더욱 좋은 환경에서 연습에 힘쓴다면 프로도 목표로 할 수 있지 않겠냐며 유명 클럽에서 제안을 받아, 부에 남아야 할까 클럽에 들어가야 할까 고민했었다. 결정을 내리기 전에 전생. 게다가 전생하고 머지않아 불운하게도 사고를 당해 죽고 말았다.

[고유 스킬] 찰나의 간파

사고 가속, 집중, 회피, 시각 강화, 속도 상승계 스킬의 효과를 가진 복합 스킬. 이상의 스킬들이 스킬 레벨 최대치 상태와 동등한 효과를 발휘한다. 따라서 이 스킬 하나로도 웬만한 공격은 피할 수 있을 정도. 위타천 LV10과 동등한 효과도 있기 때문에 레벨이 오를 때마다 무시무시한 기세로 속도 능력치가 올라간다. 살아 있었다면 달인이 되었을지도 모른다. 다만 회피할 수 없는 갓난아이 때 사고사를 당한 까닭에 이 스킬의 진가는 결국 발휘되지 못했다.

{D의 한마디}

한순간의 집중력이라면 같은 반, 나아가서 교내 1등이었던 당신의 스킬은 이것. ……애써 준비했는데 사용할 기회마저 없을 줄이야.

마키 슈토 MAKI SHUUTO

PROFILE

전생 전에는 절찬 반항기였던 소년. 슈토(슛)라는 이름을 갖고 자랐는데 야구부 소속이었던 이유는 부모에 대한 반항심 때문에. 아버지가 장래에 축구 선수가 되어주면 좋겠다고 생각해서 지은 이름이며 유소년기부터 축구 클럽을 다녔다. 하지만 유감스럽게도 축구에 재능이 없어 이름값을 못 한다고 주위 사람들에게 놀림의 받아, 불현듯 반항기에 들어서서 부모와 제대로 대화도 안 나누는 나날이 이어지던 중 전생하게 된다. 전생 후에는 지난 전세를 돌이켜보며 불효자였다고 반성 중.

[고유 스킬] 반항

받은 대미지의 일부를 상대에게 돌려주는 패시브 스킬. 즉 게임식으로 말하면 대미지 커트와 카운터가 상시 발동되는 상태. 더욱이 내성계 스킬의 숙련도가 빨리 올라간다. 탱커에게 딱 어울리는 스킬이지만, 본인은 엘프의 마을에 연금되어서 대미지다운 대미지를 받은 경험이 없는지라 보물을 썩히고 있다.

{D의 한마디}

슈토인데도 야구부에 있는 당신에게는 이런 스킬을. 부모님의 기대에 줄곧 반항했던 당신에게는 잘 어울리는 스킬이겠죠.

야마다 슌스케 YAMADA SHUNSUKE

PROFILE

The 평균이라는 느낌으로 눈에 띄는 존재는 아니었다. 유일한 특기가 게임이라 공부를 내팽개치며 게임에 푹 빠져 청춘을 보냈던 살짝 난감한 남자. 반대로 말하면 게임만 하는데도 평균 점수는 받았다는 뜻이라서 잠재 능력은 높았다. 전생한 뒤 잠재 능력이 대폭발. 애너레이트 왕국의 제4왕자로 전생. 절친 중 한 명 카나타와도 빠른 시기에 재회하여 순풍 만범의 유소년기를 보냈으나 경애하는 형 율리우스의 죽음을 경계로 트러블이 잇따라 덮쳐든다.

[고유 스킬] 하늘의 가호

온갖 상황에서 자신이 원하는 결과를 이끌어 내기가 수월해진다.

{D의 한마디}

열심히 해주세요, 『주인공』 씨.

이이지마 아이코 IIJIMA AIKO

PROFILE

전생 전에는 화려함을 좋아하고 노래 부르기를 몹시 사랑하는 소녀. 시노하라 등 화려한 여학생 그룹의 일원. 세 끼니 밥보다 노래방을 좋아한다. 장래의 꿈은 가수이고 실제 노래를 잘 부른다. 다만 어디까지나 일반 수준에서 잘할 뿐이라 프로가 되어 먹고살 수준은 아니라며 부모의 반대에 부딪혔었다. 그렇지 않다며 노래하는 모습을 촬영한 뒤 동영상으로 올리는 등 여러 시도를 했지만 조회 수는 높지 않았다. 전생 후에 이 세계에서는 자신의 노래를 인정해주지 않을까! 하고 엷은 기대를 품었었지만 엘프의 마을에 연금되어버린 탓에 그 꿈도 절반쯤 포기했다.

[고유 스킬] 가희

노래를 부름으로써 다양한 효과를 발휘하는 스킬. 어떤 효과가 나타날지는 곡에 따라서 달라진다. 노래방을 좋아했던 까닭에 발현된 스킬. 노래하면 자동으로 효과가 발동되어버리기 때문에 엘프의 마을에 연금되어 지내는 동안 노래 부르는 행동을 금지당해서 욕구 불만이 쌓여 있다.

{D의 한마디}

장래의 꿈이 가수인 당신에게는 이 스킬을. 유감스럽게도 그쪽 세계에서는 가수가 직업이라는 인식이 별로 없습니다.

쿠시타니 아사카 KUSHITANI ASAKA

PROFILE

전생 전에는 좋게 말하면 견실, 나쁘게 말하면 재미없는 성격의 소녀. 요란한 것은 선호하지 않고 검소하게 분수에 맞는 생활이 가능하면 충분하다고 생각하는 욕심이 없는 여자아이. 그러나 나태하다는 뜻은 아니라서 평온한 생활을 위해서라면 효율 좋게 어떤 일이든 잘 마치려고 노력한다. 즉 요령이 좋다. 그 때문에 반 안에서는 어른스럽게 보였다. 소꿉친구 쿠니히코와 머지않아 결혼하게 될 것이라 막연하게 생각하고 있었다. 전생 후에도 쿠니히코와 소꿉친구의 관계에 있고, 전세 때부터 이어졌던 인연도 있어 얼마간 의존을 하는 경향이 나타난다. 담담한 표정을 지은 채 「쿠니히코가 죽으면 나도 죽어야지」라는 생각을 당연하다는 듯이 가지고 있다.

[고유 스킬] 게으름뱅이 효율가

스킬 전반의 숙련도 상승치가 약간 올라간다. 또한 확률 보정 등 스킬에 따른 판정의 성공률이 약간 올라간다. 무척 수수하게 보이지만 평소부터 차근차근 노력하면 훗날 큰 보상이 되어 돌아오는 스킬. 게으름뱅이라서 더더욱 최소한의 노력으로 최대한의 효율을 얻고자 하는 아사카다운 스킬.

{D의 한마디}

눈에 띄지 않는다. 그래도 빼먹을 수 없는 일은 훌륭하게 해낸다. 드러나지 않은 실력가지만 귀찮은 것을 싫어하는 당신에게는 이 스킬을.

쿠도 사치 KUDO SACHI

PROFILE

전직 반장. 규칙을 자꾸 무시하는 시노하라와 사이가 안 좋았다. 반대로 교사였던 오카 쌤하고는 의외로 사이가 좋았다. 갓난아이였을 때 엘프에게 팔렸고, 이후 쭉 엘프의 마을에서 생활했다. 그런 환경 때문인지 선생님에게 매섭게 대할 때가 많다. 예전에는 반장이었던 이유도 있어 엘프의 마을에 있는 전생자들의 리더 비슷한 존재가 됐다. 전세에서는 사실 숨은 부녀자. 엘프의 마을에서는 오락이 너무 적기 때문에 자신의 취향을 다른 여자들에게 커밍아웃하고 부녀자교 활동을 벌인 결과, 엘프의 마을에 있는 여자아이들은 모두 부녀자가 되었다.

[고유 스킬] 선도자

리더십을 발휘하여 상대가 카리스마를 느끼게 하는 스킬. 초대면이어도 쉽게 호감을 준다. 또한 사용자의 언동에 쉽게 감화된다. 부녀자교가 널리 전파된 원인.

{D의 한마디}

곧 타고난 근성으로 치고 올라갈 당신에게는 이 스킬을. ……그런 생각이었습니다만 나의 예상과는 다른 방법으로 사용되었군요.

시노하라 미레이 SHINOHARA MIREI

PROFILE

좋아했던 선배가 와카바 히이로에게 반한 까닭에 고백하고도 차였다며 엉뚱하게 원한을 갖고 왕따를 했던 주범. 주위 친구들은 와카바 히이로의 위험함을 본능적으로 깨달았던 탓에 미레이의 행동을 말리려고 했다. 반의 중심인물 중 한 명. 전생 후에는 엘로 대미궁에서 지룡의 알 상태로 스타트. 곧장 거미 마물의 집에 잡혀가서 갖은 수난을 겪었지만 인간 모험가의 손에 구출되었다.

[고유 스킬] 지룡

딱히 유니크 스킬도 아니고 지룡종이 반드시 가지고 있는 스킬. 그만큼 마물이라서 성장은 빠른지라 균형이 일단 맞기는 한데? 아마도 어딘가에 있는 사신의 분풀이.

{D의 한마디}

딱히 분풀이는 아니었는데요? 어두운 동굴에서 땅바닥을 기어 다니게 만들고 싶다는 생각은 요만큼도 하지 않았다니까요.

세가와 토코 SEGAWA TOUKO

PROFILE

전생 전에는 단 음식을 각별히 사랑했던 통통한 소녀. 단 음식을 사랑해서 매일 무언가 단맛이 나는 과자를 먹지 않으면 만족을 하지 못한다. 용돈 절반은 단 음식을 위해 사라진다. 나머지 절반으로 소녀 만화와 소설을 수집했다. 아가씨 게임에도 관심은 있었지만 지갑의 사정 때문에 단념했었다. 좋아하는 장르는 설탕을 토할 만큼 달콤한 러브러브 순애물. 전생 후에는 엘프의 마을에서 자급자족의 절제 생활을 한 덕분에 몸이 말랐다.

[고유 스킬] 스위트 소녀

유기물을 설탕으로 변환하는 스킬. 유기물, 즉 생물에게도 유효하기에 상대의 방어력을 돌파할 수 있다면 설탕으로 만들어버린다. 소녀스럽지만 은근슬쩍 무시무시한 능력. 다만 본인은 공격 수단이라는 자각이 없기 때문에 나뭇가지 및 잎사귀를 설탕으로 바꿀 수 있다는 생각만 할 뿐이다. 엘프의 마을에서 생활하는 전생자들은 이 능력 덕분에 설탕만큼은 모자랄 일이 없어서 귀한 대접을 받는다.

{D의 한마디}

단 과자를 사랑하며 뚱…… 통통…… 조금 푸근했던 당신에게는 이 스킬을. 과자 만들기가 취미였으니 이 스킬로 마음껏 단 음식을 만들어주세요.

테마리카와 사키 TEMARIKAWA SAKI

PROFILE

전생 전에는 동물을 사랑했던 소녀. 그러나 집이 동물 금지의 낡은 맨션이었던 까닭에 동물을 기를 수 없었다. 장래에는 꼭 동물을 잔뜩 길러주겠다는 야심을 가지고 있었다. 휴일은 펫 숍과 고양이 카페 같은 곳을 방문하는 게 즐거움. 사실은 소환사 뷔림스의 딸로 전생했다. 오카 쌤에게 납치당한 뒤 엘프의 마을로 넘어왔다. 그 사건이 뷔림스와 라스의 악연을 일으키는 계기가 된다. 다만 납치당하지 않고 그대로 자랐을 경우 마물을 강제로 복종시키는 뷔림스와 의견 충돌이 발생했을 것이라 예측돼서 어떤 미래가 더 좋았을지는 수수께끼.

[고유 스킬] 동물이 좋아

마물과 쉽게 마음이 통하게 되는 스킬. 또한 조련 스킬의 숙련도가 몹시 빠르게 올라간다. 온화한 기질의 마물은 사키의 동물이 좋아 오라를 느끼고 스스로 다가오는 경우가 있다. 이런 스킬을 보유했기에 엘프의 마을에서는 거의 전담해서 가축을 돌봐주고 있다.

{D의 한마디}

복슬복슬을 사랑하며 매일 잠들기 전 동물 동영상을 시청했던 당신에게는 이 스킬을. 이 스킬을 써서 마음껏 복슬복슬을 즐겨주세요.

토노오카 쿠미코 TONOOKA KUMIKO

PROFILE

전생 전에는 무작정 유행을 쫓아다니는 데 열중했던 요즘 세상의 여자아이. 시노하라 그룹의 일원으로 요란한 여학생 중 한 명. 개중에서도 패션에는 고집을 갖고 있었다. 자신을 꾸미는 것도 좋아하지만 누군가를 코디하는 것도 좋아한다. 친구와 쇼핑을 갔을 때는 그 친구를 옷 갈아입히기 인형 삼아서 같이 놀았다. 전생 후에는 엘프의 마을에서 옛 즐거움을 빼앗겼기 때문에 다른 자극을 추구했던 결과, 반장의 부녀자교에 제일 먼저 빠지게 된다.

[고유 스킬] 유행

유행을 민감하게 감지하거나 스스로가 유행을 만들어 내는 스킬. 대단히 수수하지만 일단 빠지면 큰 사회 현상을 일으킬 가능성도 있는 스킬. 실제로 쿠미코가 부녀자교에 제일 먼저 빠졌던 탓에 엘프 마을의 여자아이들이 부녀자교라는 유행에 빨려들어 간 측면도 있다. 쿠도 양의 선도자와 조합되면 상승효과로 극악한 결과를 발휘하기 때문에 두 사람이 작정하고 반정부 활동을 벌이는 날에는 나라 하나가 멸망할지도 모른다.

{D의 한마디}

유행에 민감하며 본인도 한 발 먼저 유행을 만들어 내기 위해 매일같이 연구했던 당신에게는 이 스킬을. 이러면 패션 리더가 될 수 있, 었을 텐데 말이죠…….

나나세 치에 NANASE CHIE

PROFILE

전생 전에는 포용력이 있는 나긋나긋한 소녀였다. 반의 여학생들 중 가장 키가 컸고 용모도 어른스러웠기 때문에 실제 나이보다 연상으로 보는 경우가 많았다. 어린아이를 좋아하는 느긋한 성격인지라 장래의 꿈은 보육사. 하지만 2남 1녀를 기른 부모는 아이 기르기의 고됨을 통감해서 느긋한 성격의 딸은 보육사와 어울리지 않을 거라고 조용히 걱정했었다. 전생 후에는 엘프의 마을에서 다른 전생자를 상대로 보육사와 비슷한 역할을 무사히 마쳤다.

[고유 스킬] 어부바

품에 안은 상대에게 수면의 상태 이상을 부여한다. 치료계 스킬의 숙련도가 빨리 올라간다. 또한 치에가 근처에 있기만 해도 체력의 회복 및 각종 자동 회복 스킬의 효과가 올라가는 혜택이 있다.

{D의 한마디}

장래의 꿈이 보육사인 당신에게는 이 스킬을. 천성의 모성을 더욱 연마해서 꼭 귀여운 아이들을 사로잡아주면 좋겠군요.

네기시 쇼코 NEGISHI SHOUKO

PROFILE

외모 때문에 왕따 당하거나 외면당하는 등 불우한 청춘 시절을 보냈다. 그 때문에 조금 비뚤어진 성격이 된다.

어두운 인상이었던 이유도 있어 리얼 호러코, 줄여서 「리호코」라는 별명이 붙여졌다. 소피아 케렌으로 전생하며 미형으로 다시 태어난 뒤 나의 시대가 왔다고 기뻐했었는데 기다리고 있는 것은 격동의 시대였다는 결말.

[고유 스킬] 흡혈귀

흡혈귀가 된다. 흡혈귀가 되면 빠짐없이 따라오는 스킬이기 때문에 사실 유니크 스킬은 아니다. 다만 소피아 이외의 흡혈귀가 본편 개시 시점에서는 모조리 다 사냥당한 터라 실질적으로 유니크라고 말할 수 있다. 즉 흡혈귀가 보이면 소피아와 관련된 인물이라는 의미가 된다.

{D의 한마디}

세상을 원망하며 울적한 감정을 가지고 있는 당신에게는 이 스킬을. 과거 이 세계에서 공포의 대상이었던 흡혈귀가 되어 세계에 다시 혼란을 일으켜 주세요.

하세베 유이카 HASEBE YUIKA

PROFILE

극히 평범한 여고생이었다. 옆자리의 극히 평범한 남학생에게 남몰래 관심을 갖고 있었다거나 달콤새큼한 청춘 시절을 보내던 중에 뭐가 어떻게 잘못되었는지 이세계에서 전생. 전세 때 관심을 갖고 있었던 남학생이 왕자님으로 나타나는 등 마음이 뜨거워졌던 것도 잠시뿐, 유고에게 세뇌당해서 꼭두각시가 되는 등 불행의 연속. 성 아레이우스 교국에서 교회 앞에 버려져 있던 고아. 그 후 성녀 후보가 된다.

[고유 스킬] 꿈꾸는 소녀

자신이 잠들었을 때 꾼 꿈을 몇 가지 저장해 놓았다가 그 꿈을 이공간의 소규모 던전으로 출현시킬 수 있는 스킬. 던전 안에 들어가게 된 사람은 해당 던전을 공략하지 않는 한 바깥으로 나올 수 없다. 사용법에 따라서는 위험한 스킬. 그렇기는 한데 매체가 꿈이기 때문에 술사 본인도 제어가 불가능할 뿐 아니라 어떤 던전으로 구현될지도 알 수가 없다. 술사가 던전 안으로 들어가버리면 최악의 경우 술사도 던전에 살해당한다. 유리는 이런 성질을 반대로 이용해서 수행의 장소로 이용했다.

{D의 한마디}

평소부터 꿈이 많았고 게다가 꾼 꿈의 내용을 잊지 않는다는 특기를 갖고 있었던 당신에게는 이 스킬을. 존재감이 엷은 본인과 마찬가지로 언젠가 활약할 날이 온다면 좋을 텐데요.

후루타 미오 FURUTA MIO

PROFILE

전생 전에는 내성적인 소녀. 타인이 봤을 때 자신은 좋은 인상을 주고 있는가를 자꾸만 신경 쓰는 성격이라서 그 때문에 사람들 눈을 자꾸 신경 썼던지라 인간관계가 살짝 서툴다. 현실보다도 게임으로 도망치는 버릇이 있어서 아가씨 게임을 좋아했다. 아가씨 게임은 아닌데 쭉 계속했던 게임이 궁시난사(弓矢亂射)라는 궁시 의인화 게임. 유니크 스킬 호감의 쇠뇌는 사수자리라는 이유보다 이것에 영향을 받았다. 전생 후에는 엘프의 마을에 보호되었고 같은 처지에 있는 마키 슈토에게 남몰래 연정을 가지고 있다. 다만 천성의 소극적인 성격 때문에 관계의 진전은 전혀 없다.

[고유 스킬] 호감의 쇠뇌

자신에 대한 타인의 호감도가 어느 정도인지 감각으로 느껴서 분간할 수 있는 스킬. 또한 일정치 이상의 호감도를 가진 상대와 손을 붙잡으면 강력한 화살 미법을 날릴 수 있다. 어느 정도의 위력을 발휘할지는 해당 인물의 호감도에 좌우된다.

{D의 한마디}

아가씨 게임을 좋아하고 현실에서 항상 상대가 자신을 어떻게 생각하는지 신경 썼던 당신에게는 이 스킬을. 사수자리인 만큼 보너스도 붙여줄게요.

와카바 히이로 WAKABA HIIRO

PROFILE

관리자 D. 최종의 신. 자칭 사신(邪神). 신들 중에서도 특히 강력한 힘을 보유한 최상위 신 중 한 명. 이야기를 휘저을 대로 휘젓고 자신은 방관하는 최악의 트릭스터. 와카바 히이로는 헤이신 고등학교의 어느 반에서 인간 생활 체험을 하던 시절의 가짜 모습.
인원수를 맞추기 위해 교실에 집을 지어 놓았던 거미에게 와카바 히이로라는 의식을 심은 뒤 「나」로 전생시켰다.

[고유 스킬] 위타천

빨라진다. 유니크 스킬이 아니라 속도 능력치 성장 스킬의 최상위. 그럼에도 다른 전생자의 유니크 스킬과 비교하면 뒤떨어진다. 이래 봬도 본래의 생물을 감안하면 상당한 친절을 베풀어준 스킬이라나.

{D의 한마디}

거미에게는 이 정도면 충분하죠. 금방 죽을 테니까. 그렇게 생각했었는데 말이에요. 이렇게 예상을 배신당한다는 게 유쾌하네요.

오카자키 카나미 OKAZAKI KANAMI

PROFILE

모두가 친근하게 대하는 교사. 고전 담당.
캐릭터를 안 만들면 학생과 제대로 마주 대하지 못한다거나, 선생님이니까 마땅히 이렇게 해야 한다는 의무감을 갖지 못하면 이세계 전생이라는 사실을 받아들이지 못할 만큼 마음이 약한 사람.
엘프로 전생.

[고유 스킬] 출석부

학생이었던 다른 전생자의 현재 상황과 과거, 미래를 간단하게 알 수 있는 스킬. 그 미래의 항목이 모두 비참했던 까닭에 선생님은 포티머스에게 협력을 요청하여 전생자의 보호에 나서게 된다.

{D의 한마디}

학생을 아끼는 교사인 당신에게는 이 스킬을. 자, 이 스킬로 학생들을 잘 구원해주세요.

야마다를 추모하는 모임

"야마다, 걔는 좋은 녀석이었어."

"야마다, 너를 잊지 않겠다."

"야마다, 성불해다오."

"야마다, 내세에서 다시 만나자."

"아니, 그 내세가 지금이잖아?"

엘프의 마을에 있는 전생자 남자 다섯 명이 나란히 베개를 베고 누워서 잡담을 즐기고 있다.

그 내용은 야마다를 추모하는 모임.

덧붙이자면 야마다는 죽지 않았다.

분명 한 차례는 죽은 경험이 있지만 그것은 이곳에 있는 전원에게 해당되는 말.

한 차례 일본에서 죽었다가 전생하여 이 세계에서 다시 태어났다.

그런 의미에서는 추모회가 완전히 틀린 말은 아니겠지만 그들이 하고 싶은 말은 그런 의미가 아니었다.

"설마 했는데. 슌이 우리들 중에 맨 먼저 여자한테 붙잡히게 될 줄이야."

남자들 모두의 마음을 오기와라가 입에 담았다.

"게다가 상대가 설마 카나타라니."

"공처가 신세를 면할 수 없지."

이날 오랜만에 재회한 야마다 슌스케에게는 여자 친구가 있었다.

게다가 그 여자 친구는 전세에서는 분명 남자였던 오오시마 카나타.

뭐가 어떻게 잘못됐는지 이번 삶에서는 여자로 태어났을 뿐 아니라 야마다에게 반해버렸다던가.

본인들의 입에서 사귀는 사이라는 이야기가 나오지는 않았으나 어떻게 봐도 분위기가 단순한 친구 사이는 아니었다.

오오시마는 대놓고 「이 녀석은 내 거예요!」 오라를 쏟아 내며 여자들을 견제했다.

전세 무렵에 남자였던 카나타를 아는 만큼 남자들의 가슴속은 무척 복잡했다.

"카나타, 되게 예뻐졌더라~."

"확실히……."

오오시마는 지난 전세의 자취가 느껴지지 않을 만큼 미인이 됐다.

"그래도 사귀고 싶은 생각은 안 들거든~."

"확실히……."

그러나 미인이어도 육식계에 쭉쭉 밀어붙이는 타입이다.

방금 전에도 말했듯이 만약 사귀면 공처가 신세는 면할 수 없다고 각오해야 한다.

그런 점에서 야마다는 자기주장이 약한 이미지도 있어서 확실하게 공처가 신세를 못 면한다는 것이 이 자리에 있는 남자들의 예상이었다.

"여자는 무서우니까 말야~."

"확실히……."

무척 실감이 담긴 동의.

그 이유는 사실 이곳 엘프 마을의 생활에서 남자는 여자를 거역할 수 없는 처지가 되었기 때문이다.

엘프의 마을에 있는 남자의 숫자는 다섯 명.

반면에 여자의 숫자는 여덟 명.

타가와와 쿠시타니가 최근에 방문했다는 것을 감안하면 남자 네 명에 여자 일곱 명으로 줄곧 생활했던 셈이다.

남녀 비율로는 두 배에 가까운 차이.

당연히 다수결의 원리에 따라 여존남비의 풍조가 형성된다.

여자 중 전직 반장인 쿠도 사치가 있다는 것도 컸다.

분위기를 주도해주는 쿠도가 있던 덕분에 도움을 받은 측면도 많지만 그만큼 여자의 발언력이 많이 강해진 것은 어쩔 수 없다.

이러한 사정도 있어 남자는 눈칫밥 먹는 처지를 겪어왔다.

딱히 못살게 군다거나 괴롭힘을 당한 것은 아니라도 가끔씩 육식동물이 노려보는 듯한 눈빛으로 쳐다볼 때가 있다.

그때마다 「여자 무서워~!」라는 감정이 쌓여만 간다.

"야마다, 힘내라. 아내가 무서워도 살다 보면 좋은 일이 있을 거야."

음음, 고개를 끄덕이는 남자 녀석들.

이번 삶에서는 연령이 곧 여자 친구 없었던 이력이기도 한 남자 놈들.

유일하게 여자 친구가 있는 사람은 최근에 막 엘프의 마을에 왔던 타가와뿐.

정작 타가와는 침묵을 지켰다.

덤벙대는 성격이라고 자각은 하고 있지만 이 자리에서 입을 열었다가 자폭할 만큼 분위기 파악을 못하지는 않는다.

"나, 여기에서 나가면 귀여운 여자 친구를 만들 거야."

"뭔가 사망 플래그로 들리니까 관둬라. 그리고 여자에 환상을 갖지도 마. 어차피 걔들은 육식 동물이야. 잡아먹히고 끝장나는 게 보통이거든?"

"애당초 우리는 여기에서 바깥으로 나갈 수 있을까? 평생 이 숲에서 사는 신세도 평범하게 예상이 돼서 무서운데."

"하하하. 아무리 그래도 설마, 동감이야."

비장감이 감도는 네 사람에게 눈물을 머금은 채 아무 말을 못 하는 타가와.

언제 엘프의 마을 바깥으로 나가는 날이 오려나 알 수 없다.

나가더라도 더 이상 제대로 된 연애는 불가능할지도 모른다.

이미 여러모로 못쓰게 된 남자들에게 타가와는 동정의 눈물을 금할 도리가 없었다.

"야. 왜 혼자서 나는 다르다는 분위기를 내는 거냐?"

"그래. 그랬지. 이 자식은 여자 친구가 있는 커플 놈이었지. 야마다 전에 이 자식부터 추모회를 열어줘야 했는데."

"그래, 타가와는 좋은 녀석이었어."

"범인은 우리들이군."

그렇게 타가와는 커플 박멸 위원회로 변신한 남자 놈 넷에게 습격받았다.

여자 친구는 없어도 기운 넘치는 녀석들이다.

부녀자 모임

“그럼 여러분, 시작하죠.”

한곳에 모인 여자들, 그 중심에 있는 쿠도 사치가 의제를 제시했다.

전세 때는 반장이었던 만큼 제법 모양이 난다.

그러나—.

“그럼 오늘의 의제는 요컨대 야마다와 오오시마의 커플링은 가능인가 불가능인가.”

제시된 의제는 대단히 생산성이 없는 내용이었다.

아니, 어떤 의미로 생산은 이루어질지도 모르겠다.

여자들의 뇌 내에서 망상이라는 이름의 무언가가…….

“불가능! 당연히 불가능이지! 남자끼리면 가능인데 한쪽이 여자가 되어버렸다면 그냥 단순히 이성애잖아!”

“잠깐! 벌써 결론을 내리기에는 일러! 세상에는 정신적 BL이라는 말이 있는걸.”

“정신적으로 뭐가 어쨌든 몸은 남자랑 여자잖아!”

“가능! 누가 뭐라 말하든 가능이라고 생각해!”

시끌벅적.

가능파와 불가능파로 나뉘어 서로 주장을 굽히지 않는다.

지금 도대체 무슨 말들을 주고받고 있는가, 야마다 슌스케(♂)와 오오시마 카나타(전♂ 현♀)의 커플링은 용납 가능하냐는 이야기다.

이 여자들, 부녀사(腐女子)들이 봤을 때…….

토론은 점점 과열된다.

이 자리에 있는 여덟 명 중 가능파 셋, 불가능파 셋, 중립파 하나, 소속을 밝히지 않은 인물이 하나.

전력은 완전히 비등했다.

그러면 중립파를 어서 포섭해야 유리해진다.

"아사카도 불가능이라고 생각하지?!"

"가능이잖아!"

자연히 중립파인 쿠시타니 아사카를 포섭하기 위해 두 파벌이 접촉을 시도했다.

"미안. 난 그쪽 이야기는 잘 몰라."

두 파벌의 열의 있는 권유에 아사카는 죽은 물고기 같은 눈빛으로 답했다.

아사카는 생각했다.

언제부터 우리 반은 부녀자의 소굴이 되어버렸냐고…….

적어도 전세 때는 이렇지 않았다.

노골적으로 이런 화제를 꺼낸 적은 절대로 없었다.

그런데 전생해서 오랜만에 재회했더니 이런 꼴이다.

도대체 어쩌다가 이렇게 됐단 말인가.

"잠깐! 애당초 왜 야마다가 수가 아닌데? 여체화돼도 반대라면 그나마 납득이 가능할 텐데!"

"어?! 뭐야, 그 말은 그냥 못 넘어가겠는데! 당연히 야마다×오오시마잖아!"

누가 공인가 수인가를 두고 또 열을 올리는 부녀자들.

아사카는 이야기에 따라갈 수가 없다.

"정숙!"

단 한 마디로 장내의 혼란을 수습하는 쿠도.

그 모습을 아사카는 가자미눈으로 쳐다봤다.

아사카가 저런 눈으로 보는 데는 이유가 있다.

왜냐하면 이 상황을 만들어 낸 것은 다름이 아닌 저 녀석의 짓이니까.

오늘 의제뿐 아니라 이 자리에 있는 여자들을 부녀자로 변모시킨 장본인.

그렇다, 쿠도는 전세 때부터 숨은 부녀자였다.

그 취미를 이번 삶에서는 죄다 오픈하고 부녀자교 활동을 정력적으로 벌이더니 이 부녀자 모임의 정점에 올라서기까지 했다.

요컨대 원흉이다.

"……."

팔짱을 끼고 침묵하는 쿠도.

그 모습을 마른침을 삼키며 지켜보는 여자들.

여자들에게 쿠도는 이른바 교주.

가장 이 길에 해박하고 정통한 에이스.

가능파 셋에 불가능파 셋이 비등비등한 상태.

중립인 아사카는 어느 쪽에도 가담하지 않는다, 아니, 가담할 수 없다.

따라서 어느 쪽이 승리할지는 오직 쿠도의 의견에 따라 결정 난다.

과연 쿠도가 내린 결론이란?!

"미안. 나 2차원이 아니면 좀 그래."

설마했던 전면 거부였다.

쿠도는 리얼은 감정이입할 수 없는 타입이었다.

왜냐하면 쿠도가 빠졌던 것은 2차원의 BL 책.

그런 자료가 마구 흘러넘치는 현대 일본에서 쌓았던 경험.

어디까지나 취미의 일환이며 망상은 망상, 리얼은 리얼, 선을 그어서 구별했었다.

반면에 이쪽에서 저 길을 깨달았던 여자들은 자료든 책이든 전혀 없는 엘프의 마을에서 연금 생활 중.

망상에 쓸 재료는 리얼의 예전 반 친구 전생자 남자들과 감시를 맡은 이름도 알지 못하는 엘프들.

거기에서 이미 격차가 있었다.

교주인데.

싸늘해지는 실내.

결국 야마다와 오오시마의 커플링 문제는 결론이 나지 않았고 그대로 이 모임은 종료되었다.

어느 날 엘프 마을의 전생자들

나뭇가지 사이로 새어 든 빛이 비추는 길을 걸어가는 남자들.

두 손에는 물이 든 통을 들고 있다.

"어으, 매일 아침 힘들어. 우물이 좀 더 가까우면 좋을 텐데."

"우리가 물 마법을 쓸 수 있으면 편하겠지만 말이야. 뭔가 쏴~ 하고 비 내리는 느낌으로."

"아니, 그것도 꽤 피곤하지 않을까?"

"그래도 기분은 이해가 되네."

왁자지껄 잡담하며 걷는 남자들은 말처럼 힘든 기색은 아니었다.

매일 아침 똑같은 일과를 되풀이하기 때문에 단련됐고 적응되어 버렸다.

이윽고 나무들이 없어지며 널찍한 장소가 나왔다.

같은 간격으로 채소를 심어 놓은 밭이다.

남자들은 분담해서 밭에 통 속의 물을 뿌렸다.

엘프의 마을에는 비가 내리지 않는다.

마을을 뒤덮은 결계가 비를 튕겨 내버리기 때문이었다.

그럼에도 창창한 숲이 펼쳐져 있는 이유는 지하 수맥에서 풍부한 수분이 토양에 배어들기 때문이라고 엘프들이 말했다.

또한 이 땅에 가득 찬 청정한 힘이 식물에 활력을 준다고도 했다.

사실 식물은 굳이 물을 안 줘도 알아서 자란다.

그럼에도 이렇듯 밭에 물을 뿌리는 까닭은 성장이 더욱 빨라져서였다.

가만 놔둬도 자라는 채소지만 물을 뿌려주면 수확이 빨라지고 크게 자란다.

성장기 소년 소녀들 열한 명을 먹이려면 타협은 허락되지 않는다.

물을 뿌리며 잡초를 뽑아줬다.

숲의 보살핌은 채소뿐 아니라 잡초에도 영향을 준다.

꼼꼼하게 관리하지 않으면 단 하루 만에 잡초투성이가 되어버린다.

잡초와 함께 생육이 나쁜 채소를 솎아 냈다.

그것들을 한데 모아서 물을 비워 낸 통에 집어넣는다.

그리고 향하는 곳은 축사였다.

"수고했어~."

축사에서 여자 두 명이 이곳에 있는 동물들을 돌봐주고 있었다.

이곳에서는 몇 종류의 가축을 기르고 있다.

식육용의 동글동글하고 통통한 체형이라 옆에서 보면 진짜 구형에 가까운 동물.

알을 낳는 새와 파충류를 더해서 둘로 나눈 듯한 녀석이나 젖이 나오는 털투성이 동물 등.

저런 가축의 고기와 알은 귀중한 동물성 단백질이 되어주며 털이나 가죽은 옷의 재료로 쓰인다.

"여기."

그 가축에게 밭에서 뽑은 잡초 및 솎아 낸 채소를 준다.

초식 가축들은 느릿느릿 모여서 풀을 먹었다.

먹이 주기가 끝나면 일단 식당으로 모인다.

식당에 들어가기 전에 물병을 비치한 곳으로 가서 손을 씻었다.

"수고했어~."

식당에서는 요리 담당이 이미 아침 식사를 다 만들고 열심히 상을 차리는 와중이었다.

상차림이 끝나면 아침 식사다.

감사 비슷한 작물을 삶아서 만든 난 비슷한 음식.

채소를 듬뿍 넣은 수프.

그리고 요구르트 같은 음료.

메뉴는 매일 거의 변화가 없다.

손에 들어오는 재료가 딱히 달라지지 않으니 어쩔 수 없다.

"잘 먹겠습니다."

반장이 인사한 뒤에 전원이 「잘 먹겠습니다」라고 제창한 뒤 식사를 시작했다.

"간장이 그리워."

"달걀 프라이에는 소스가 좋다고 말하지 않았어?"

"둘 다 없다고."

가볍게 잡담을 나누면서 아침 식사를 마친다.

엘프가 가져다주는 조미료는 기껏해야 소금뿐이었다.

설탕만큼은 세가와 토코의 스킬 덕분에 넘쳐나도록 손에 들어온다.

그러나 그 이외에는 엘프가 변덕을 부려 건네주지 않는 한 구할 방법이 없다.

어렴풋이 기억하는 지식으로 조미료를 만들어 보려고 했지만, 애당초 이곳과 지구에서는 재료 자체가 다르기 때문에 별 성과는 거두지 못했다.

감자 비슷한 작물과 콩 비슷한 작물이 있어도 어디까지나 「비슷한」 부류이지 똑같은 작물은 아니다.

간장 같은 걸 만드는 데 수고와 시간이 많이 드는 종류뿐 아니라, 마요네즈 등 비교적 간단하게 만들 수 있는 소스도 다른 결과물이 나와버린다.

재료 자체는 식량난에 처하지 않을 만큼 여유가 있어서 연구 개발은 손이 빌 때마다 진행하고 있지만, 결실을 맺으려면 긴 안목으로 지켜봐야 하는 상황이었다.

"잘 먹었습니다."

반장의 인사로 식사 시간이 끝났다.

요리 담당은 곧장 설거지.

남자는 다시 숲에 들어가서 생활용수를 교환.

그게 끝나면 각자가 주로 힘쓰는 일에 동원된다.

여자가 일곱 명인 반면에 남자는 네 명.

다수결의 원리에 따라 서글프게도 남자의 발언력은 약하다.

마구 부려 먹혔다.

그래도 특별히 부당하게 괴롭힘을 당하지는 않았고 역할 분담을 제대로 해서 엄연히 서로가 협력하고 있다는 것.

여자도 가만히 노는 입장이 아니라 청소 및 세탁 따위를 분담해 맡아주고 있다.

전세를 포함해서 오래된 관계이다.

이들의 연대감은 몹시 단단해졌다.

"축사에 분뇨 정리를 부탁할게."

"장작이 많이 줄었는데 잘 부탁해."

"아! 그럼 겸사겸사 나뭇가지 줍기도 부탁할게!"

"가축들에게 줄 먹이가 보이면 같이 챙겨줘……."

""""그, 그래…….""""

……의지해주는 거야! 막 부려 먹히는 게 아니란 말야!

남자들의 마음속 평온을 지키기 위한 주문.

그러나 남자들은 알지 못한다.

여자들 사이에서 사실은 조용하게 전쟁이 벌어졌다는 사실을…….

그것은 남자 쟁탈전!

이곳에 있는 여자의 수는 일곱 명.

반면에 남자의 수는 네 명.

그렇다, 여자의 수가 오히려 많고 남자의 수가 더 적은 상황이다.

이런 생활이 언제까지 이어질지는 모르지만, 최악의 경우 죽을 때까지 쭉 이곳 엘프의 마을에 연금된 채 끝날지도 모른다.

그렇게 됐을 때 여자가 보고 선택할 수 있는 반려자 후보는 네 명뿐.

엘프?

자신들을 연금해 놓은 건방진 자식들은 절대 사절이다.

부녀자교?

그건 그거고 이건 이거지.

속마음을 터놓고 지낸 친구와 부부가 되고 싶어지는 것은 당연한 흐름.

그러나 커플을 만들면 세 명의 여자가 남는다.

남아버린다!

그런 나머지가 되지 않도록, 여자들은 네 개의 자리에 앉을 수 있도록 서로서로를 견제하며 은근슬쩍 남자아이들과 거리를 좁히기 위해 어필하고 있었다.

이때 은근슬쩍이라는 게 중요한데 너무 노골적이면 다른 여자들에게서 불만이 나온다.

이유인즉 여자들에게도 지금 분위기를 망가뜨려서 어색해지고 싶지 않다는 마음이 있어서였다.

자연스럽게 이어져버리는 경우는 어쩔 수 없다고 받아들이지만, 누군가가 과한 행동에 나서는 순간 곧바로 여자들끼리의 피로 피를 씻는 남자 쟁탈전이 발발한다.

그 때문에 암묵적인 합의로 여자가 하는 어필은 최소한으로 자제하고 남자에게 고백받기를 기다리자는 규칙이 만들어졌다.

"""""윽! 뭔가 오한이!"""""

남자들은 알지 못한다.

나약함을 벗어던지고 고백만 하면 여자 친구가 손에 들어온다는 것을…….

십중팔구 공처가 신세를 못 면하겠지만.

So I'm a Spider, So What?

미입니다만, 문제라도?

I'm a Spider, So What?
tra

인 기 투 표

popularity Vote

Extra

Character 캐릭터 편

제1위 「나」 417표

COMMENT

▶왜냐면 거미 양 폴짝폴짝 뛰어서 신이 된다는 게 최강이니까!! 거미 양이 최강으로 결정났습니다!! (유리 가위)

▶포기하지 않고 성장하는 모습이나 어떤 수단을 써서라도 살아남겠다는 자세가 특히 좋습니다. 물론 외모의 귀여움에도 포로가 됐죠! (일반 거미)

▶좌절하지 않는 멘탈이 진짜로 좋아! 특히 취했을 때 거미 양이 너무 좋았고 소피아랑 라스랑 커뮤니케이션도 최고! (샤리)

▶일단 강하고 귀엽다. 그에 더하여 가까운 사람한테는 약해지고 은혜를 꼭 갚는다. 엄청나게 착한 아이잖아. 그냥 전부 다 좋아. (주스의 낫 짱)

▶가벼운 분위기지만 해야 할 때는 해내고 의리를 굳게 지키는 성격이라서 응원하고 싶다. (머리 폭렬

▶경묘한 심리도 마찬가지입니다만 아무에게도 흔들리지 않는 세계를 가지고 있고, 절망의 구덩이에 빠져도 밝고 즐겁게 살아가는 모습이 매력적이에요. 오리하르콘의 정신력은 과연 대단하네요. (路涀)

▶약한 시절부터 알아서 내 자식처럼 보인다. (Kurahe)

▶대혼란의 거미생을 보내고 있는 신세치고는 게이머 사고를 잃지 않는 자세가 무척 좋습니다. (에챠

▶긍정적, 신념, 긍지, 단것이 좋아, 취하면 수다쟁이. (쿠마 상)

제2위 아리엘 150표

COMMENT

▶아리엘 진짜 최고야. 멋있어. 마왕이라서 마왕인 거야. 신이냐. 전부 다 좋아. 「내가 패배하지는 않아 그래도 나 이외에 다들 패배하면, 그건 패배와 다를 바 없어」 같은 대사도 짜릿하다. 아무튼 엄청 멋있어. (아리엘을 진짜 좋아하는 사람)

▶할머니…… 멋있는 데다 귀여워…… 말로 표현이 안 될 만큼 좋아……. (天凛)

▶처음 스테이터스 열람했을 때 임팩트와 외모의 갭 거미 양에게 영향을 받은 이후의 성격. (고르곤졸라)

▶신념이 단단하게 자리를 잡은 모습. 응원하고 싶다. (타노)

▶마왕 사랑해. 이러니저러니 해도 거미 양한테 약한 마왕이 좋아. (아리아리)

▶인정이 많고 쭉 일편단심으로 사리엘 님을 구하려고 하는 게 진짜 진짜 진짜 좋아요. 냉혹한 모습 좋아. (藁野)

3위

D

70표

COMMENT

▶완전한 유쾌범. 다 읽고 나서도 미워할 수가 없다. (Cerulea)

▶절대적으로 강한 까닭에 제멋대로인 태도가 좋아. (구우)

▶전능감이 엄청 넘쳐서 좋아! (오스트리치)

4위

소피아

50표

COMMENT

▶귀여워! 뭔가 시달리는 느낌이 정말 좋아요……! (탓키)

▶마음의 변화나 행동이 솔직하고 우아한 데다 어두운 그림자가 또 좋아요. (sasurai_sakumi)

▶자꾸 폭주하는 바보같이 귀여운 부분. (리햐르트)

5위

라스

46표

COMMENT

▶자신의 정의를 따라 행동하며 흔들렸던 뒤에도 속죄하려는 모습에 이끌렸다. (MA린酸)

▶온화하고 정의감 강한 마음씨가 좋아서. (焉宮 否依里)

▶7대 죄악 스킬 중 하나 「분노」를 획득하는 경위나 전생 전 행동 방식도 무척 공감할 수 있었다! (SK)

6위 로난트

7위 규리에디스트디에스

8위 메라조피스

9위 카티아

10위 스우

Monster

몬스터 편

제1위 지룡 아라바 322표

COMMENT

▶아라바 선배의 전투 장면이 가장 마음 설레는 부분이라서 아라바 선배의 마지막 순간에 엄청 감동받았다. (거미에게 빼앗긴 벌꿀)

▶넘어야 할 원점, 깨뜨려야 할 껍질, 성장 요소의 묘미가 형태를 가지고 나타난 듯한 녀석, 그것은 아라바. (해외 독자 H)

▶아라바의 사내다움이 흘러넘치는 최후가 멋있다아아!! (마사)

▶주인공에 버금가는 작품의 얼굴, 숫자만으로는 다 표현할 수 없는 압도적인 임팩트를 독자와 함께 주인공에게 각인시켰던 명조연이네요. (東和瞬)

▶만약 구덩이에 떨어졌을 때 아라바가 나타나지 않았다면 주인공은 작품의 내용처럼 강해지지는 않았을 거라 생각합니다. 그러니까 주인공을 성장시켜준 아라바에게 무척 감사합니다. (T 타케루)

▶멋있다. 말을 안 하는 몬스터인데 처음으로 「멋있어」라는 말이 나왔다. 캐릭터 디자인, 분위기, 성격, 전부 다 좋아. 최고. (소금보다 간장)

제2위 마더 137표

COMMENT

▶거미에게 압도적으로 불리한 환경에 사는 중층의 보스도, 아주 손쉽게 반죽음을 만드는 파워! 궁지에 몰려도 냉정하게 빈틈을 살피다가 불리한 상황을 역전시켰던 「원조」의 거미류 전술, 전략! (해파리 씨)

▶맨 처음부터 맨 나중까지 압도적인 존재감을 자랑하며 너무나 높은 벽이었던 마더…… 진짜 멋있었어요. (후세인)

제3위 메기 (엘로 게네세븐) 129표

COMMENT

▶중층의 치유 담당.(웃음) 귀여움에서 온 공격의 갭에 훌륭하게 심쿵했습니다! (미케유자폰즈)

▶맛있는 게 중요! (파포)

▶메~기~! 메~기~! 메~기~야~ 어~딨~니~! (타누)

4위 우렁이(엘로 게레이슈)

5위 장어(엘로 게네레이브)

6위 원숭이(아노그래치)

7위 개구리(엘로 프로그)

8위 풍룡 휴번

9위 퍼펫 타라텍트

Evolution 진화 편

제1위

아라크네 325표

COMMENT

▶거미 시절의 전법을 남긴 채 인간의 전법과 조합해서 싸웠던 유니크한 싸움을 좋아합니다. (거밋 양)

▶아라크네가 되면 인간과 접촉을 할 수 있으니까 어쩌면 사이좋게 수다를 떨지 않을까 하는 무모한 망상이 좋아. (나나후시)

▶거미 양의 노력이 보답받는 느낌이 들어서 좋아! (마챠)

▶지난 과거의 집대성 같은 느낌으로 사용 가능한 스킬을 생각하면 모든 진화 형태 중 최강이라고 생각하니까. (Thor) ▶진화했을 때 드디어 최종 진화까지 왔나! 이렇게 기분이 확 들떴기 때문에. (토리토리) ▶다리가 좋아. (다리 페티시 신자) ▶그야…… 야하지 않아? (마레 루나틱스)

▶인간형인데도 다리가 많아. 이것이야말로 로망. (최강의 생물 형태는 거미)

▶Monster girl…… that's all I need to say. (Andrea)

제2위

인간형 194표

COMMENT

▶가장 좋아하는 외형입니다!!! 하얀 머리카락에 하얀 피부, 빨간 눈동자! 진짜로 너무 좋아!!! (메라루) ▶인간형이 되고 못 일어나서 비틀비틀하는 광경을 상상하면 귀엽다. (베니마) ▶너무 귀엽고 아름답다. (댄) ▶언뜻 보기에는 인간, 다만 흉내일 뿐 사실은……! 이런 게 정말 좋아요. (Apa☆) ▶아라크네를 두고 망설였습니다만, 역시 위태위태하며 존재감이 있는 인간형이 가장 좋습니다. (녹차잎)

제3위

조아 에레 156표

COMMENT

▶거미 양의 진화 방향성을 결정지었던 형태. 이름도 수수께끼 같아서 멋있다. (emu)

▶성장의 임팩트가 가장 커다랬던 때가 여기였다. YES! 막 주먹을 불끈 들어 올리고 싶어진다. (스모타로스)

▶성장 도중이지만 전투의 폭이 넓어져서 두근두근한 느낌이나 바동바동하는 느낌, 인간과의 관계라는가 재미있고 귀여워서 응원하고 싶어진다. (禎祥) ▶삐죽삐죽한 게 귀엽다. (캇파의 모임) ▶The 전투 타입이라는 느낌이니까! (유우)

▶처음으로 등장한 특수 진화라서 감동했다! (조와이)

6위 자나 호로와

7위 에데 사이네

8위 스몰 레서 타라텍트

작가 후기

안녕하세요, 반갑습니다, 또 만났네요, 바바 오키나입니다!

넵, 읽으신 대로 이번에는 Ex, 소설이 아닌 설정 자료집 비슷한 책이 나왔습니다.

등장인물 소개라든가 세계관 소개라든가.

그 이외에도 과거의 특전 SS를 다시 실었고 신규 SS도 써서 수록했습니다.

이런 설정 자료집 같은 책은 만화에 많다는 이미지이고 소설에서는 별로 안 만드는 이미지인데 말이죠.

문고 사이즈면 만든 사례가 딱 떠오르질 않네요…….

『거미』랑 같은 문예 사이즈라면 최근에 애니메이션 제작이나 장편이 점점 많아지는 이유도 있어 드문드문 만들어주는 이미지지만요.

『거미』도 이런 자료가 나오게 되었구나~ 감개무량합니다.

이게 전부 다 애니메이션 제작 덕분입니다!

그리고 애니메이션 말인데요, 드디어 2021년 1월 1일부터 방송 개시입니다!

아뇨, 진짜로……. 여기까지 오래 걸렸죠…….

그야 애니메이션 제작 기획의 첫 번째 소식을 알려드린 뒤 벌써 2년 이상 지났는걸요…….

이런저런, 네, 이런저런 사건이 너무 많아서 이때까지 연장에 연장이 되고 말았습니다만, 좌초되는 불상사 없이 어떻게든 여러분께 보내드릴 수 있게 되었습니다!

힘들었어요…….

그러나 그런 고생에 걸맞은 작품이 되지 않았을까 생각합니다.

꼭 방영을 지켜봐주시어요.

여기부터는 감사 인사를…….

매번 같은 말씀을 드리는 키류 츠카사 선생님.

이번에도 미려한 일러스트를 그려주셨습니다.

모두가 좋아해주는 수영복입니다. 찬미하라!

만화를 담당해주고 계시는 카카시 선생님.

애니메이션의 주인공은 원작을 맡은 키류 선생님의 시안과 카카시 선생님의 시안을 더해서 둘로 나눈 느낌으로 디자인되었다고 합니다.

즉 두 분의 합작 비슷한 결과물이죠!

스핀오프를 맡아주신 그라탕도리 선생님.

애니메이션에서 병렬 의사가 등장하려면 조금 더 남았습니다만, 그라탕도리 선생님의 경쾌한 묘사가 잘 재현될 테니 기대해주세요.

그리고 애니메이션 제작에 참여해주시는 여러분.

애니메이션 제작에는 무척이나 많은 분들이 참여해주고 계셔서 한 분 한 분의 이름을 나 적지는 못합니다만, 모든 분들께 감사합니다!

그리고 마지막으로 이 책을 읽어주시는 모든 분들께.

진심으로 감사드립니다.

쇼트 스토리 초출(初出)

본인은 개구리올시다 ——— 1권 멜론북스 특전
세계가 인정해준 실 ——— 3권 게이머즈 특전
실과 모험가 ——— 1권 애니메이트 특전
개구리 ——— 3권 토라노아나 특전
소환, 멋지긴 한데 ——— 3권 멜론북스 특전
중층 최악의 적 ——— 2권 토라노아나 특전
중층 탐색기 ——— 2권 멜론북스 특전
거미가 뭐였더라? ——— 4권 멜론북스 특전
거미 VS 매미 ——— 카도카와 BOOKS 3주년 페어
실 먹었소 ——— 5권 토라노아나 특전
신체 능력 검증 ——— 6권 멜론북스 특전
브레스 ——— 6권 애니메이트 특전
미각 ——— 6권 게이머즈 특전
핑크 호랑이 ——— 1권 토라노아나 특전
고생이 많은 공작 영애의 과거와 지금 — 2권 애니메이트 특전
그리운 맛 ——— 2권 게이머즈 특전
행운의 색골 이벤트 ——— 3권 애니메이트 특전
고블린 ——— 소설 3권 만화 1권 토라노아나 합본 구입 특전

여자의 필수 스킬 ———— 4권 토라노아나 특전
버릴 물건은 버려라 ———— 8권 게이머즈 특전
신낫 ———— 8권 멜론북스 특전
양치질 ———— 6권 토라노아나 특전
버섯 사냥 ———— 2017년 신년 문예 페어
군것질 ———— 8권 토라노아나 특전
아엘 ———— 7권 토라노아나 특전
사엘 ———— 7권 애니메이트 특전
피엘 ———— 7권 멜론북스 특전
리엘 ———— 7권 게이머즈 특전
어느 날 마족령 ———— 본서에서 처음 공개
동생님 응원 부대 ———— 9권 애니메이트 특전
빵이 없다면 과자를 먹으란 말야 — 9권 멜론북스 특전
인마대전, 다라드 ———— 본서에서 처음 공개
야마다를 추모하는 모임 ———— 5권 애니메이드 특전
부녀자 모임 ———— 5권 게이머즈 특전
어느 날 엘프 마을의 전생자들 — 본서에서 처음 공개

거미입니다만, 문제라도? Ex

초판 1쇄 발행 2021년 5월 20일

지은이_ Okina Baba
일러스트_ Tsukasa Kiryu
옮긴이_ 김성래

발행인_ 신현호
편집부장_ 윤영천
편집진행_ 김기준 · 김승신 · 원현선 · 권세라 · 유재슬
편집디자인_ 양우연
관리 · 영업_ 김민원 · 조인희

펴낸곳_ (주)디앤씨미디어
등록_ 2002년 4월 25일 제20-260호
주소_ 서울시 구로구 디지털로 26길 111 JnK디지털타워 503호
전화_ 02-333-2513(대표)
팩시밀리_ 02-333-2514
이메일_ lnovelpiya@naver.com
L노벨 공식 카페_ http://cafe.naver.com/lnovel11

ISBN 979-11-278-5977-0 04830
ISBN 979-11-278-2430-3 (세트)

값 12,000원